황금

2 제15회

한국추리문학상

황금펜상 수상작품집

2021 제15회

한이

홍정기

홍성호

한새마

황세연

류성희

장우석

나비클럽

차례

긴 하루

한이

만여 권의 책을 읽고서야 아는 것이 없다는 것을 깨달은 둔재(鈍才). 많은 직업을 거쳐서 작가가 되었고, 여러 부캐로 다양한 글을 쓰고 있다. 2017년 〈귀양다리〉로 '한국추리문학상 황금펜상'을 수상했고, 2019년부터 제8대 한국추리작가협회 회장으로 활동하고 있다.

1

어머니는 죽어가고 있었다.

어머님이 오늘은 정신이 맑으시네요. 종이와 펜을 달라고 하셔서 뭘 적기도 하셨어요.

정신이 들면 연락을 달라고 특별히 부탁해둔 조선족 간병인으로부터 온 전화였다. 나는 죽어가는 어머니를 만나기 위해 15만 킬로미터도 넘게 탄 낡은 SUV 자동차에 올라 중청시로 향했다.

평일 오전이었지만 내부순환로는 어김없이 막혔다. 한참을 지나 동부간선도로로 접어든 뒤에도 정체는 풀릴 줄 몰랐다. 낡은 에어컨은 소리만큼 찬 기운을 내뿜지 못했고, 차 안은 바깥이나 다름없이 달아올랐다. 담배를 빼어 물고 창문을 열었다. 끓어오른

지열이 담배 연기에 섞여 아지랑이처럼 일렁였다.

여동생의 다급한 전화를 받은 것이 작년 봄이었다.

오빠, 엄마가 실종됐어.

언제?

몰라. 일 갔다 돌아와 보니 차가 없어서 마트 가셨나 보다 했지. 가끔 저녁거리를 사다놓으셨거든. 근데 아무리 기다려도 안 오셔. 휴대전화도 두고 나가셨어.

사고 난 거 아냐?

인근 경찰서에 다 전화해서 물어봤는데 우리 차로 사고 접수된 건 없대.

지금 바로 갈 테니까 기다려.

전화를 끊은 나는 오늘과 같은 경로를 지나 경기도 광주의 여동생 집으로 달렸다. 퇴근 시간이 지난 도로는 한산했다. 여동생과 매제는 내가 도착하기도 전에 아파트 주차장에 나와 서성이고 있었다.

나는 실종 신고를 하기 위해 경찰서로 향하면서 여동생에게 최근에 어머니가 달라진 것은 없었는지 물었다.

치매기가 있으신 것 같습니다.

망설이는 여동생 대신 매제가 대답했다.

다른 동에 가서 무턱대고 문을 여시려고 했다가 관리소에서 방송이 나온 적이 있습니다. 아내를 몰라볼 때도 있으셨고요.

왜 얘기 안 했어?

일단 병원에 가보고 확실해지면 얘기하려고.

여동생이 시무룩한 표정으로 대답했다.

경찰서에 가서 실종 신고서를 작성했다. 백년은 공무원으로 근무한 것 같은 얼굴의 담당자가 어머니의 실종 신고서를 낚아채 가며, 하루 이틀이면 돌아오실 거라고 심드렁하게 말했다.

담당자의 말처럼 다음 날 중청시의 경찰서에서 연락이 왔다. 예전 달동네가 있던 곳에서 이집 저집을 두드리고 다니는 모습을 수상하게 여긴 주민이 신고를 한 거였다. 그곳은 내가 아버지와 함께 어린 시절을 보낸 곳이었다.

2

나는 혀를 굴려 이빨을 더듬었다. 송곳니 옆에서 흔들거리는 썩은 이빨의 법랑질은 다 떨어져나가고 커다랗게 구멍이 뚫려 있었다. 혀로 밀어대니 치주가 떨어지는 느낌이 들면서 바깥으로 조금 더 밀려났다. 엄지와 검지로 이빨을 잡고 입안과 바깥쪽을 향해 흔들었다. 찌걱찌걱 소리가 나면서 흔들리는 범위가 점점 커졌다.

한참을 흔들던 나는 찌릿한 통증이 눈알 안쪽을 찌르자 손을 멈추었다. 손등으로 눈가에 맺힌 눈물을 훔쳤다.

연단 위에 선 목사의 설교가 계속되고 있었다.

목사는 교회 안에서 가장 키가 작은 어른이었다. 학급에서 내 짝인 여자아이보다 작을 것이다. 한 살 위인 짝은 반에서 가장 큰 아이였다.

목사는 작은 몸에 붙은 팔을 연신 흔들면서 격렬하게 설교를 이어갔다. 입가에는 침이 허옇게 올라왔고, 땀에 젖은 이마는 불빛에 반사되어 번들거렸다.

"예언자 스가랴는 '예루살렘을 친 모든 백성에게 여호와께서 내리실 재앙이 이러하니 곧 섰을 때에 그 살이 썩으며 그 눈이 구멍 속에서 썩으며 그 혀가 입속에서 썩을 것'이라고 예언하셨습니다. 그렇습니다! 우리를 적대하는 자들의 처지가 그러할 것입니다! 저 사탄의 무리들은 자신들의 살이! 눈이! 혀가! 썩는지도 모르게 멸망할 것입니다!"

목사의 어조는 가파르게 정점을 찍었고, 능숙하게 멈추었다.

잠시 정적이 흐른 후, 교회 안에 모인 50명 남짓한 사람들은 손바닥이 부서져라 박수를 쳐댔다. 예전에는 일요일 오전 예배면 100명 정도가 참석했는데 최근에는 사람이 눈에 띄게 줄어들었다. 근처에 새로 생긴 교회 때문인 것 같았다. 어쩌면 목사가 말하는 사탄의 무리는 신도들을 빼가는 신흥 교회 사람들인지도 모르겠다. 어린 내가 보기에도 목사의 말과 표정은 사탄의 무리를 실제로 마주친 사람처럼 결연해 보였다.

나는 힐긋 옆에 앉은 엄마의 표정을 살폈다. 엄마는 연단에 시선을 고정한 채 기계적으로 박수를 치고 있었다. 나는 연단 위에 서 있는 목사의 얼굴을 올려다보았다. 목사는 짐짓 겸손한 표정으로 사람들의 박수를 받고 있었지만, 만족감으로 치켜 올라간 입매는 어쩔 수 없었다.

혀를 굴려 썩은 이빨을 바깥으로 밀어냈다.

아까보다 더 잇몸이 벌어진 것 같았다.

입안에서 비릿한 쇠 맛이 느껴졌다.

"엄마, 나 잠깐만…."

"왜? 어디 가? 이제 곧 기도하는데."

엄마가 몸을 기울이며 속삭였다.

나는 살짝 입을 벌렸다. 입안에는 피가 침과 함께 섞여 있었다.

"화장실?"

엄마의 물음에 나는 고개를 끄덕였다.

"얼른 다녀와."

내가 몸을 뒤틀어 낡은 장의자를 빠져나올 때 목사가 "다 함께 기도하자"고 말했다. 나는 부산스럽게 고개를 숙이는 사람들 틈을 얼른 빠져나왔다.

이 순간을 위해서 엄마를 졸라 맨 뒷자리에 앉은 것이다. 밖으로 나가기도 편하고, 누가 나갔는지도 관찰할 수 있기 때문이다. 예배 중에 종종 화장실에 다녀오는 건어물 가게 할머니도 조금 전에 어기적거리며 자리로 돌아왔다.

"하늘에 계신 우리 아버지…."

스피커에서 나오는 목사의 절절한 목소리를 뒤로하고 예배실 문을 조심스럽게 닫았다. 나오면서 안내를 보고 있는 아저씨에게 이빨이 아프다는 시늉으로 볼을 감싸 쥐면서 인사를 하는 것도 잊지 않았다.

예배실 바깥 문 바로 옆 벽에는 나무로 만든 헌금함이 달려 있었다. 헌금함은 경첩으로 뚜껑을 여닫게 되어 있었고 자물쇠가 걸려 있었다.

내가 경첩이 헐겁다는 걸 알게 된 것은 얼마 전의 일이었다.

우연히 늦게까지 교회에 남아 있던 날, 헌금을 걷는 아저씨가 열쇠를 잃어버린 모양이었다. 아저씨는 주머니 이곳저곳을 뒤지더니 주변을 쓱 살펴보고는 뚜껑에 달린 경첩을 잡아당겼다. 그러자 경첩이 나사를 매달고 헌금함 뚜껑에서 빠져나왔다. 나는 자신도 모르게 몸을 숨기고 그것을 지켜보고 있었다. 아저씨는 헌금을 수거한 후 나사를 다시 구멍에 끼워 넣었다.

나는 통로에 아무도 없다는 것을 확인한 후 실수인 척 경첩을 잡아당겼다. 내가 목격한 이후로 수리를 했을 수도 있기 때문이다. 만약 누군가가 뭐 하냐고 묻는다면 그냥 천진한 표정으로 장난이라고 대답할 생각이다. 하지만 오늘밖에는 기회가 없었다. 마침 여동생이 외할머니 댁에 가지 않았다면 반드시 뒤따라 나왔을 것이다.

심장이 거칠게 쿵쾅거렸다.

달칵.

예상대로 경첩이 열렸다.

나는 살그머니 손을 안으로 집어넣었다.

예배 보러 오자마자 헌금을 하는 아주머니와 할머니들이 넣고 간 지폐와 동전이 손에 잡혔다. 우선 손에 잡히는 대로 지폐를 주머니에 쑤셔 넣었고, 소리 나지 않게 조심하면서 동전도 한 움큼 집었다.

손을 휘저어 지폐와 동전이 남아 있는지 확인했다. 헌금함 속의 돈이 모두 없어진다면 누군가 훔쳐갔다는 것을 즉각 알게 될 것이다.

어림잡아 3분의 2 정도 남은 것 같았다.

주위를 살피고는 서둘러 경첩을 제자리에 꽂았다.

나는 주머니 속에서 동전을 소리 나지 않게 꽉 쥐고 화장실로 달려갔다.

화장실에 쪼그리고 앉아 준비해 간 손수건으로 동전을 싸서 꽉 묶은 다음 주머니에 넣었다. 바지주머니가 축 늘어졌다. 지폐는 네 번 접어서 양말 속에 넣고 신을 신었다.

나는 그제야 입안의 피 섞인 침을 아직도 머금고 있다는 것을 깨달았다.

변기에 침을 뱉고 수도를 틀어 입을 헹궜다. 그리고 주머니가 늘어지지 않게 동전 꾸러미를 움켜쥔 채 잰걸음으로 예배실로 돌아왔다.

그때까지도 사람들은 고개를 숙이고 자신들을 구원해달라고 울부짖고 있었다.

나는 그들이 무엇으로부터 구원받기를 원하는 것인지 궁금해하면서 발바닥을 꼼지락거렸다. 까끌까끌한 지폐의 감촉이 느껴졌다.

3

그날 이후로 어머니의 병증은 갈수록 심각해졌다.

비 오는 날 우산도 없이 광주 뒷산을 헤매고 있는 것을 이웃 주민이 발견해 데리고 오기도 했고, 온몸을 청테이프로 칭칭 감고 돌아다니는 것을 간신히 붙잡아 오기도 했다. 더 큰 문제는 자꾸 운전을 해서 나가려고 한다는 것이다. 차 열쇠를 숨겨놓으면 온 집안이 떠나가라 역정을 냈다.

굵은 장맛비가 내리는 여름밤, 여동생이 감춰놓은 차 열쇠를 들고 나간 어머니는 아파트 담벼락을 들이받아 쇄골이 부러졌다.

그날 여동생은 퇴원하면 내가 어머니를 모셨으면 좋겠다고 말했다.

그래도 오빠는 혼자 살잖아. 그이가 아무리 좋은 사람이라고 해도 눈치가 보이고, 애들도 이제 고등학교 올라가니까 공부도 해야 하고.

내가 아무 말이 없자 동생이 쐐기를 박듯 덧붙였다.

오빠는 집에서 일하니까 늘 같이 있을 수 있잖아.

동생의 말투에는 늘 술에 절어 지내며 집안을 내팽개쳤던 아버지에 대한 원망이 담겨 있었다.

하던 일이 안 되어 문을 닫게 된 아버지는 평소에 마시던 술의 양을 넘어서기 시작했다. 그나마 사람들 앞에 나서야 하는 일이 있었을 때는 낮부터 마시지는 않았다. 직업의 제약이 없어지자 눈을 뜨면 술부터 찾았다. 당연히 생활비를 버는 일은 어머니의 몫이었다. 그때부터였다. 어머니가 아버지에게 큰소리를 치기 시작한 것은. 어머니는 낡은 승용차 한 대를 장만해서 건강식품이나 화장품을 팔러 다녔다. 화장기 없는 얼굴에 색을 먹였고 옷차림도 세련돼졌다.

어머니는 그렇게 번 돈으로 꼬박꼬박 아버지의 술을 사다줬다. 일을 하러 나갈 때도 소주 몇 병은 늘 밥상 위에 놓아두었다. 폭음이 폭음을 불렀다. 소주를 견디지 못하자 막걸리로 바꿔 마셔댔다. 음식을 먹는 양은 점점 줄어들고, 술을 마시는 양은 갈수록 늘어났다. 원체도 작은 체구의 아버지는 왜소증 걸린 아이처럼 조금씩 쪼그라들었다. 그러다 어느 날 밤, 어머니는 나를 깨우더니 자고 있는 아버지의 허리춤으로 손을 넣어보라고 시켰다.

사람이 죽으면 허리가 내려앉아서 손이 안 들어가.

아버지의 허리는 바닥에 달라붙어 있었다.

손이 안 들어가요.

그래?

어머니는 묘하게 후련한 표정이었다.

4

엄마가 다른 사람들하고 인사하는 동안 얼른 방으로 돌아왔다.

손수건을 펼쳐 오늘 쓸 동전을 적당히 챙기고 지폐 한 장도 접어서 주머니에 넣었다. 나머지 동전은 잘 싸서 책가방 가장 아래쪽에 감췄고, 지폐는 책장에 꽂혀 있는 낡은 성경책 속에 감췄다. 한문과 여백이 잔뜩 있고 지퍼까지 달린 커다란 성경책을 들춰보는 사람은 집안에 아무도 없었다.

나는 성경책을 펼쳐 돈을 끼워 넣고는 지퍼를 잠그고 반대쪽으로 돌려 책장에 꽂아두었다.

"형제자매님들한테 인사도 좀 하고 그러지 왜 이렇게 빨리 왔어?"

책장에서 몸을 돌리기 무섭게 엄마가 방으로 들어오며 물었다.

"화장실 때문에요."

"아까 다녀왔잖아."

"그건 침 뱉으러 간 거고요. 이번에는 배가 아파서요."

"많이 아프니?"

"아니에요. 지금은 괜찮아요."

"그럼 아빠 오면 점심 먹자."

"저, 그냥 나갔다 오면 안 돼요? 점심 석호네서 먹을 건데요."

"그래? 그럼 얼른 다녀와. 너무 늦게까지 놀지 말고."

나는 서둘러 인사를 하고 밖으로 나왔다. 주머니에 돈이 있으니 뭔가 든든한 느낌이 들었다.

나는 천천히 석호 집을 향해 비탈길을 걸어 내려갔다.

석호는 학교에서 사귄 유일한 친구였다. 2학년 때 시골에서 올라온 나는 한동안 도시 생활에 적응하지 못했고, 잦은 결석으로 기피 대상이 되었다. 4학년이 되어 같은 반이 된 녀석과는 우연한 기회에 친구가 되었다.

녀석은 이빨 사이로 바람을 내보내 휘파람을 불 수 있었고, 텔레비전에서 하는 만화영화 주제가를 그럴듯하게 연주할 수도 있었다. 나는 풀잎으로 피리를 불 수 있었다. 우리는 서로의 기술에 감탄하며 상대를 가르쳐줬다.

녀석의 집으로 가는 내 발걸음은 언제 긴장했느냐는 듯 가벼웠다. 아니, 일종의 성취감까지 느끼고 있었다. 머릿속은 녀석과 군것질을 할 것인지, 아니면 거하게 짜장면을 먹을 것인지 분주하게 움직였다. 어쩌면 모든 것을 하고도 만화방에 갈 돈이 남을지도 몰랐다.

나는 거의 처음으로 손에 쥔 선택의 가능성에 열광하고 있었다.

그 열망이 차게 식은 것은 과일 가게 앞을 지나면서부터였다.

과일 가게 앞에서는 태식을 비롯한 6학년 형들이 대여섯 명 놀고 있었다. 같은 학교 형들이었는데 함께 놀아준다는 명목으로 나를 괴롭히고는 했다.

나는 그들을 발견하고는 재빨리 다른 골목으로 들어섰다.

심장이 아까 교회에서처럼 방망이질 쳤다.

골목을 중간쯤 내려왔을 때 골목 입구에 태식이 나타났다.

"어이, 예수쟁이! 빚 안 갚고 어디 가냐?"

나는 그 목소리를 듣자마자 몸을 돌려 냅다 뛰기 시작했다. 하지만 운동이라면 젬병인지라 금세 숨을 헐떡거렸다. 그마저도 골목 반대편에 태식의 다른 패거리들이 기다리고 있어 도주는 아주 짧게 끝나고 말았다.

태식과 패거리들이 나를 에워쌀 때, 그들 중에서 낯익은 얼굴을 발견했다.

석호였다.

"예수쟁이, 빚 안 갚을 거야?"

태식이 나를 벽으로 밀치며 사나운 얼굴로 물었다.

"가, 갚을 거예요."

"얼마나 빚진 건지는 알고 있지? 천 년이야."

태식 패거리는 제기차기나 자치기 내기를 해서 지면 1년, 2년 빚을 지웠고, 운동을 좋아하지도, 그런 것을 해본 적도 없는 나는 어느새 천 년이라는 빚을 지고 말았다. 그것도 지들 멋대로 이자를 붙여서 올린 것이다. 녀석들은 게임을 이겨서 빚을 갚든지, 아니면 구슬이나 딱지 같은 것을 내놓으라고 강요했다. 그때부터 태식 패거리의 눈에 띄지 않게 피해 다녔는데 하필 오늘 마주치고 만

것이다.

“내기를 못하겠으면 돈으로 갚아라. 10원에 1년씩 해줄게.”

“도, 돈 없어요.”

“이런 씹새끼가. 죽을래? 예수쟁이네 집에 돈이 없으면 달동네 누구한테 돈이 있냐?”

태식이 상스러운 욕을 내뱉으며 가슴팍을 밀쳤다.

나는 두려움에 움츠러들면서 석호를 바라봤다. 녀석은 다른 패거리 사이에 숨어서 나와 눈을 마주치지 않으려고 했다. 하지만 지금 이곳에서 내게 있는 유일한 돌파구는 석호뿐이었다.

“석호야! 우, 우리 집에 돈 없지?”

내가 듣기에도 구차한 목소리였다. 하지만 주머니에 돈이 있다는 것을 들키면 반드시 빼앗기고 말 것이었다.

“야, 석호! 얘 알아?”

태식이 물었다.

“아, 아니에요. 잘 몰라요.”

석호가 대답했다.

“둘이 친해서 만날 학교 끝나고 같이 논다던데?”

패거리 중에 한 명이 물었다.

“그냥 같은 반이에요.”

석호가 대답했다.

“니네 엄마끼리도 친하다던데?”

패거리 중에 다른 아이가 물었다.

“아, 진짜 아니라고요. 내가 왜 예수쟁이 새끼랑 친해요! 그냥 불쌍해서 몇 번 놀아준 거라고요. 이 새끼 돈 많아요. 한번 뒤져보세요."

"오, 그래?"

태식이 말하자 다른 패거리가 일사불란하게 내 팔다리를 잡았다. 발버둥을 쳐봤지만 아무런 소용이 없었다. 석호는 내 오른손을 붙들고 있었다.

"가만있어, 새끼야!"

태식이 주먹으로 턱을 후려갈겼다.

나는 비명소리와 함께 저항을 멈췄다.

"석호 말이 맞네. 이 새끼 돈 많구먼."

어느새 내 주머니 속의 지폐와 동전은 모두 태식의 주머니 속으로 빨려들어갔다. 녀석이 주먹으로 배를 냅다 질렀다. 바람 빠지는 소리와 함께 격한 통증이 몰려왔다.

"이거 돈 빼앗는 거 아니다. 빚 받은 거야. 기분 좋게 백 년 갚은 걸로 해줄게. 담에 또 보자, 예수쟁이야."

태식이 말을 마치고 돌아서자 나머지 패거리들도 죽 그를 따랐다. 그중에는 석호도 있었고, 녀석은 단 한 번도 뒤를 돌아보지 않았다.

5

결국 어머니는 나와 함께 지내게 되었다. 내가 자유직이라 어머니를 돌볼 시간이 더 많다는 이유였다.

한때는 신춘문예나 공모전에 빠짐없이 글을 보내봤다. 하지만 본심에 몇 번 올랐을 뿐, 당선되는 일은 없었다. 몇 년을 빈둥거리다 아는 선배의 권유로 돈 좀 있는 노인들의 자서전을 대필해주거나, 인터넷 블로그에 광고를 대행해주는 사업을 시작했다. 나름 1인 기업이라 출퇴근이 자유롭기는 하지만 노출 빈도가 제대로 안 나오면 광고주들의 클레임이 폭주한다. 그래도 부지런히 광고 글을 작성해서 올리면 여느 직장인 정도의 수입은 올릴 수 있었다.

어머니는 정신이 돌아올 때면 예전처럼 살뜰하게 청소도 하고 요리도 하면서 집안일을 돌봤다. 최근 일은 기억에 없지만 내가 어렸을 때 일은 곧잘 선명하게 기억해 대화를 나누곤 했다. 그럴 때면 어머니는 나에게 무언가 하고 싶은 말이 있는 듯 입술을 달싹거리다가 말곤 했다. 하지만 그런 시간은 점점 줄어들었다.

방에서 작업을 하다 거실로 나와 보면 어느새 문을 열고 밖으로 사라진 다음이었다. 그런 때면 하고 있던 작업도 내팽개치고 골목이며 천변으로 어머니를 찾아다녀야 했다. 작업이 늦어 약속한 광고가 늦게 올라오는 것에 분개한 광고주들의 클레임에 대응하다 보면 진이 빠졌다.

어쩔 수 없이 현관문 안쪽에 빗장을 설치하고 자물쇠를 걸었다. 어머니와 나, 두 사람 모두 같은 감방에 갇힌 수형자들이었다.

6

나는 터덜터덜 뒷산에 올랐다.

아무것도 먹지 못한 배가 꼬르륵 소리를 냈다.

뒷산에는 예전에 군인들이 쓰던 방공호 같은 공간이 있었다. 나는 가끔 그곳에 가서 혼자 시간을 보내고는 했다.

혀로 썩은 이빨을 밀어봤다.

아까 태식에게 맞은 부위가 하필이면 흔들리는 이빨 쪽이었다. 그 탓인지 거의 직각으로 누울 정도로 밀려났다.

나는 손가락을 사용해서 이빨을 제자리로 돌려놓았다.

여름이었지만 방공호 안은 서늘했다.

나는 팔뚝을 문지르며 표지도 없고 군데군데 찢어져 있는 국어사전을 집어 들었다. 무슨 이유로 방공호 안에 국어사전이 있는지 알 수 없었다. 그저 내가 처음 드나들 때부터 있었다.

가끔 시간이 안 갈 때 국어사전 이곳저곳을 펼쳐서 읽거나 모르는 단어를 찾아봤다. 아버지 덕분에 국어사전 찾는 법은 알고 있었다.

나는 시간 가는 줄도 모르고 단어들을 읽어 내려갔다. 한 단어는 다른 단어를 불러왔고, 말의 연속 속에서 배고픔도 잊었다. 얼마나 그렇게 단어들 사이에 빠져 있었던지 더는 글씨를 읽을 수 없을 정도로 날이 어둑해졌다.

나는 국어사전을 방공호 안쪽에 잘 감춰두고 집으로 내려왔다.

7

새벽까지 방문을 걸어 잠그고 새로 개업한 디저트 가게의 광고

글을 쓰고 있던 나는 갑자기 집 안이 너무 조용하다는 생각이 들었다. 애들이 너무 조용하면 사고를 치고 있을 확률이 높은 것처럼, 어머니도 지나치게 조용하면 불안했다.

불이 꺼진 거실은 냉기가 돌았다.

묵음으로 처리된 텔레비전이 걸그룹 아이돌의 칼군무를 내보내고 있었다. 어머니는 가끔 소리도 나오지 않는 텔레비전을 몇 시간이고 들여다보곤 했다.

안방 문을 열자 침대에 누워 있는 어머니가 보였다.

나는 가만히 서서 시체처럼 누워 있는 여자를 내려다보았다. 머리는 푸석푸석했고, 피부는 늘어진 가죽처럼 뼈에 달라붙어 있었다. 벌어진 입안은 시커멓게 죽은 잇몸만 남아 텅 비어 있었다. 숨을 들이쉬고 내쉬는 소리도 없었다.

어머니의 허리춤으로 손을 넣었다.

손이 들어갔다.

정체를 알 수 없는 더러운 기분이 들었다. 토사물로 가득한 구정물에 빠졌다 나온 것 같았다.

화장실로 들어가 찬물을 얼굴에 끼얹었다. 고개를 흔들다 이질적인 무엇인가가 시선에 걸렸다. 물을 뚝뚝 떨어뜨리며 정체를 확인했다. 어머니의 가짜로 만든 이빨이 투명한 변기 물속에 담겨 있었다.

다음 날 어머니는 요양원에 들어갔다.

8

불이 꺼진 예배당을 지나 2층으로 올라갔다.

2층 현관문 앞에서 잠시 안에서 들려오는 소리에 귀를 기울였다. 망설이다가 문을 열었다. 거실에서는 엄마가 목사에게 머리채를 잡힌 채 맞고 있었다.

"이런 씹할 년이. 어디서 대들고 지랄이야!"

체구가 작은 목사는 어디서 그런 힘이 나왔는지 엄마의 머리채를 잡고 거실 여기저기로 질질 끌고 다녔다. 그 바람에 발에 채인 소주병들이 요란한 소리를 내며 나뒹굴었다.

"헌금이 적은 게 왜 내 탓이야!"

엄마가 악다구니를 썼다.

"이런 쌍년. 잠언 31장의 현숙한 여인 몰라? 네년이 신도들한테 제대로 했으면 왜 사람이 빠져나가? 헌금이 왜 줄어?"

"악! 아파! 그만해!"

목사는 미친 사람처럼 성구를 암송했다.

"누가 현숙한 여인을 찾아 얻겠느냐 그 값은 진주보다 더 하니라. 그런 자의 남편의 마음은 그를 믿나니 산업이 핍절치 아니하겠으며, 그런 자는 살아 있는 동안에 그 남편에게 선을 행하고 악을 행치 아니하느니라. 그는 양털과 삼을 구하여 부지런히 손으로 일하며, 상고의 배와 같아서 먼 데서 양식을 가져오며, 밤이 새기 전에 일어나서 그 집 사람에게 식물을 나눠주며 여종에게 일을 정하여 맡기며, 밭을 간품하여 사며 그 손으로 번 것을 가지고 포도원을 심으며…."

한 구절 한 구절을 읊을 때마다 엄마의 몸 여기저기에는 상처가 생겼다.

나는 문을 닫고 1층으로 내려왔다.

예배당 문을 열고 아침에 앉았던 장의자에 앉았다. 어둠에 덮인 예배당은 방공호처럼 서늘했다.

나는 아까 국어사전에서 새로 배운 단어를 애써 떠올렸지만, 안개가 낀 것처럼 머릿속이 뿌옇기만 했다.

목사가 나를 때릴 때면 하던 말만 양쪽 귀 사이에서 울려댔다.

'초달을 차마 못하는 자는 그 자식을 미워함이라. 자식을 사랑하는 자는 근실히 징계하느니라.'

나는 손가락으로 썩은 이빨을 잡고 이리저리 흔들었다.

찌걱, 찌걱, 찌걱.

이빨 뿌리가 떨어지는 소리가 났다.

더 세게 흔들다가 바깥쪽으로 밀었다.

이빨 뿌리가 구멍에서 완전히 빠져나왔고, 한쪽만 잇몸에 붙어 있었다.

입안에 피 맛이 가득 찼고, 눈물이 흘렀다.

아예 뿌리를 잡고 뜯었다.

찌이익.

이빨이 잇몸에서 뜯어지기 시작했다. 나는 뿌리를 잡고 힘을 주어 잡아당겼다.

마침내 썩은 이빨만 떨어졌다. 입안에는 피가 한가득 고였다. 나는 아직도 살점이 붙어 있는 이빨을 주머니에 넣고, 입안에 고인 피는 삼켰다.

그렇게 어두운 예배당에 앉아 더 이상 피가 나오지 않을 때까지 삼키고 또 삼켰다.

9

병실에 도착한 나는 간병인 아줌마에게 베지밀 박스와 몇 만 원이 든 봉투부터 내밀었다. 병실 전체를 담당하고 있는 조선족 간병인은 뭘 이런 걸 주시느냐고 너스레를 떨면서도 재빨리 봉투부터 챙겼다.

어머니 침대는 창가 바로 옆이었다.

방금 전까지 깨어 계시면서 뭘 끄적거리고 계셨는데 약 드시고 금방 잠드셨네요. 갑자기 종이하고 펜을 달라고 하셔서 깜짝 놀랐다니까요.

받은 것이 있어선지 간병인이 어머니의 침대 시트를 이리저리 매만지며 참견을 했다.

여기 있네요.

간병인이 어머니가 썼다는 쪽지를 건네줬다.

나는 읽어보지도 않고 주머니에 넣었다.

어머니는 응급 시에 삽관하기 쉽도록 아예 틀니를 빼놓고 있었다. 허옇게 백태가 낀 혀가 동굴 속 이끼가 앉은 바위처럼 둥그렇게 말려 있었다.

너를 임신했을 때 말이야, 얼마나 입덧이 심하던지 아무것도 먹을 수가 없었어. 그래서 생쌀을 씹어 먹었지. 그때 이빨이 다 상한 거야.

어머니의 틀니는 서랍 속에 있었다.

나는 컵에 물을 받고 틀니를 담가 창가에 놓았다.

물끄러미 햇살을 받은 컵을 바라보고 있다가 간병인이 준 쪽지가 생각났다. 구깃구깃한 쪽지에는 삐뚤빼뚤한 글씨로 세 글자가 반복해서 적혀 있었다.

고마워. 고마워. 고마워.

나는 어머니가 종이에 꾹꾹 눌러쓴 글씨가 흐릿해질 때까지 한참 동안 내려다보고 있었다.

10

이빨을 뽑은 통증 때문에 도저히 잠이 오지 않았던 나는 사리돈이라도 하나 먹을까 하는 생각에 거실로 나갔다. 가끔 엄마가 매를 심하게 맞은 날이면 먹었던 것을 기억해두고 있었다. 약을 넣어둔 바구니에서 진통제라고 쓰인 약국 봉투를 열어 물과 함께 한 알을 삼켰다. 잠시 그러고 앉아 있자 몽롱한 느낌이 들면서 날카로웠던 통증이 둔해졌다. 나는 방으로 돌아가 다시 잠이 들었다.

며칠 뒤, 엄마는 퍼렇게 멍이 든 눈으로 아버지의 술병에 무엇인가를 타고 있었다.

"그게 뭐예요?"

"술 깨는 약. 이걸 같이 마시면 술 마시는 게 죽을 만큼 싫어진대."

"에이, 그런 게 어딨어요."

"약사 선생님이 그랬다니까."

"그게 정말이면 좋겠네요."

엄마는 천진하게 웃는 내 머리를 쓰다듬었다.

약은 제대로 듣지 않았다. 아버지는 여전히 세상에서 제일 맛있는 음식처럼 술을 마셔댔다.

나는 엄마에게 사리돈을 찾다가 약 바구니에서 무엇인가 비어 있는 것을 깨달았다는 것을 말하지 않았다. 그것이 반장 아주머니가 나눠준 쥐약이 들어 있는 봉투였다는 것도. 엄마가 검은 비닐로 싸두고 절대 먹어서는 안 된다고 몇 번이고 신신당부했기 때문에 잘못 봤을 리가 없다는 것도.

그즈음이었다. 그토록 만류하던 엄마가 아버지의 술을 빠짐없이 사다주기 시작했던 때가.

1

어렸을 적 아버지에게 혼이 나 덜덜 떨면서도, 그 모습을 제삼자의 시선으로 냉정하게 관찰하고 분석해서 기억 속에 저장하는 내가 있었다. 어렴풋이 이것이 소설의 좋은 소재가 될 것이라고 느끼면서.

언젠가 어떤 사정 때문에 앤솔러지에 본명과 필명으로 두 편의 작품을 실은 적이 있었다. 내가 쓴 책을 읽고 있는 줄도 몰랐던 어머니가 필명으로 쓴 작품을 짚으며 이것도 네가 쓴 것이 아니냐고 물었다.

2

불편하지만 쓸 수밖에 없는 이야기가 있다. 기억을 공유한 사람들을 불쾌하게 만들 수도 있는 이야기. 소설가의 눈에 비친 자신의 모습을 확인하고 비수처럼 박히는 이야기. 모든 것은 허구이자 메타포라고 항변해보아도 이미 상처 난 가슴은 아물지 않는다. 그럼에도 불구하고 어두운 새벽 책상 앞에 앉은 소설가는 충분히 솔직하지 못했음을 자책한다. 여전히 가장 축축한 곳, 음험한 벌레와 사나운 야수들이 즐비한 밑바닥까지는 들어가지 못했음을 알기에.

3

소설가를 꿈꾸던 어린 시절, 첫 번째 책이 나오면 헌사(獻辭)로 쓰려고 생각한 문장이 있다. "어머니에게. 그리고 결국은 아버지에게." 아직 이 문장을 당당히 쓸 수 있는 책을 쓰지 못했다. 살아계실 때 그렇게 할 수 있기를 소망한다.

에덴의 아이들

한이

만여 권의 책을 읽고서야 아는 것이 없다는 것을 깨달은 둔재(鈍才). 많은 직업을 거쳐서 작가가 되었고, 여러 부캐로 다양한 글을 쓰고 있다. 2017년 〈귀양다리〉로 '한국추리문학상 황금펜상'을 수상했고, 2019년부터 제8대 한국추리작가협회 회장으로 활동하고 있다.

녀석은 평소처럼 주차장의 어두운 그늘 속에 잠복해 있다가 계단을 오르려는 내 발목을 낚아챘다. 시선을 내리자 갈색과 흰색 털이 섞인 꾀죄죄한 고양이가 애처로운 표정으로 올려다보고 있었다. 녀석은 머리를 발목에 이리저리 비비며 울어댔다. 사람을 잘 따르고 붙임성이 좋은 녀석에게 종종 간식이나 사료를 주는 여자들이 있었다. 아마 내게도 그런 것을 바라는 모양이었다. 나는 녀석을 잠시 내려다보다 멈췄던 발길을 옮겼다. 녀석이 울음소리를 내며 내 뒤를 따랐다. 도도하고 날렵한 걸음이 아니라 뒷다리와 엉덩이가 바닥에 끌리고 있었다. 태어날 때부터였는지 아니면 사고를 당한 것인지 낚싯바늘처럼 꺾인 허리가 오른쪽 왼쪽으로 휘청거렸다. 녀석은 계단을 따라오지 못하고 등 뒤에서 한참을 울어댔다.

3층의 사무실 겸 숙소의 문을 열고 안으로 들어갔다. 창문을 열고 선풍기를 틀었다. 후텁지근한 여름밤의 열기와 함께 취객들의 소음이 빈 공간을 채웠다. 책상 앞에 앉아 낡은 컴퓨터의 전원 버튼을 누르고, 의뢰를 마친 기념으로 사들고 온 700밀리리터 싸구려 보드카 병을 무릎 사이에 끼우고 오른손으로 뚜껑을 열었다. 병째 들이켜자 불덩이 같은 뜨거운 액체가 목을 타고 내려갔다. 숨을 내쉬자 코가 타는 것 같았다.

한참을 드르륵거리던 컴퓨터 화면이 켜졌다. 나는 보고서 양식을 불러와 지난 며칠 동안 대상자를 관찰했던 내용을 시간대별로 작성했다. 보험금 과잉 청구와 관련된 보험사의 의뢰였다. 무인자동차 사고로 왼쪽 다리에 영구 손상을 입었다는 피보험자를 미행 관찰해서 사기성 여부를 밝히면 되는 통상적인 일이었다. 서른여덟 살의 피보험자는 일상생활에서도 왼쪽 다리를 질질 끌면서 다녔다. 하지만 잠복 사흘째, 골목에서 놀던 아이들이 잘못 찬 축구공이 앞으로 굴러오자 무의식적으로 왼쪽 발로 차서 돌려보냈다. 나는 관련된 사실과 함께 그 모습을 촬영한 동영상을 첨부했다. 보험금으로 시궁창에서 벗어나려고 했던 남자는 여전히 시궁창에서 살게 됐다.

나는 아이들을 향해 멋지게 호선을 그린 축구공과 함께 꿈이 좌절된 남자를 위해 보드카 한 모금을 더 들이켰다. 오래전 하드보일드 소설에 묘사된 탐정은 없다. 그저 기계가 처리하는 것보다 단가가 싸게 먹히는 허드렛일을 하는 자영업자가 있을 뿐이다.

노크 소리가 들린 것은 보드카 병을 서랍에 넣어두고 긴팔 셔츠를 벗으려 할 때였다. 30대 중반의 쥐색 작업복 차림의 남자가 사무실 안으로 들어와 열린 문을 두드리고 있었다.

"영업 끝났소." 내가 말했다.

"불이 켜져 있어서."

사내가 쭈뼛거리며 말했다.

나는 긴팔 셔츠의 단추를 다시 채우며 책상 맞은편에 있는 등받이 없는 의자를 가리켰다. 사내가 엉거주춤 엉덩이를 내려놓았다. 작업복을 입고 있었지만 중키에 날카롭게 찢어진 눈매가 매서워 보였다. 사내의 시선이 책상 위에 올려놓은 내 왼손을 더듬었다. 나는 왼손을 들어 흔들어 보였다.

"의수요."

"죄송합니다." 사내의 얼굴이 약간 붉어졌다.

"그럴 것 없소. 예전에 군대 있을 때 달게 된 거라 티가 많이 납니다. 좀 좋은 걸 달아주지. 그래도 의뢰받은 일을 처리하는 데는 별 지장 없소. 먼저 이름은?"

사내의 얇은 입술이 달싹거리더니 "임준태"라고 대답했다.

"의뢰 내용은?"

"가출한 아내를 찾고 싶습니다."

"아내의 이름은?"

"한소영인데 조선족입니다. 한시아오잉. 결혼 전까지는 중국 선전시에서 살았습니다."

"가출이라고 판단한 이유는?"

지금도 심심치 않게 한국 국적을 취득하기 위해 결혼했다가 일정 기간이 지나면 갑자기 잠적하는 사람들이 있었다. 코로나 사태가 잦아든 이후 한국 시민권의 인기는 날이 갈수록 올라가고 있었다.

“이틀이나 갈 만한 곳이 없습니다. 아는 사람도 없고. 휴대전화도 집에다 놓고 갔습니다.”

휴대전화를 놓고 갔다면 위치 추적을 피하기 위해 작정을 했거나 이미 대포폰으로 갈아탔을 공산이 높았다.

“놓고 간 휴대전화는?”

“혹시 몰라서 갖고 오기는 했습니다.”

임준태가 바지 주머니에서 꺼낸 휴대전화를 건네주었다. 아직도 눅눅한 습기가 남아 있었다.

“화장실 변기통에 버렸더군요. 헤어 드라이기로 잘 말려서 켜기는 했습니다만 아무것도 없었습니다.”

남편이 왜 가출로 단정했는지 이해가 됐다.

아내 사진이 있냐는 물음에 임준태가 여권 사진을 출력한 종이를 내밀었다. 올백으로 넘긴 머리에 야무진 눈매를 하고 있었다. 통상적으로 보아도 미인이라고 할 만한 외모였고, 흔히 면접 프리패스라고 불리는 인상을 풍기고 있었다. 시민권을 노리고 결혼을 이용할 사람처럼 보이지는 않았지만, 인간의 겉모습이 얼마나 기만적인지를 깨달을 만큼은 이 일을 해왔다.

“다른 특이 사항은 없소?”

“두 살배기 사내아이가 있습니다.”

“사진은?”

“없습니다. 아내 휴대전화에 있는데 다 지워버려서.”

“집에 놔둔 사진도 없소?”

“아내가 다 태워버렸더군요.”

"당신 휴대전화에는?"

"사진 찍는 걸 그리 좋아하지 않아서요."

아들 사진이 하나도 없다는 말에 의구심이 들었지만 더 이상 묻지 않았다. 가정마다 말할 수 없는 사정이 있는 법이다.

"아내와 아이를 찾으면 어떻게 하면 좋겠소?"

"그냥 어디에 있는지 주소만 알려주십쇼. 집으로 데려오는 것은 제가 하겠습니다. 제 연락처는…."

나는 임준태가 불러주는 전화번호를 메모하고 나서, 필요한 경비에 대해 말해주었다. 그는 선금으로 일주일치 경비의 절반을 내놓더니 잘 부탁한다는 말과 함께 사무실을 벗어났다. 나는 낡은 작업복과 어울리지 않게 조금도 닳지 않은 임준태의 구두 굽을 물끄러미 바라보았다.

사무실 문을 닫고 비로소 긴팔 셔츠를 벗었다. 위팔뼈를 조이고 있는 끈을 풀고 소켓에서 왼팔을 떼어냈다. 이두근과 전완근은 알루미늄으로 되어 있고, 팔꿈치 관절 부분은 구부릴 수 있도록 금속 띠로 되어 있었다. 손은 실리콘이었는데 임준태처럼 조금만 눈썰미가 있는 사람이라면 금세 가짜라는 것을 알아챌 수 있을 정도였다. 날아간 왼팔 대신 군대에서 달아준 싸구려 보급품이었다. 첨단 알고리즘을 사용하는 감쪽같은 의지 보조기도 많았지만 탐정 수입으로는 까마득한 이야기였다.

나는 발갛게 부어오른 상박을 주물렀다. 여러 번의 신경 수술과 재수술을 받았지만 팔의 기능을 상실한 왼팔은 결국 어깨에서 15

센티미터 밑으로 절단할 수밖에 없었다.

서랍에서 꺼내놓은 보드카를 홀짝거리며 블랙마켓에서 구입한 디지털 포렌식 장비를 컴퓨터와 한소영의 휴대전화에 연결했다. 10년 전만 해도 휴대전화나 컴퓨터를 복원하려면 외부 전문가에게 맡겨야 했고 그마저도 복원율이 높지 않았지만, 최근에는 포렌식 기술이 비약적인 발전을 거듭했다. 지금은 담뱃갑 크기의 장비를 연결하는 것만으로도 상당 부분 되살릴 수 있었다. 하긴 나노포어를 이용해서 단 여섯 시간이면 신생아의 유전체 전체 염기 서열을 분석할 수 있는 시대다.

복원이 진행되는 동안 소파에 앉아 텔레비전을 틀었다. 24시간 뉴스 채널에서 10년 전이나 작년이나 다를 것 없는 내용을 열변을 토하며 방송하고 있었다. 그들의 말에 따르면 대통령은 탄핵해야 할 대상이며, 한반도는 당장이라도 전쟁이 터질 위기 상황이었고, 지구는 멸망 일보 직전이었다. 나는 얼마 남지 않은 서울시장 선거에 J그룹의 삼남이 출마한다는 소식을 끝으로 음악 방송으로 채널을 돌렸다. 오래된 블루스 음악이 흘러나왔다. 어디선가 들었던 〈Blues in My Bottle〉의 가사를 흥얼거리며 술병을 기울였다.

복원이 완료됐다는 신호음이 들렸다. 몇 장 안 되는 사진은 화소가 깨져서 알아볼 수 없었다. 정말 아는 사람이 없는지 문자나 인스턴트 메시지도 없었다. 중국에 있는 친척과 접촉한 기록도 없었다. 소셜 미디어에 접속한 흔적도 없었고, 아이 사진을 올리거나 음식 사진을 올린 것도 없었다. 유일하게 건질 수 있었던 것은 통화 목록이었다. 단 하나의 전화번호가 통화 목록에 남아 있었다. 전화번호를 인터넷으로 검색하니 수입 잡화상이었다. 주소를 메모하고 컴퓨터를 껐다. 벽에 세워둔 접이식 침대를 사무실 한가운데 끌어다 펼치고 누웠다. 어디선가 애처로운 고양이 울음소리가 들려왔다. 나는 마지막으로 보드카를 길게 들이마시고 잠을 청했다.

왼팔 통증 때문에 잠에서 깨어났다. 하지만 왼팔을 움켜잡으려던 손은 허공을 갈랐을 뿐이었다. 십수 년이 지났지만 여전히 팔이 있던 부위가 욱신거렸다. 밤새 열어둔 창문으로 취객들의 소란은 사라지고 출근길을 서두르는 사람들의 부산스러운 움직임이 들려왔다.

오른손으로 샤워를 하고 깔깔한 입안을 헹궜다. 어제와 반대 순서로 왼팔을 착용하고 끈을 단단히 조였다. 오랫동안 사용하다 보니 꽉 묶지 않으면 소켓에서 빠지는 경우가 생겼다. 그런 일로 사람들을 놀라게 하고 싶지는 않았다. 나는 긴팔 셔츠를 입고 몇 가지 필요한 물건을 챙겨 사무실을 나섰다.

계단을 내려가니 주차장 한구석에서 치즈 고양이 녀석이 캔에 담긴 사료에 얼굴을 처박고 있었다. 누군가에게 애교를 부리고 얻어낸 모양이었다.

"도시에서 살아가려면 사람을 믿지 말아야 해."

나도 모르게 입 밖에 냈던지 녀석이 사료에서 얼굴을 들고 다리를 질질 끌며 다가왔다. 나는 녀석이 발목에 머리를 비비기 전에 서둘러 자리를 피했다.

일을 시작하기 전에 편의점에 들러 싸구려 커피를 내렸다. 플라스틱 뚜껑을 닫기 전에 휴대용 술병을 꺼내 위스키 몇 방울을 떨어뜨리고 후루룩거리며 커피를 마셨다. 간밤의 취기가 씁쓸한 커피와 함께 날아갔다.

지하철을 타고 어제 메모해둔 주소지로 향했다. 낡은 전기차가 있었지만 긴 시간 잠복할 게 아니라면 걸어 다니는 게 편했다. 미행하기도 편했고, 어설프게 CCTV 앞에 주차해뒀다가 발각되거나 경비보다 주차 위반 벌금이 더 나올 수도 있었다. 개찰구를 나오자마자 낯선 향신료 냄새가 몰려들었다. 수십 년 전부터 재한 조선족이 몰려들더니 이제는 중국에 온 것 같은 착각이 들 정도로 바뀌어 있었다. 한국어보다 중국어가 더 많이 들렸다.

휴대전화 내비게이션을 들여다보며 목적지를 찾았다.

청화수입(靑華輸入)이란 간판이 붉은 글씨의 초서체로 쓰여 있었고, 유리창에는 복을 비는 중국의 온갖 부적들이 덕지덕지 붙어 있었다. 안으로 들어가자 향신료 냄새가 코를 찌르는 가운데 중국술, 과자, 폭죽, 전병, 책 등 온갖 물품들이 뒤죽박죽 쌓여 있었고, 판매대 안쪽에 나이를 짐작할 수 없을 정도로 늙은 여자가 꾸벅꾸벅 졸고 있었다. 자글자글한 주름이 온 얼굴을 덮고 있어서 견종 가운데 샤페이를 떠올리게 하는 여자였다. 샤페이는 내가 들어온 줄 모르는 건지 모른 척하는 건지 알 수 없는 표정을 짓고 있었다.

나는 선반에서 값싸 보이는 고량주 한 병을 집어 들고 샤페이에게 다가갔다.

"얼맙니까?"

그제야 샤페이가 눈꺼풀을 들어올렸다. 그 과정은 마치 잔잔한 호수에 잔물결이 이는 것 같았다. 눈가에서 시작된 주름의 파동이

서서히 얼굴 전체로 퍼져나갔다. 샤페이는 계산기를 들어 가격을 찍어 보여줬다. 나는 돈을 치른 다음 한소영의 사진을 내밀었다.

"최근에 이 사람을 본 적이 있습니까?"

거북이처럼 느릿하게 사진을 들여다보는 샤페이의 얼굴은 변화가 없었다.

"니 칸구워 메이요 쩨이거런? 한시아오잉."

나는 중국어로 다시 한번 같은 질문을 했다.

"징자(警察)?"

"메이요(아니오)."

"본 적 없어."

내가 경찰이 아니라고 하자 샤페이가 한국어로 대답했다.

"다시 한번 잘 보시죠."

"없어. 봤다고 해도 이 나이에 누굴 기억하겠어. 오늘 먹은 아침도 잊어버리는데."

나는 할 수 없이 싸구려 고량주 병을 들고 밖으로 나왔다. 근처 중국 음식점에 들어가 국물이 있는 요리를 주문하고 들고 온 고량주를 마셔도 되냐고 주인에게 물어봤다. 처음에는 안 된다고 하다가 청화수입에서 샀다고 하니까 마지못해 고개를 끄덕였다. 얼큰한 국물에 처치 곤란한 고량주를 처리하고 예의상 시킨 하얼빈 맥주까지 마시고 밖으로 나왔다. 그리고 청화수입으로 다시 들어갔다.

이번에는 샤페이의 의심 섞인 눈길이 바로 꽂혔다.

"왜?"

"깜박 잊고 휴대전화를 놓고 가서요."

너스레와 함께 아까 계산하면서 카운터 옆에 보이지 않게 쑤셔 넣어두었던 휴대전화를 꺼냈다.

"이게 왜 여기 떨어졌지? 어르신 말씀대로 늙으면 자꾸 깜박깜박한다니까요."

샤페이가 주름진 입술을 달싹거렸지만 끝내 아무 말도 하지 않았다. 나는 휴대전화를 주머니에 넣고 고개를 꾸벅이고는 밖으로 나왔다. 조용한 골목길로 들어가 앱을 해제하고 녹음된 내용을 재생했다. 내가 떠난 지 몇 분 되지 않아 버튼 누르는 소리와 함께 샤페이의 목소리가 녹음되어 있었다.

"요런 자오니 잉가이. 시아오신(누군가 널 찾고 있어. 조심해)."

나는 재한 조선족 거리를 돌아다니면서 몇 가지를 확인한 다음 사무실로 돌아왔다.

그로부터 며칠 동안은 지루한 잠복의 연속이었다. 한소영이 재한 조선족 거리 어딘가에 숨어 있다는 것은 확실했다. 하지만 무턱대고 청화수입의 샤페이에게 따질 수도 없는 일이었다. 수십 년의 세월이 흐르면서 재한 조선족 거리는 일종의 치외법권 구역이 되었고, 난민촌과 함께 가장 위험한 곳으로 꼽히고 있었다. 분위기를 보아하니 샤페이는 조선족 거리의 대모 정도 되는 모양인데 그런 사람을 함부로 들쑤셨다가는 이름도 모르는 뒷골목에서 시체로 발견되기 십상이었다.

대신 내가 택한 것은 지루하지만 안전한 방법이었다.

한소영이 누군가 자신을 찾고 있다는 것을 안 이상, 조선족 거리

바깥으로 나가지는 않을 것이다. 나는 조선족 거리를 다니면서 두 살배기 아이를 데리고 있는 부모라면 한 번은 들를 수밖에 없는 곳을 체크했다. 아이들에게는 반드시 필요한 것이 있었다. 기저귀, 분유, 물티슈와 같은 일상 용품과 병원. 일상 용품은 택배로 해결한다고 하지만 병원은 아이를 직접 데리고 갈 수밖에 없다.

나는 마트 몇 군데와 조선족 거리에서 유일한 소아과 병원 입구의 CCTV를 해킹하는 장치를 설치하고 병원 출입문이 보이는 모텔을 빌렸다. 사무실과의 이동 거리도 있고, 카페는 오랜 시간 앉아 있을 수가 없다. 나는 모텔 창가에 앉아 휴대전화 분할 화면과 망원경으로 감시를 시작했다.

탐정 업무의 대부분은 이렇게 카페, 골목 어귀, 냄새 나는 모텔이나 차 안에서 누군가를 지켜보는 지루한 일의 반복이었다. 영화나 소설에 나오는 화려한 활극은 현실의 탐정에게는 최대한 피해야 할 일이다.

나는 가져온 문고본 소설을 읽다가 지겨워지면 이런저런 검색을 하거나 텔레비전으로 유튜브 뉴스를 들었다. 경제 뉴스의 대부분은 J그룹의 소식이 차지하고 있었다. 중국과 합작으로 설립한 'JC 바이오테크놀로지'의 생산 공장이 상하이와 선전에 완공되었다는 소식과 J그룹의 삼남 이승찬이 서울시장 후보를 수락할 가능성이 높다는 소식 등이 지겹게 반복되고 있었다. 당선 가능성이 높게 점쳐지고 있기 때문인지 이승찬의 일거수일투족이 뉴스거리였다. 심지어 쌍둥이 아이 둘과 야구장을 찾은 영상까지 나오고 있었다. 화면에서는 경호원에 둘러싸여 각자 아이를 안은 이승찬과 아내의 모습이 비춰지고 있었는데, 쌍둥이는 일란성인지 얼굴이 똑같았다. 아들인지 딸인지 몰라도 누가 보더라도 감탄할 만한 외모였고, 뉴스 영상 아래에는 질투 섞인 댓글이 주를 이루고 있었다.

병원과 마트가 문을 닫으면 대충 저녁을 때우고 잠자리에 들었다. 침구류에서도 향신료 냄새가 나는 것 같았지만, 잠을 자는 데는 별문제 없었다.

기다리던 변화가 생긴 것은 나흘째 되는 밤이었다.

문이 닫히기 직전 병원으로 한 여자가 담요에 감싼 아이를 안고 미친 듯이 달려오고 있었다. 야구 모자를 눌러쓰고 있어서 얼굴을 확인할 수는 없었다. 망원 카메라 렌즈로 담아봤지만 마찬가지였다.

나는 테이블 옆에 놔두었던 안경을 끼고 서둘러 밖으로 나갔다. 그 사이 여자와 아이는 병원 안으로 들어갔는지 보이지 않았다. 모텔로 돌아가지 않고 골목 모퉁이에서 병원 입구를 지켜봤다. 한 시간 정도 지났을까, 여자가 확연히 느긋해진 걸음으로 병원 밖으로 나왔다. 여전히 아이는 담요로 감싸고 있어서 보이지 않았다. 나는 눈에 띄지 않게 여자의 뒤를 따랐다. 도보로 미행할 경우 최소한 두 명 이상의 인원이 움직이는 것이 이상적이지만 혼자 일하는 처지라 어쩔 수 없었다. 다행히 거리에는 술을 마시러 나온 사람들로 북적거리고 있어서 흔적을 감추는 데 어려움은 없었다. 여자가 뒤를 돌아보면 재빨리 취객들의 일행인 것처럼 섞였다.

여자는 내가 마크해두었던 마트에 들어가 요거트와 과일, 기저귀를 샀다. 그리고 조선족 거리 안쪽에 있는 11층짜리 허름한 아파트 건물로 향했다. 보통이라면 드론을 띄워 여자가 들어간 층과 호수를 확인할 수 있지만, 급하게 나오느라 미처 챙기지 못했다. 어쩔 수 없이 여자를 앞질러 지나쳐서 승강기 버튼을 눌렀다. 아이와 짐을 안고 계단을 걸어서 올라가지 않으리란 계산이었고, 승강기를 타지 않으면 그 나름대로 1층이나 2층 가운데 하나라는 뜻이었다. 승강기 문이 열리자 고개를 숙이고 제일 안쪽으로 들어가 감시카메라의 사각지대에 섰다. 뒤를 따라온 여자가 8층을 눌렀고, 나는 자연스럽게 9층 버튼을 눌렀다. 사람들이 연이어 들어와 여자는 뒤로 밀려왔다.

승강기가 움직이자 아이가 갑자기 울음을 터뜨렸다. 여자가 담요를 걷고 우는 아이를 어르기 시작했다. 그래도 아이가 울음을 멈추지 않자 야구 모자를 벗고 아이와 눈을 맞췄다. 승강기 거울에 비친 여자는 머리카락을 자르긴 했어도 한소영이 맞았다. 아이를 바라보는 한소영의 눈에는 사랑이 가득 담겨 있었다. 천사처럼 아름다운 아이였다. 하지만 방긋 웃는 미소에도 불구하고 아이의 시선은 어딘가 다른 곳을 헤매고 있었다. 나는 처음 보는 아이지만 어디선가 본 것 같은 기시감이 들었다.

층수가 올라갈수록 사람들이 점점 줄어들었다. 여자가 8층에서 내리고 9층에서 문이 열리자 부리나케 뛰어 나가 계단을 내려갔다. 8층 비상문을 열고 튀어 나갔을 때, 복도식 아파트 중 한 곳의 문이 닫히고 있었다.

8011호였다.

나는 아파트 앞에서 남편에게 전화를 걸었다.

"찾았소."

"거기가 어딥니까?"

나는 주소를 불러줬다.

"감사합니다. 나머지는 제가 알아서 하겠습니다. 잔금은 바로 보내도록 하죠."

"그럼 당신이 올 때까지 기다리겠소. 당신이 오는 사이에 아내가 나가버리면 곤란하니까."

"괜찮습니다. 부끄러운 모습을 보여드리고 싶지 않아서요."

"부담 갖지 말고 애프터케어 서비스라고 생각하시오. 당신이 오면 바로 떠날 거요."

남편이 웅얼거리는 목소리로 알았다고 대답했다.

"참, 아이 말이요."

"네?"

"아이가 정말 사랑스러웠소."

"예에.. 감사합니다."

남편은 마음이 다급한지 서둘러 전화를 끊었다.

나는 으슥한 곳에 자리를 잡고 느긋하게 남편을 기다렸다. 하지만 나를 찾아온 것은 격렬한 전기 충격과 뒤이은 뒤통수의 강렬한 통증이었다.

내가 정신을 차린 것은 자정을 넘긴 때였다.

숨을 쉴 때마다 뒤통수가 욱신거렸다. 오른손으로 만져보니 탁

구공만 한 혹이 튀어나와 있었다. 셔츠를 들추자 옆구리에 테이저건에 맞은 자국이 화상처럼 남아 있었다. 다행히 피가 나는 곳은 없었다.

안경은 바닥에 떨어져 있었고, 휴대전화는 박살이 나서 나뒹굴고 있었다. 나는 안경과 부서진 휴대전화를 뒷주머니에 챙기고 몸을 일으켰다. 올라오는 욕지기를 간신히 삼키고 휘청거리며 아파트로 되돌아갔다.

승강기에 올라타고 8층을 눌렀다. 승강기가 움직이자 간신히 삼킨 구역질이 다시 치밀었다. 후, 후, 후, 짧은 숨을 여러 번 내뱉으며 목구멍으로 올라오는 쓴물을 삼켰지만 소용없었다. 8층 문이 열리자 계단 구석을 찾아가 속에 있는 것을 게워내고 말았다. 그래도 속을 비우자 어지러움이 좀 가라앉았다.

8011호의 문은 열려 있었다.

지문이 남지 않게 왼손 의수를 이용해 문을 당겼다.

집 안은 난장판이었다. 아이 기저귀, 이유식, 옷, 대야 같은 것이 엉망으로 어질러져 있었다. 혹시나 하는 마음에 좁은 집 이곳저곳을 둘러봤지만 한소영과 아이는 사라지고 없었다.

비틀거리는 걸음으로 아파트를 벗어나 제일 처음 눈에 띈 편의점에 들어갔다. 작은 병에 든 위스키를 사서 단번에 절반 정도를 들이부었다. 그제야 욕지기가 멈추는 것 같았다.

모텔로 돌아왔다.

그곳 역시도 난장판이었다. 무언가를 숨겼으리라고 여겨진 곳은 갈가리 찢겨 있었고, 카메라는 메모리칩이 없어진 상태로 박살이 나 있었다.

손을 휘저어 대충 몸을 뉠 수 있는 공간을 마련하고 그대로 드러누웠다. 쓰고 있던 안경을 벗어 옆에 놓자마자 곧 지옥처럼 캄캄한 어둠이 찾아왔다.

다음 날 오후가 되어서야 간신히 몸을 일으켰다. 빈손으로 체크아웃을 하며 자초지종을 설명하자 모텔 주인은 흔쾌히 추가 요금 없이 퇴실을 시켜줬다. 아마 문을 열어주는 조건으로 사전에 충분한 대가를 받았을 것이다.

나는 사무실로 돌아가지 않고 새 휴대전화를 개설한 다음, 컴퓨터를 이용할 수 있는 카페에 들어갔다.

인터넷에 접속해 개인 저장 공간을 불러냈다. 어제 내가 쓰고 있던 안경은 초소형 카메라와 녹화 기능이 있는 것으로, 녹화와 함께 자동으로 가상공간에 저장되도록 설계되어 있었다. 흔들리는 미행 영상은 빠르게 넘기고 승강기 안에서 한소영과 아이가 찍힌 장면만 중점적으로 다시 돌려보았다. 얼마 지나지 않아 내가 느낀 위화감의 정체가 무엇인지 확인할 수 있었다. 영상을 내가 습격당하는 순간으로 돌려보았다. 급격하게 흔들리는 화면 때문에 상대방이 누구인지 확인할 수는 없었다. 하지만 땅에 떨어진 안경이 영상을 계속 찍고 있었고, 굽이 전혀 닳지 않은 구두를 신은 누군가가 멀어지는 모습이 보였다. 나는 검색 엔진으로 관련된 세부 사실을 확인하고 휴대전화에 필요한 것을 저장한 다음 밖으로 나왔다.

새로 개통한 전화로 남편 행세를 한 임준태에게 전화를 걸었다.

없는 번호였다.

임준태의 주인에게 전화를 걸었다. 비서가 받았다. 바꿔줄 생각이 없었지만, "한시아오잉과 아이와 관련된 일"이라고 하자 전화를 연결해주었다.

"한시아오잉이 누군가요?"

수화기 너머의 남자가 물었다.

"당신이 선전시에서 데리고 온 여자."

"무슨 말인지 모르겠군요."

"내가 보여주는 영상을 보면 기억이 날 거요. 어디로 가면 되겠소?"

"유권자의 말은 소중하니까. 제 선거 사무실로 오세요."

나는 택시를 타고 남자가 불러주는 곳으로 향했다.

남자가 알려준 곳에 도착하니 〈이승찬 서울시장 선거 사무소〉란 플래카드가 건물 전체를 뒤덮고 있었다. 사무소로 들어가자 언제부터 준비했는지 빈틈없이 효율적으로 돌아가고 있었다. 경제인 외길만 걷겠다며 후보 수락을 망설이던 모습이 정치적 쇼였다는 것이 여실히 느껴졌다.

"어서 오십시오. 기다리고 있었습니다."

내가 들어가자 이승찬이 손을 낚아채 악수를 하며 반겼다. 누가 보면 죽은 형이 살아 돌아왔다고 믿을 정도였다.

"이쪽으로 오시죠. 손님과 긴히 할 이야기가 있으니 다른 분은 들이지 마세요."

비서에게 지시를 내리더니 내 손을 잡고 안쪽 사무실로 이끌었다.

"그래, 할 이야기가 뭡니까?"

이승찬이 푹신한 소파에 몸을 파묻으며 물었다.

"임준태 씨도 나오라고 하시오. 내가 알고 있는 이름이 맞는다면."

"어떻게 알았습니까?"

이승찬이 빙그레 웃음을 지으며 물었다.

"예전 당신이 중국에 비즈니스차 갔을 때 수행원으로 나옵디다. 그리고 낡은 작업복에 굽도 닳지 않은 구두는 어울리지 않소."

"역시 탐정이라는 건가요. 임 비서, 그만 나와."

안쪽 문이 열리고 남편 역할을 했던 임준태가 말쑥한 양복을 입고 나타났다. 그는 자연스럽게 이승찬의 뒤에 섰다.

"여자하고 아이는 어떻게 했지?"

내가 물었다. 대답은 이승찬에게서 나왔다.

"그건 당신이 알 바 아니에요. 그나저나 어떻게 나에게까지 온 건가요?"

"처음에는 그저 흔한 재벌들의 사생아 문제인가 생각했소. 일일드라마에 지겹게 나오는 스토리 말이요. 혼외정사로 낳은 아이, 돈으로 무마하려는 재벌, 아이를 데리고 도망친 여자."

"그런데요?"

"아무리 그렇더라도 아이 얼굴 정도는 알려주고 의뢰하는 법인데 남편 역의 임 비서에게는 그런 것이 없었소. 심지어 한소영의 휴대전화에도 없고. 일부러 아이 사진을 찍지 못하게 했다고밖에 생각할 수 없었소. 그렇다면 그렇게까지 아이 얼굴이 알려지지 않아야 하는 이유가 뭘까?"

"뭐라고 생각했나요?"

"아이가 누군가와 닮았기 때문이오."

나는 휴대전화에 담아온 영상을 보여주었다. 승강기 안에서 어딘가 허공을 바라보는 시선으로 천사 같은 미소를 짓는 아이였다. 그다음에는 야구장에서 찍힌 이승찬의 쌍둥이 사진을 보여주었다. 세 아이는 일란성 쌍둥이라고 해도 믿을 정도로 꼭 닮아 있었다.

"닮았군요."

"당신 부부는 얼마 전에야 쌍둥이를 출산한 사실을 알렸고 공식 석상에도 모습을 드러냈소. 당신 아내도 마찬가지고. 하지만 아무리 찾아봐도 당신 아내가 임신한 모습이 찍힌 건 없었소."

"아내가 부끄러움이 많아서요."

"어쨌든 닮은 사람이 아무리 많다고 해도 이렇게까지 닮을 수는 없는 법이오. 진짜 일란성 쌍둥이이거나 편집된 경우가 아니라면 말이오."

"편집?"

"나는 당신이 중국에 세운 JC 바이오테크놀로지가 어떤 회사인가를 떠올려보았소."

"JC 바이오테크놀로지는 GMO(유전자 변형 식품)를 연구 생산하는 곳입니다."

"그것뿐이라면 구태여 한국을 벗어나 중국과 손을 잡을 필요는 없었을 거요. 국내의 GMO 기술은 세계 어디에 내놓아도 자랑스러워할 만한 수준이니까. 당신이 중국과 합작을 할 수밖에 없는 이유가 무엇일까 고민해봤소. 그랬더니 선전시가 유명해졌던 일이 떠올랐소. 허젠쿠이(賀建奎). 세계 최초로 인간 배아를 크리스퍼(CRISPR: 유전자 가위)로 편집하고 체외 수정시켜 쌍둥이를 태어나게 한 인물이오. 당시 전 세계에서 비난이 쏟아지기 전만 해도 중국 정부는 허젠쿠이를 국민 영웅으로 떠받들었소. 이후에도 허젠쿠이의 실험을 바탕으로 비밀리에 온갖 실험을 해왔을 것이고, 어느 나라보다 발달된 노하우를 갖고 있을 거요. 당신은 그런 중국과 은밀히 손잡고 유전적으로 향상되도록 편집된 GMO 휴먼을 만들고 있었소."

"하하. 흥미로운 이야기이기는 합니다만, 한시아오잉의 아이와 무슨 관련이 있단 거죠?"

"유전자 편집 기술은 완전무결하지 않소. 원하는 타깃 이외의 다른 목표에 작용하는 표적 이탈 효과가 나타날 수 있지. 아마 당신은 체외 수정해서 편집한 배아를 여러 명의 여자들에게 이식하고 임신을 기다렸을 거요. 한시아오잉도 그중 하나였겠지. 그리고 아이를 출산한 다음 편집된 기능이 제대로 나타나는지 관찰할 시간이 필요했소. 문제는 두 아이는 성공적이었지만 한시아오잉의 배에서 태어난 아이는 그렇지 못했다는 거지. 얼굴은 똑 닮았지만 당신이 원하는 수준에는 모자랐소. 그래도 엄마인 한시아오잉에게는 사랑스러운 아이였소. 당신으로부터 위협을 느낀 그녀는 급기야 아이를 데리고 도망치기에 이르렀고, 어리석은 탐정은 그녀의 위치를 친절하게 당신들에게 알려준 거요."

"정말 재밌는 소설이군요. 하지만 더 들어주기에는 제 시간이 너무 비싸서요."

이승찬이 자리에서 일어나며 손사래를 쳤다.

"다시 한번 묻겠소. 엄마와 아이는 어떻게 했소?"

내가 한 자 한 자 씹어 뱉듯이 물었다.

이승찬이 입매를 올리더니 대답했다.

"결함이 있는 상품은 어떻게 하죠? 폐기해야죠."

"이 개새끼야!"

내가 내지른 주먹이 녀석에게 닿기도 전에 임준태가 소매를 잡고 바닥에 메다꽂았다. 낙법을 할 틈도 없었던 터라 등짝이 부서지는 것 같았다. 곧이어 어느 틈에 튀어나온 검은 양복들이 나를 찍어 눌렀다. 짐승처럼 울부짖었지만 내가 듣기에도 덫에 걸린 비명으로밖에 들리지 않았다.

이승찬은 내 주머니에서 휴대전화를 꺼내 해당 영상을 삭제했다.

"아무리 삭제해도 소용없어. 다른 저장 공간에 많으니까."

내가 으르렁거렸다.

"오른손 내밀어봐요."

녀석의 지시에 검은 양복들이 내 팔꿈치를 잡고 억지로 오른손을 세웠다. 이승찬이 사무실 구석에 있는 골프백에서 드라이버를 꺼내 손바닥을 툭툭 건드렸다. 나는 온몸에 돋아나는 소름을 느낄 수 있었다.

"당신, 왼팔이 의수라면서요. 오른쪽도 마저 의수를 차면 어떨까요? 요즘에는 좋은 제품도 많던데."

이승찬이 티샷을 날릴 자세를 잡더니 망설임 없이 허리를 틀어

내 손을 향해 드라이버 스윙을 날렸다.

"없어! 휴대전화에 있는 게 전부야!"

골프채는 바람을 가르는 소리와 함께 말아 쥔 주먹 바로 위를 지나갔다.

"당신 같은 하찮은 인간은 내가 추구하는 것을 이해할 수 없어요. 죽었다 깨어나도. 인간은 지금보다 더 개선되어야 해요. 신이 우리를 창조했을 때보다 더. 만약 오늘 이후로 당신의 재미있는 가설 한 자락이라도 들린다면 사무실로 찾아갈 거예요. 처음에는 오른팔, 다시 들리면 왼쪽 다리, 다음으로는 오른쪽. 차근차근 바꿔줄게요."

사무실로 돌아오는 길에 비가 내렸다.

황사와 미세먼지를 잔뜩 머금은 비였다.

우산도 없어서 비에 흠뻑 젖었다.

늘 사무실 앞에서 잠복하고 기다리던 녀석이 보이지 않았다. 밥그릇은 누가 발로 찬 건지 주차장 구석을 굴러다니고 있었다. 어디선가 날카롭게 우는 소리가 들렸다.

소리를 찾아 골목을 돌아가니 우비를 입은 청소년 두 명이 모델건으로 녀석을 쏴서 맞히는 놀이를 하고 있었다. 녀석은 앙칼진 소리를 지르며 도망가려고 했지만, 뒷다리를 질질 끌다가 얼마 못 가 다시 표적이 되고 말았다.

"이놈들! 썩 꺼지지 못해!"

내가 소리쳤지만 사내놈들은 눈 하나 깜짝하지 않았다. 오히려 모델건을 나에게 겨누고 쏴댔다. 맞은 부위가 따끔거렸고, 눈에 제대로 맞으면 실명할 수도 있을 것 같았다. 나는 오른손으로 왼팔을 묶고 있던 끈을 풀었다.

툭!

왼팔이 바닥에 떨어졌다.

"으아악!"

헐렁한 소매를 붙잡고 비명을 내지르자 녀석들이 혼비백산해서 줄행랑을 놓았다.

나는 바닥에 떨어진 왼팔과 함께 오들오들 떨고 있는 치즈 고양이를 끌어안았다. 녀석이 가슴에 머리를 비볐다. 아주 작은 온기가 그곳에서 피어나고 있었다. 나는 녀석을 안고 천천히 사무실 계단을 오르며 다른 비상용 클라우드에 백업해둔 자료에 대해 생각했다. 그리고 녀석에게 말했다.

"너의 이름은 타키라고 하자. 오래전 비열한 거리를 걸어가던 누군가에 대한 이야기를 주구장창 쓰던 남자가 기르던 고양이 이름이야."

작가노트

《2035 SF 미스터리》 앤솔러지에 실을 작품을 구상하면서 제일 먼저 든 생각은, '과거'의 플롯과 문체로 '미래'를 그려보면 어떨까 하는 것이었다. 그래서 의도적으로 1950년대 레이먼드 챈들러의 하드보일드 작풍을 빌려왔다. 탐정인 '나'는 냉소적인 독백을 중얼거리지만 감상적이고, '실종'된 누군가를 찾아달라는 의뢰가 사건의 발단이 된다. '개인'은 거대한 '권력' 앞에 무기력하게 패배하는 듯 보이지만, 마지막 '부활'을 위한 송곳 하나는 주머니에 남겨둔다.

어슐러 K. 르 귄이 한 말이 생각난다. "볼 수 없는 것을 볼 때, 우리가 실제로 보는 건 우리 머릿속에 든 무언가입니다. 우리의 생각과 꿈이죠. 좋은 것도 나쁜 것도요. 그리고 제가 보기에 SF가 일을 제대로 할 때 실제로 다루는 것도 그겁니다. '미래'가 아니라요."

이야기 속에서라도 따뜻한 집을 주고 싶어 "오래전 비열한 거리를 걸어가던 누군가에 대한 이야기를 주구장창 쓰던 남자가 기르던 고양이 이름"으로 입양시킨 녀석은 더 이상 보이지 않는다. 어디에 있든 녀석의 고단했던 영혼이 평안하길.

코난을 찾아라

홍정기

네이버에서 '엽기부족'이란 닉네임으로 장르 소설을 리뷰하고 있다. 2020년 《계간 미스터리》 봄여름호에 〈백색살의〉로 신인상을 수상했고, 〈무속인 살인 사건〉, 〈쓰쿠모가미〉, 〈미안해〉 등의 단편을 썼다.

그때를 생각하면 지금도 손끝이 떨려온다.
살아 있는 짐승의 배에 칼날을 쑤셔 넣을 때
손끝에 전해지던 미세한 근육의 떨림을
칼날을 타고 흘러 내 손을 적시던 따뜻한 혈액을
콧속을 파고드는 비릿한 피 냄새를.
죽어가는 짐승의 잦아드는 심장 박동에서
힘차게 펄떡이는 내 심장의 고동을 느끼며
나는 비로소 살아 있음을 느끼게 된다.

"엄마 일 나가니까 배고프면 냉장고에 있는 볶음밥 데워 먹어. 알겠지? 넉넉히 만들어놨어. 아마 두세 번 먹어도 모자라진 않을 거야. 오늘은 일 끝나는 대로 6시에 올 거야. 그때까지 잘 있어."

"응, 알았어. 어서 가."

은기는 현관 앞에 서서 서둘러 구두를 신는 엄마를 배웅했다.

"뭔 일 생기면 꼭 전화하고. 엄마 올 때까지 나가지 말고 집 잘 보고 있어."

어휴, 지겨워. 뭐가 그리 걱정인지 엄마는 현관문을 나서기 전까지 계속 잔소리를 늘어놓는다. 은기는 직접 현관문을 열고 엄마의 등을 떠밀었다.

"어머, 얘가 왜 이래. 엄마 말 귓등으로 흘려듣지 말고. 둘이서 잘 있고 약 꼭 챙겨 먹여. 무슨 일 생기…."

쾅! 엘리베이터를 기다리며 잔소리하는 엄마를 뒤로하고 은기는 서둘러 현관문을 닫아버렸다.

"이제야 조용하네. 슬슬 준비를 해볼까."

서둘러 방으로 들어간 은기는 초등학교 1학년 때부터 쓰던 소풍용 배낭을 꺼냈다. 배낭 지퍼를 열어 거꾸로 쏟아붓자 수수깡 조각이며 색종이 조각들이 거실 바닥으로 나풀나풀 떨어져 내렸다. 현재 시각 8시 30분. 약속 시간은 10시니까 아직 여유가 있다. 은기는 다시 방으로 들어가 수첩과 연필을 가져왔다. 사건 조사에 없어서는 안 될 준비물이 바로 수첩과 연필이다.

"아! 플래시!"

갑자기 떠오른 듯 은기가 거실 TV장 서랍을 열었다. 온갖 잡동사니 틈에 소형 플래시가 끼어 있었다. 은기는 플래시를 배낭 안에 쑤셔 넣었다. 조사 중 출출하면 먹을 바나나 두 개와 과자 그리고 마실 물을 넣은 물통까지 차곡차곡 배낭에 담았다.

얼마 넣지도 않았는데 벌써 배낭이 터질 듯 불룩해졌다.

이번 생일에는 엄마한테 큰 배낭 사달라고 해야지. 언제까지 유치원생처럼 코딱지만 한 배낭을 메야 하는 건지….

시험 삼아 배낭을 메고 거실 거울에 비친 모습을 살펴봤다.

영 모양새가 안 났다. 등 한복판에 혹이 달린 것 같았다. 언젠가 TV에서 봤던 노트르담의 꼽추가 거울 너머에 구부정하게 서 있었다. 하지만 배낭이라곤 이것밖에 없으니 어쩔 도리가 없다.

은기가 거울 앞에서 배낭을 이리 비추고 저리 비추는 사이 작은 방 문이 벌컥 열렸다.

"진수기 배고파. 밥 줘."

진숙이 눈을 비비며 밥을 찾았다. 눈 뜨자마자 밥을 찾다니 역시 대단한 먹성이다. 보기에는 전혀 그럴 것 같지 않은데 말이다. 차라리 잘됐다. 괜히 조사 중에 배고프다고 보채면 골치가 아파지니 집에서 든든히 먹이고 나가는 게 좋을 듯싶었다.

일단 엄마가 말했던 볶음밥 두 그릇을 전자레인지에 넣고 타이머를 맞췄다.

잠시 후 띠링 소리가 들렸다. 진숙은 그새를 못 참고 식탁 위에 꺼내놓은 반찬들을 집어 먹었다. 식탁은 흘린 반찬들로 지저분했다. 다른 사람이라면 얼굴을 찌푸리겠지만 은기에겐 익숙한 풍경이었다. 은기는 괘념치 않고 따뜻하게 데운 볶음밥을 진숙 앞에 놓았다.

"뜨거울지도 몰라. 후후 불어서 천천히 먹어."

그러나 은기의 말이 무색하게 진숙은 숟가락으로 푹 떠서 김이 모락모락 나는 밥을 입안 가득 넣었다.

"앗뜨. 앗뜨. 앗뜨뜨."

외마디 비명에 이어 입안에 넣었던 밥을 도로 그릇에 뱉어냈다. 이어서 혀를 쭉 내밀더니 손바닥으로 연신 바람을 부쳤다.

"아이고. 내가 식혀 먹으랬잖아."

은기는 머그잔에 미지근한 물을 따라 진숙 앞으로 밀었다. 진숙이 허겁지겁 물을 마시는 사이 은기가 볶음밥 그릇을 가져와 입으로 후후 불어 식혔다. 어느새 진숙은 숟가락을 꼭 쥔 채 은기를 뚫어져라 쳐다봤다.

"자, 내가 좀 식혔어. 이제 천천히 먹어."

다시 진숙이 볶음밥을 푹 떠서 입에 넣었다.

"아, 마시써!"

진숙이 밥숟가락을 입에 물고 함박웃음을 띠었다. 그제야 은기도 자기 앞에 놓인 볶음밥을 입에 떠 넣었다.

"오늘 밖에 나갈 거니까 내 옆에 꼭 붙어서 잘 따라다녀야 해. 알았지?"

은기의 말에 진숙이 양 볼이 불룩한 채 고개를 세차게 끄덕였다. 진숙은 기분이 무척 좋아 보였다.

한바탕 식사를 하고 외출 준비를 마치니 어느새 10시가 다 되었다. 은기는 진숙에게 약을 먹이고 화장실에서 소변을 누인 뒤에야 집을 나섰다.

"왔어?"

1층 엘리베이터에서 내린 은기를 충호가 반갑게 맞이했다.

"어, 벌써 와 있었네."

은기가 손을 들어 충호에게 화답했다.

"어?"

은기를 뒤따라 나오는 진숙을 본 충호가 살짝 눈살을 찌푸렸다. 충호의 시선을 알아챈 은기가 얼른 설명했다.

"집에 아무도 없어서 혼자 둘 수가 있어야지. 내가 최대한 돌볼 테니까 이해 좀 해주라. 오키?"

체념한 듯 충호가 고개를 흔들며 말했다.

"그렇담 어쩔 수 없지 뭐. 끄응."

은기가 뒤에서 우물쭈물하는 진숙을 돌아보며 말했다.

"충호 오빠 알지?"

진숙이 고개를 끄덕였다. 은기가 손으로 가리키며 다시 말했다.

"어, 충슨. 충슨이라고 부르면 돼. 괜찮지, 충슨?"

충호가 엄지와 검지로 동그라미를 만들어 오케이 사인을 보냈다.

"그래. 오키! 셜기! 흐흐흐."

"큭큭큭."

아파트 1층 복도에 웃음소리가 울려 퍼졌다.

은기는 한도아파트 101동 701호에, 충호는 같은 아파트 101동 101호에 살았다. 유치원 때부터 같은 아파트 친구였고 초등학교에 들어가서 찐친이 되었다. 평소 〈명탐정 코난〉에 심취해 있던 둘은 초등학교 3학년 때 같은 반이 되고 큰 결심을 했다. 바로 코난에 나왔던 소년 탐정단을 창설하는 것이었다. 그리하여 창설자인 은기는 셜록 홈스의 셜록과 자신의 이름인 은기에서 한 글자씩을 따 셜기로, 충호는 왓슨을 합성해 충슨이라는 닉네임을 지었다.

비록 어설픈 탐정단이지만 나름의 성과도 올렸다.

아파트 주민들의 골칫거리였던 쓰레기 무단 투기범을 소년 탐정단이 붙잡은 것이다. 의뢰인은 은기의 엄마였다. 언제부턴가 아파트 입구의 쓰레기장에 규정 쓰레기봉투가 아닌 일반 봉지에 담긴 쓰레기가 투기됐다. 그렇게 버린 쓰레기는 수거해가지 않았다. 며칠이 지나자 일반 쓰레기가 쌓여갔다. 설상가상 찢어진 봉지 사이로 음식물 국물이 흘러나오기 시작했다. 일반 쓰레기 투기로도 모자라 음식물 쓰레기까지 넣은 것이었다. 6월의 햇살을 받으며 썩어가는 음식물 쓰레기는 부글부글 끓어오르며 지독한 악취를 풍겼다.

범인은 좀처럼 찾을 수 없었다. 인적이 뜸한 새벽에 몰래 버리는지도 몰랐다. 지어진 지 30년이 다 되어가는 낡은 아파트라 CCTV도 몇 개 안 되었다. 쓰레기장은 CCTV에 잡히지 않는 사각지대였다. 사실 CCTV가 있다 해도 화질이 안 좋아서 누가 누구인지 분간조차 할 수 없었겠지만.

첫 의뢰는 일을 마치고 돌아온 엄마가 무심코 아파트 입구에서 풍겨오는 악취 이야기를 은기에게 전했을 때였다. 정식 의뢰는 아니었다. 아니, 엄마는 탐정단의 존재조차 몰랐다. 하지만 은기는 정식 의뢰나 마찬가지라고 생각했다. 은기 역시 아파트 입구를 지날 때마다 코를 틀어막아야 했고, 탐정단의 첫 번째 임무로 적격이라 생각했기 때문이다.

다음 날부터 은기와 충호는 쓰레기봉투를 뒤지기 시작했다. 쓰레기를 뒤지는 와중에 엄습하는 악취를 막기 위해 코를 빨래집게로 집는 세심한 준비도 했다. 봉투를 바닥에 풀어 헤치며 이 잡듯 쓰레기를 뒤지던 끝에 마침내 은기가 범인의 흔적을 잡아냈다. 주소가 적힌 택배 송장 조각을 찾아낸 것이다. 장장 30분의 사투였다. 옷이 땀으로 흠뻑 젖어 있었다. 은기가 가까스로 찾아낸 증거로 분위기는 반전됐다. 은기와 충호는 다시금 초인적인 집중력을 발휘해 잘게 찢어진 송장 조각들을 거의 완벽하게 찾아냈다. 그리고 한 시간여 만에 송장 조각들을 이어 붙이는 데 성공했다.

범인은 101동 901호였다. 재작년 남편을 떠나보내고 혼자 사는 할머니의 집이었다.

소년 탐정단은 당장 조각조각 이어 붙여 너덜너덜한 송장을 들고 경비 아저씨를 찾아갔다. 경비 아저씨는 이내 결연한 얼굴로 인터폰을 집어 들었다.

그 후 901호의 쓰레기 무단 투기는 없었다.

탐정단의 노력으로 범인을 잡아낸 순간이었으며 그들의 손으로 이룩한 첫 번째 성과였다. 온통 파헤쳐놓아 난장판이 된 바닥을 다시 치워야 했지만 말이다.

모두가 꺼리는 일을 나서서 해결한 것에 대한 성취감은 달콤했다. 기대 이상으로.

"하라는 공부는 안 하고 대체 뭐 하는 짓이니?"

엄마는 대놓고 은기를 나무랐지만 얼굴에 떠오른 웃음은 가시지 않았다.

그렇게 첫 번째 성공을 자축한 지 얼마 지나지 않아 여름방학이 시작됐다.

하루 종일 집에만 붙어 있어 몸이 근질거리던 차에 천금 같은 두 번째 의뢰가 들어왔다.

두 번째 의뢰인은 바로 은기의 절친이자 탐정단 조수인 충호였다.

"큰일 났어. 코난이 없어졌어. 청소하느라 잠깐 거실 창문을 열어놓은 사이에 집을 나가버렸어."

코난은 충호가 키우는 검정 얼룩 고양이였다. 사실 고양이가 집을 나가는 건 그리 특별한 일은 아니다. 고양이는 스스로 주인을 찾는다고 하지 않던가. 은기는 오른손으로 턱을 쓰다듬으며 셜록에 빙의한 듯 날카롭게 물었다.

"코난이 충슨 네가 싫어서 다른 주인을 직접 찾아 나선 거 아닐까?"

"인마! 그럴 리가 없어. 내가 얼마나 잘 보살폈는데…."

"맞아. 코난은 그게 싫었던 게 아닐까?"

"뭐, 뭐라고?!"

심각했던 은기의 얼굴에 웃음이 번졌다.

"큭큭. 농담이야, 농담. 그렇담 우리 탐정단의 두 번째 사건은 이거야. 코난을 찾아라! 네가 공식적으로 사건을 의뢰한 거야. 오키?"

"그게 그렇게 되나. 아무튼 상관없어. 코난을 꼭 찾아줘."

그렇게 여름방학의 막바지에 소년 탐정단의 두 번째 임무가 시작됐다.

처음에는 금방 찾을 수 있을 거라 생각했다. 그러나 현실은 그리 호락호락하지 않았다. 아파트 주변을 돌며 목 놓아 코난을 외쳐도, 충호 집 1층 베란다에 코난이 좋아하는 육포와 통조림을 갖다 놓아도 코난은 돌아오지 않았다. 온갖 잡새들만 몰려들어 홍겨운

만찬을 즐겼다. 덕분에 난간에 싸놓은 새똥을 치우느라 고생해야 했다.

그러던 중 반드시 코난을 찾아야 할 충격적인 사건이 발생했다.

아파트에서 뒷산으로 통하는 후문 근처에서 끔찍하게 훼손된 고양이들의 사체가 발견된 것이다. 고양이 사체는 총 세 마리. 온몸이 상처투성이로 죽은 고양이는 하나같이 날카로운 흉기에 의해 배가 세로로 찢겨 있었다. 게다가 기괴하게도 내장이 전부 사라진 채였다. 주말 아침 산책하러 아파트 후문을 나서던 301호 대학생 누나의 찢어지는 비명소리가 아직도 은기의 귓가에 생생했다. 이 엽기적 사건으로 한도아파트는 발칵 뒤집혔다. 사건 직후 경비 아저씨가 아파트와 주변을 샅샅이 조사했지만 범인의 흔적조차 찾을 수 없었다.

한도아파트는 한 동짜리 15층 아파트였다. 뒤로 산과 면해 있고 앞에는 논을 낀 2차선 도로를 지나야 아파트로 들어갈 수 있는 구조였다. 허허벌판에 우뚝 선 아파트랄까. 위치나 접근성 같은 정황들로 미루어 범인은 외부인이 아닌 내부인일 가능성이 짙었다. 후문 부근에 설치된 CCTV에는 특별히 의심될 만한 장면이 찍히지 않았다. 최소한 사물을 분간할 수 있는 낮 시간에는 말이다. 20년도 더 된 구형 CCTV는 야간 적외선 기능이 탑재되지 않아 암흑천지인 야간에는 플라스틱 모형이나 다름없었다.

아파트 주민들이 신경을 곤두세우고 있는데도 불구하고 이후 한두 차례 더 고양이 사체가 발견됐다. 사체의 상태는 처음과 같았다. 아파트 주변을 배회하는 길고양이를 질색하던 입주민들도 고양이 사체가 연달아 발견되자 문제의 심각성을 깨닫기 시작했다. 아파트에서 몰래 고양이 먹이를 주던 캣맘들을 비롯해 아파트 주민 전체가 엽기적 사건에 분노했다. 이후 경비 아저씨와 캣맘, 캣파파들이 자경단을 조직했으나 뾰족한 성과를 내지 못했다. 사건은 오리무중이었다. 다만 한 가지 특이 사항이 있었다. 사체가 발견되는 날이 금요일에서 일요일 사이에 몰려 있었다.

엽기적인 고양이 사체 사건 직후 충호의 걱정은 더욱 깊어졌다.

"이러다 우리 코난도 미치광이 고양이 살인귀의 손에 죽을지도 몰라!"

은기도 그런 충호의 걱정을 대수롭지 않게 넘길 수가 없었다. 분명히 범인은 내부인이었다. 은기는 같은 아파트에 살고 있으면서 범인 가능성이 높은 용의자를 추려보기로 했다. 은근한 관찰, 심도 깊은 논의 끝에 세 명의 용의자가 탐정단의 레이더망에 걸려들었다.

첫 번째 용의자. 101동 901호 한옥자 할머니.

예의 쓰레기 투기 사건의 범인으로, 평소 신경질적이고 고양이를 포함한 모든 동물을 몹시 싫어함. 옆집 902호에서 키우는 강아지 짖는 소리 때문에 분쟁 중. 성향상 고양이 우는 소리도 몹시 싫어했을 것임. 쓰레기 투기 사건 발각 등 그동안 쌓인 스트레스를 고양이에게 풀었을지도 모름.

두 번째 용의자. 101동 402호 강철호 아저씨.

40대의 미혼 남성. 몇 년째 무직. 직장을 구하지 못해 스트레스가 상당할 것임. 거친 말투와 모난 성격으로 아파트 주민들의 기피 대상. 밤마다 고양이 울음소리가 난다며 경비실로 캣맘들이 아파트 내에 사료를 놓지 못하도록 항의한 적이 있음. 범인 가능성 높음.

세 번째 용의자. 101동 602호 김훈 형.

한도중학교 3학년. 고입 시험을 앞두고 학업 스트레스가 쌓여 있음. 엘리베이터에서 만나도 눈 한 번 마주치지 않고 내내 작게 욕설을 읊조림. 사회에 불만이 많아 보임. 얼마 전 버스 정류장에서 개미나 풍뎅이 등 곤충을 잔인하게 짓이겨 죽이는 것을 목격. 학업 스트레스를 고양이에게 풀 수도 있음.

고양이 사체가 발견된 후문 부근에서 피 웅덩이 같은 것은 발견되지 않았다. 실질적인 범행은 다른 곳에서 벌어졌다는 말이다. 시야가 탁 트인 논을 배제한다면, 범행이 벌어질 만한 장소는 아파트 뒷산밖에 없다. 용의자 세 명을 내내 따라다니며 감시하면 좋겠지만 소년 탐정단의 여건상 그건 무리였다. 어쩔 수 없이 금요일인 오늘 충호와 함께 범행을 저질렀을 것으로 보이는 아파트 뒷산을 이 잡듯이 뒤지기로 한 것이다.

살육은 중독이다.

살아 있는 생명을 내 손으로 끊어내는 전능감.

신이 내린 생명을 오로지 나의 의지로 앗아가는 행위.

그 순간 나는 인간이 아닌 신이 된다….

은기는 충호와 함께 아파트 1층 정문을 빠져나왔다. 문 밖 초소 앞에서 901호 할머니와 이야기 중이던 경비 아저씨가 잠시 멈추고 정문 앞에 서 있는 탐정단을 바라봤다. 경비 아저씨를 따라 할머니도 탐정단 쪽으로 시선을 돌렸다. 할머니가 굳었던 표정을 풀고 은기를 향해 고개를 살짝 숙였다. 은기도 할머니와 경비 아저씨를 향해 허리 숙여 인사했다.

"어디 가니?"

경비 아저씨가 물었다.

"아, 친구랑 뒷산에서 곤충 채집하려고요. 여름방학 숙제거든요."

머뭇거리는 충호 대신 은기가 순발력 있게 재빨리 둘러댔다.

"네, 맞아요."

충호도 서둘러 고개를 끄덕였다.

"아파트에 흉흉한 사건이 벌어지는 거 알지? 너무 깊이 들어가지 말고 조심해야 한다."

"네!"

합창하듯 대답한 탐정단은 서둘러 아파트를 빙 둘러 뒤편으로 향했다.

"은기 오빠. 기다려. 같이 가!"

진숙이 헐떡이며 은기를 향해 손을 뻗었다.

"아, 미안 미안. 우리가 너무 빨랐지."

은기가 뒤처진 진숙의 속도에 맞춰 걸었다.

몇 분 뒤 뒷산으로 통하는 후문에 다다랐다.

높다란 담장 사이로 작게 뚫린 공간에 녹슬어가는 낡은 빗살 철문이 걸려 있었다. 철문 사이로 뒷산으로 통하는 오솔길이 보였다. 음침하게 그늘진 철문 안쪽과 달리 철문 밖 오솔길에는 8월의 태양이 이글이글 내리쬐고 있었다.

앞장선 충호가 철문 문고리를 잡았을 때였다.

"에잇, 씨발."

어디선가 작게 웅얼거리는 욕설이 들렸다.

"네가 욕했어?"

충호가 돌아서며 물었다.

은기는 재빨리 검지를 입에 대며 조용히 하라는 신호를 보냈다. 충호는 헙, 하며 손바닥으로 자신의 입을 틀어막았다.

"씨발 조또."

은기가 잠시 귀를 기울이더니 손가락으로 담장 밖을 가리켰다. 그리고 조용히 속삭였다.

"밖. 담장 바깥이야."

은기와 충호가 소리를 죽이고 담장 꼭대기를 향해 발꿈치를 들었다. 그러나 키가 담장 절반에도 닿지 않아 헛수고였다.

"에이 젠장. 안 보여."

"그러게. 헉. 헉."

"아랫집 오빠."

아래층이라면 602호 김훈 형이었다. 바로 고양이 사건의….

"유력 용의자?"

은기와 충호의 눈이 동시에 커졌다. 그러고 보니 중학교도 마침 여름방학 기간이던가. 아파트 밖에서 욕설을 내뱉는 중딩 형의 태도가 상당히 수상쩍어 보였다. 은기와 충호가 눈빛을 교환하곤 동시에 고개를 끄덕였다.

은기가 눈치 없는 진숙에게 다가가 조용히 해달라고 속삭였다. 진숙 역시 알았다는 듯 고개를 끄덕였다.

어느새 김훈 형이 내뱉는 목소리가 멀어졌다.

충호는 서둘러 빗장을 올려 철문을 열었다. 은기가 고개를 쑥 내밀자 저 멀리 책가방을 메고 오솔길을 걸어가는 형이 보였다. 탐정단은 재빨리 밖으로 나가 우거진 수풀 사이에 몸을 숨겼다. 잡초들이 하늘 높은 줄 모르고 웃자라 있어 염탐에는 최적의 조건이었다. 아무래도 진숙 때문에 탐정단은 형과의 거리를 최대한 벌린 채 조심스럽게 뒤를 밟았다.

산길을 따라 5분쯤 걸었을까. 늦여름의 더위는 가혹했다. 정말 우라지게 더웠다. 천천히 걷는데도 이마에서 땀이 줄줄 흘러내렸다. 땀으로 흠뻑 젖은 티셔츠가 등짝에 달라붙어 불쾌했다. 충호도 지친 기색이 역력했다.

슬슬 발걸음이 무거워지고 처지던 찰나.

김훈 형이 갑자기 정상으로 향하는 오솔길을 벗어나 인적이 없는 산길로 방향을 틀었다. 예상치 못한 행동에 은기는 정신이 번쩍 들었다.

그동안 저 산속에서 일을 저질러왔던 걸까. 무거워 보이는 책가방 안에 이번에 작업할 고양이가 들어 있을까. 고양이는 잠들어 있을까, 아니면 이미 죽어 있을까. 칼을 든 형을 우리가 제압할 수 있을까. 이거 너무 위험한 거 아냐?

온갖 생각들로 은기의 머릿속이 복잡해졌다.

은기의 마음을 아는지 모르는지 김훈 형은 점점 깊은 산속으로 들어갔다. 높다란 나뭇가지들이 햇빛을 차단해 산속은 대낮인데도 어두컴컴했다. 구불구불 기괴하게 자란 나무들이 마귀의 손 같아 보였다. 어느새 스멀스멀 공포심이 차올랐다.

"오빠, 힘드러."

진숙이 손으로 이마의 땀을 훔치며 나지막이 말했다. 은기가 조용히 진숙의 손을 잡았다. 땅 위로 올라온 나무뿌리와 곳곳에 튀어나온 돌멩이 때문에 신경이 곤두섰다. 조용한 산속에 거친 숨소리가 가득했다. 멀리서 까마귀 우는 소리가 숨소리를 뒤덮었다. 이윽고 기분 나쁜 불안감이 엄습했다.

"이, 이대로 괜찮을까?"

충호가 한숨을 쉬며 말했다.

"우리가 뭘 어쩌자는 건 아니야. 그냥 저 형이 범인이면 증거 사진을 찍고 조용히 돌아가자."

은기가 주머니에 든 휴대전화를 꺼내들어 보였다.

"멀리서 줌으로 당겨 찍으면 될 거야."

충호는 납득한 듯 고개를 끄덕였다.

마침내 김훈 형이 인적이 없는 곳에서 발걸음을 멈췄다. 오솔길에서는 절대로 보이지 않을 깊숙한 곳이었다. 탐정단은 50미터쯤 떨어진 커다란 바위 뒤에 몸을 숨기고 고개를 빼꼼히 내밀었다. 형은 메고 있던 가방을 벗어 지퍼를 열고 안으로 손을 쑥 집어넣었다. 잠시 후 가방 밖으로 빼낸 손에는 시장에서 흔히 볼 수 있는 커다란 검은색 봉지가 들려 있었다. 안에 든 것이 무엇인지는 몰라도 아래쪽이 불룩하니 꽤 묵직해 보였다. 멀어서 얼굴이 잘 보이진 않았지만 왠지 웃고 있는 것 같았다.

은기의 눈에는 고양이 사체가 담긴 봉지를 들고 있는 악마가 사악한 미소를 짓고 있는 듯 보였다. 은기는 주머니에서 휴대전화를 꺼내 카메라 모드로 바꾼 뒤 엄지와 검지로 화면을 확대했다.

화면을 확대할수록 해상도는 낮아졌다. 하지만 이제부터 하려는 일은 충분히 식별할 수 있을 것 같았다.

김훈 형은 들고 있던 봉지를 바닥에 툭 던졌다. 바닥에서 작은 흙먼지가 일었다. 최소한 새끼 고양이 정도는 됨직한 크기와 무게였다. 형이 천천히 주변을 둘러봤다. 아무도 없는 산속인데도 저렇게 주의를 기울이는 건 아무리 봐도 수상쩍었다.

천천히 주변을 살피던 김훈 형의 얼굴이 바위를 향했다.

은기는 순간 그와 눈이 마주친 것 같았다. 깜짝 놀라 바위 뒤로 몸을 숨겼다. 그런 은기를 본 충호의 얼굴이 파랗게 질렸다. 진숙은 쪼그려 앉아 나뭇가지로 흙바닥에 낙서를 했다. 은기와 충호는 한참을 그 상태로 굳어 있었다. 귀를 기울였으나 발소리는 들리지 않았다.

잘못 본 것일까.

은기는 다시 천천히 바위 밖으로 고개를 내밀었다. 김훈 형은 여전히 그 자리를 지키고 있었다. 은기의 착각이었다.

김훈 형은 어느새 자리에 쪼그려 앉아 비닐봉지 속을 들여다봤다. 그런데 이상한 일이 벌어졌다. 형의 얼굴이 지나치게 봉지에 가까워지는 것이 아닌가.

"어? 어? 대체 지금 뭐 하는 거지?"

급기야 김훈 형의 얼굴이 봉지 속으로 사라졌다. 형은 얼굴에 닿은 봉지를 손가락으로 밀착해 바깥 공기를 차단했다. 그러자 봉지가 저 혼자 부풀어 올랐다 수축하기 시작했다.

"저 형 뭐 하는 거냐?"

충호가 호기심에 가득 차 물었다. 은기가 고개를 흔들었다.

"나라고 알겠냐? 이 깊은 산속에 와서 저게 무슨 미친 짓이냐."

"설마 봉지 속에서 죽은 고양이를 뜯어 먹는 건 아니겠지?"

"그, 그럴 리가."

말은 그렇게 했지만 은기도 자신이 없었다. 한여름인데도 오한이 밀려왔다. 충호의 말에 끔찍한 장면이 떠올라 온몸에 소름이 돋았다.

"휴대전화로는 뭐 보이는 거 없어?"

그제야 생각난 듯 은기가 손에 들고 있던 휴대전화로 김훈 형을 비췄다. 흔들리던 화면의 초점이 맞춰지면서 점차 상이 맺혔다. 크게 확대해도 기괴한 모습은 그대로였다.

검은 봉지가 그의 얼굴을 집어삼킨 채 여전히 팽창과 수축을 반복했다.

그때 쪼그려 앉은 그의 발아래 뭔가 번쩍이는 것이 눈에 들어왔다. 은기는 곧바로 휴대전화 카메라를 아래로 향하게 했다.

"오… 공… 본… 드…."

"본드?"

납작한 부탄가스통 같은 철제로 된 대용량 본드통이었다.

"본드라고? 그걸 저 봉지에 담았다는 거야? 대체 왜?"

충호는 도저히 이해할 수 없다는 표정을 지었다.

"나도 잘 모르겠어."

본드의 역한 냄새가 떠올라 은기는 얼굴을 찌푸렸다.

"일단 고양이 살인마는 아닌 것 같아."

실망감에 은기의 몸에서 힘이 쭉 빠졌다.

"허탈하구먼. 쩝."

충호 역시 어깨가 축 늘어졌다.

형은 봉지를 썼다 벗었다 하는 짓을 몇 번이고 반복했다.

"일단 증거 사진으로 한 장 찍어두자."

사진이라도 건지자는 마음에 은기는 김훈 형 쪽으로 향한 휴대전화 카메라 버튼을 눌렀다.

뒤이어 정적을 깨는 소리.

찰칵!

아뿔싸! 카메라 셔터 음이 이렇게 클 줄은 미처 몰랐다.

"누, 누구야?! 어떤 새끼야!"

하필이면 봉지 밖으로 얼굴을 빼낸 타이밍이라니. 저 멀리서 그의 화난 목소리가 쩌렁쩌렁 울렸다.

"씨발! 빨리 안 나와? 어?"

고함소리가 빽빽한 나무에 반사되어 메아리처럼 울려 퍼졌다.

은기는 결연한 표정으로 진숙의 손을 잡고 일어섰다. 충호 역시 청바지 무릎에 묻은 흙을 털고 다리를 쭉 폈다.

"진숙아, 뛸 수 있지?"

은기가 오래도록 앉아 있던 진숙의 무릎을 주무르며 말했다. 이미 은기의 얼굴은 사색이 되어 있었다. 진숙은 진지한 얼굴로 고개를 끄덕였다.

"튀어!"

은기의 말이 신호탄이 되었다. 탐정단은 냅다 달리기 시작했다.

은기는 빨리 달리지 못하는 진숙의 손을 잡고 최대한 속도를 내려 노력했다.

"이 새끼들 누구야? 거기 안 서?"

그제야 바위 뒤로 도망치는 탐정단을 발견한 김훈 형이 크게 소리쳤다. 거리가 있긴 해도 중딩 형의 달리기를 초딩이 이길 수는 없었다. 은기의 마음에 낭패감이 짙어졌다. 은기는 곳곳에 지뢰처럼 박힌 돌부리를 요리조리 피해 달리는 와중에 슬쩍 뒤를 돌아봤다.

바로 뒤에서 도끼눈을 뜬 형이 바짝 뒤쫓고 있을 거라 생각했던 은기는 깜짝 놀랐다. 그는 여전히 제자리에 있었기 때문이다. 아니, 오히려 탐정단 쪽이 아닌 다른 방향으로 가려 하고 있었다. 충호도 이상하다는 것을 눈치챘는지 멈춰 서서 몸을 휘청거리는 그를 지켜봤다.

그의 걸음이 이상했다. 마치 코끼리코 잡고 수십 바퀴 돈 것처럼 중심을 못 잡고 비틀거렸다. 몇 발자국 걷지도 못하고 이내 다리가 풀린 채 철퍼덕 넘어졌다. 길거리에서 술에 취해 주정을 부리는 아저씨들과 똑같았다.

"야, 이 개새끼들아. 거기 서라고!"

누운 채로 소리를 지르는 그는 일어서지도 못하고 허우적댔다.

은기와 충호는 조용히 서서 그 모습을 지켜봤다.

"저 형 갑자기 왜 저러냐? 본드통에 술을 담아 온 거 아니냐?"

"그러게. 완전 맛이 갔네. 잘됐지 뭐. 이 틈에 우린 도망가자."

탐정단은 재빨리 온 길을 되짚어 나왔다.

얼마나 지났을까. 은기는 슬며시 불안해졌다. 지금쯤이면 오솔

길이 나와야 했지만 아무리 봐도 오솔길은 보이지 않았다. 수풀과 나무들이 끝도 없이 이어졌다. 마치 출구 없는 던전에 빠진 것 같았다.

"헉. 헉. 셜기야. 우리 지금 몇 번째 같은 곳을 도는 것 같지 않냐?"

충호가 흙길 위로 튀어나온 바위를 가리키며 말했다.

"이 바위 세 번은 본 것 같은데…. 아닌가?"

"헉. 헉. 나도 모르겠어. 이거 어쩌지?"

진숙이 은기의 팔을 잡아끌며 말했다.

"오빠 나 배고파. 밥 줘."

은기가 손목시계를 보니 1시가 지나 있었다. 벌써 점심때가 지났나.

은기는 서둘러 배낭에서 바나나와 물을 꺼냈다. 물통 뚜껑을 열어 건네자 진숙이 받아 달게 마셨다. 은기는 그사이 바나나 껍질을 벗겨 진숙에게 건넸다.

"나도 물 좀 마시자."

충호가 물통을 받아 입으로 가져갔다. 이어서 은기도 차례로 물을 나눠 마셨다.

진숙이 바나나를 두 개째 먹어치우는 사이 은기는 심각한 얼굴로 휴대전화를 살펴봤다.

"젠장, 안테나가 안 떠."

"하하. 이거 진짜 심각한 거 아니냐?"

은기도 걱정이었지만 탐정단의 셜록으로서 마음 약한 소리를 할 순 없었다.

"괜찮아. 한참을 걸었으니 이제 거의 다 왔을 거야."

"그, 그렇겠지? 하아."

충호가 희미한 미소를 띠며 대답했다. 이런 곳에서 낙담한 모습을 보이면 안 된다는 걸 충호도 아는 듯했다.

"조금만 더 힘내보자. 진숙아, 괜찮지?"

"어."

과자를 나눠 먹고 잠시 휴식을 취한 탐정단은 힘을 내 걸음을 재촉했다.

다시 침묵의 행군이 시작됐다. 그동안 불평 없이 따라오던 진숙의 얼굴이 눈에 띄게 안 좋아졌다. 호흡이 거칠었다. 은기는 진숙의 안색이 걱정되기 시작했다.

"진숙아, 괜찮아? 좀 쉬었다 갈까?"

진숙이 고개를 끄덕였다. 탐정단은 다시 멈춰 섰다. 휴식을 위해 멈춰 서는 충호의 표정이 안 좋았다. 불만이 가득해 보였다.

"미안해. 우리 때문에."

"뭐 어쩔 수 없지…."

은기의 사과에 충호가 마지못해 대답했다.

아주 가끔,

처음으로 동물이 아닌 사람을 찔렀을 때가 떠오른다.

혼자 있는 방에 침입한 어설픈 강도였다.

잠에서 깬 나를 본 강도는 내 위에 올라타

들고 있던 칼을 내 목 언저리에 바짝 붙였다.

'쉿! 조용히 해!'

강도의 거친 입김에서 시궁창 냄새가 풍겼다.
난 겁에 질린 눈으로 작게 고개를 끄덕였다.
그때 멀리서 지나는 사이렌 소리가 들렸다.
긴장한 강도는 앰뷸런스 소리도 구분하지 못한 듯
고개를 돌려 안방 문을 주시했다.
내 목을 누르던 강도의 칼이 느슨해졌다.
난 조용히 베개 아래 묻어둔 칼을 잡았다.
기회는 단 한 번뿐.
칼을 쥔 강도의 손을 밖으로 쳐내고
재빨리 과도를 강도의 목에 쑤셔 넣었다.
칼끝이 살갗을 뚫고 딱딱한 목뼈에 닿았을 때
내 손에 전해지던 쾌감.
그 쾌감이 내 인생을 송두리째 바꿔놓았다.

"오빠… 나 쉬 마려."

"쉬? 오줌 마려워? 어… 저기 저 수풀 뒤에서 보고 와. 혼자서 괜찮겠어?"

"어."

진숙이 느린 걸음으로 숲 뒤로 사라졌다.

"하아, 너도 참 힘들겠다."

은기가 고개를 돌리자 충호가 측은하게 바라보고 있었다.

'뭔 일 생기면 꼭 전화하고. 엄마 올 때까지 나가지 말고 집 잘 보고 있어.'

아침에 신신당부하던 엄마의 말이 떠올랐다. 그 말을 하던 엄마의 엄숙한 표정과 함께. 이대로 산에서 길이라도 잃으면 정말 큰 일이었다. 셜록처럼 번뜩이는 수를 떠올려야 했다. 하지만 위기를 벗어날 방법이 떠오르지 않았다. 머릿속이 꽉 막힌 것처럼 멍하기만 했다.

그런데 진숙이는 왜 이렇게 안 오지?

벌써 한참이 지났다.

"진숙아! 아직도 오줌 싸?"

은기가 진숙이 사라진 숲 쪽을 향해 소리치며 다가갔다. 충호도 은기의 뒤를 따랐다.

돌아오는 대답은 없었다. 은기는 덜컥 겁이 났다. 어떤 상황에서든 진숙과 함께 있었어야 했는데. 후회가 파도처럼 밀려왔다. 은기의 발걸음이 빨라졌다. 어느새 숲을 향해 달리고 있었다. 한 치 앞도 보이지 않을 만큼 빽빽하게 우거진 수풀이 은기를 가로막았다.

은기는 거침없이 수풀 사이를 헤치고 안으로 들어갔다.

"헉!"

은기는 한동안 말을 이을 수 없었다. 수풀 너머로 나오자 햇빛이 비추는 널따란 구릉지가 은기를 맞이했다.

"여긴…."

뒤따라온 충호도 깜짝 놀란 듯했다.

"그래. 산 중턱 언덕배기야. 여기선 집으로 갈 수 있어. 하하. 진숙이 덕에 살았어."

"휴. 진짜 다행이다. 사실 이러다 길을 잃고 우리 다 죽는 건 아닌가 걱정했거든."

충호가 진땀을 닦으며 말했다.

"그나저나 진숙인 어디 갔지?"

은기는 손차양을 만들어 완만한 골짜기를 이리저리 둘러보았다. 저 멀리 언덕 아래 작은 꽃분홍색이 보였다. 분홍색 셔츠를 입은 진숙이였다. 은기는 진숙을 향해 달려갔다.

"진숙아, 그렇게 사라지면 어떡해. 심장 떨어지는 줄 알았잖아."

은기가 원망 섞인 목소리로 말했지만 진숙은 꼼짝 않고 언덕 너머를 주시했다. 뭔가 이상했다. 은기는 진숙의 시선을 따라 언덕 너머를 바라봤다.

"셜기, 진숙이 찾았으면 이제 집에 가자! 흡!"

돌아선 은기가 충호의 말이 끝나기도 전에 입을 틀어막았다.

"쉿!"

분위기를 눈치챈 충호가 고개를 끄덕였다. 그제야 은기는 충호의 입에서 손을 뗐다.

언덕 너머 커다란 떡갈나무 아래 웬 남자가 쪼그려 앉아 손가방을 뒤지고 있었다. 남자의 벗어진 머리에서 햇빛이 반사돼 은기의 눈을 부시게 했다. 멀리 있어 얼굴은 잘 보이지 않았다. 두툼한 상체로 보아 어느 정도 몸집이 있어 보였다. 402호 강철호 아저씨일까? 그동안은 가발을 쓰고 다닌 건가? 남자는 손가방에서 수건으로 동여맨 무언가를 꺼냈다. 이어서 수건을 천천히 풀어냈다. 그러자 과도의 날카로운 칼날이 모습을 드러내며 햇빛을 받아 번쩍였다.

진짜다. 이번엔 진짜다.

은기는 직감했다.

칼날을 싸고 있던 흰색 수건 안쪽이 온통 검붉게 물들어 있었다. 칼날을 쓰다듬는 남자의 어깨가 들썩였다. 웃고 있는 듯했다.

은기는 자기도 모르게 침을 꿀꺽 삼켰다. 분위기가 심상치 않았다. 은기는 충호를 향해 조용히 속삭였다.

"충슨. 너한테 중요한 임무를 줄게. 일단 이 휴대전화를 갖고 내려가서 경찰에 신고해. 그리고 아파트 경비 아저씨랑 어른들 데리고 와. 얼른!"

"괜찮겠어?"

충호가 걱정스러운 얼굴로 힐끗 바라봤다. 이내 마음을 다잡은 듯 은기가 건넨 휴대전화를 움켜쥐고 반대편 등산로로 달려갔다. 점점 멀어지는 충호를 바라보던 은기는 한순간 위화감을 느꼈다.

왠지 옆구리가 허전하다….

위화감의 정체를 알아챈 은기는 경악했다. 진숙이! 옆에 있던 진숙이 사라졌다.

"설마…."

급히 고개를 돌려 언덕 너머를 본 은기는 까무러칠 뻔했다. 어느새 진숙이 수상한 남자를 향해 다가갔던 것이다.

젠장맞을. 은기는 두 손으로 마른세수를 하고 심호흡을 했다.

"뭐야?"

멀리서 남자의 날카로운 목소리가 들렸다. 그와 동시에 은기가 괴성을 지르며 번개처럼 달려갔다.

"으아아아아아! 기, 기다려!"

순식간에 진숙의 앞을 막아선 은기는 허리를 숙여 숨을 골랐다. 온 힘을 다해 달려가느라 숨이 턱까지 차올랐다. 땅바닥에 그늘이

드리워졌다. 은기는 슬며시 고개를 들었다. 그늘을 만든 남자를 본 은기는 다리에 힘이 풀리는 것 같았다.

"아, 아저씨?"

"너냐? 701호 꼬맹이."

"아저씨가 왜 여기서…."

은기는 충격에 말을 잇지 못했다. 과도를 들고 광기에 휩싸인 눈으로 비릿한 웃음을 짓는 남자는 다름 아닌 경비 아저씨였다. 그동안 모자 쓴 모습만 봐서 아저씨가 대머리였다는 사실은 미처 몰랐었다.

놀란 눈으로 쳐다보는 은기를 향해 그가 입을 열었다.

"내가 왜 여기서 이러고 있냐고? 다 네 덕분이지, 이 새끼야!"

"저, 저요? 제가 뭘 어쨌다고요."

"네놈이 쓰레기를 무단 투기한 망할 노인네를 잡아내는 바람에 내 신세가 아주 엿같아졌어. 왜 그런지 알려줄까? 그 노인네가 나한테 앙심을 품었지 뭐야. 사람들 앞에서 개쪽을 줬다나? 아파트에 소문이 퍼지니 지도 쪽팔렸겠지. 스트레스도 받았을 거야. 근데 말이야, 웃긴 게 뭔지 알아?"

입을 꾹 다문 은기를 바라보며 경비 아저씨가 말을 이었다.

"그 스트레스를 나한테 푸는 거야. 아주 집요하게 말이야. 씨발. 그 망할 노인네가 그때부터 되지도 않는 이상한 이유를 붙여가며 날 괴롭히기 시작하더라고. 분리수거가 제대로 되지 않는다느니, 인터폰이 이상하다느니 하면서 시도 때도 없이 괴롭히더니 언제부턴가는 새벽에 느닷없이 불쑥 경비실에 들어와 내가 졸고 있는 걸 보고 근무가 해이하다고 지적질을 해서 밤새 괴롭히지, 밤마다 아기 우는 소리가 들린다며 오라 가라 하질 않나. 사람을 미치도록 들들 볶는 거야. 그것도 내가 근무 서는 날에만 말이야. 더군다나 그 망할 노인네가 아파트 입주자 대표라 함부로 대할 수도 없어. 오늘도 근무 서고 퇴근하려고 하는데 날 붙잡고 얼마나 잔소리를 해대던지…. 내가 요 몇 달 동안 살이 얼마나 빠졌는지 알아?"

경비 아저씨가 두 손바닥을 쫙 펴며 소리쳤다.

"10킬로야 10킬로. 이러다 내가 죽겠다고 생각했는데 밤마다 울어대는 아기 울음소리를 찾아냈지 뭐야. 씨발. 망할 고양이 새끼들이더구먼. 그래서 잡아다 쳐 죽였어. 근데 이게 묘하게 기분이 좋아지더라고. 흐흐흐."

순간 경비 아저씨의 눈에 광기가 서렸다.

은기의 다리가 후들후들 떨렸다. 오줌이 나올 정도로 무서웠다. 아저씨의 사나운 얼굴을 피해 고개를 숙였다. 그러자 그의 발아래 쓰러져 있는 고양이가 보였다. 등 쪽에 박혀 있는 한국 지도 같은 검은 반점. 충호가 그렇게 찾아 헤매던 코난이었다. 벌써 죽인 건가? 낙담하려는 순간 미세하게 코난의 배가 오르내리는 것이 보였다. 잠든 것 같았다.

"캣맘들이 주는 사료에 몰래 약을 탔어. 동물용 마취제. 그러면 배불리 처먹고 얼마 안 가 픽픽 쓰러지더구먼. 그걸 여기로 가져와서 배를 따면 그 안의 따뜻하고 축축한 내장들이 얼마나 감촉이 좋던지…. 흐흐흐. 간혹 마취가 풀리기라도 하면 째어놓은 배때기 사이로 내장이 흘러나온 채 도망치는데, 얼마나 귀여운지 너는 모를 거다. 크크크."

은기는 눈물이 왈칵 쏟아졌다.

"그, 그런 거 몰라요. 아저씨, 이제 이런 짓 그만하고 보내주세요, 네? 아무에게도 말하지 않을게요. 정말이에요."

"미안하지만 그건 안 될 것 같아. 고양이 배를 가르면서 느낀 건데 너처럼 어린 애새끼 배를 가르면 어떤 느낌이 들지 궁금해 미칠 것 같단 말이지. 큭큭."

경비 아저씨가 과도를 혓바닥으로 날름 핥았다. 그의 눈빛과 표정은 이미 정상이 아니었다. 은기의 머릿속에서 사이렌 소리가 미친 듯이 울려댔다.

이대로 있으면 죽는다. 도망쳐야 한다.

은기는 발아래 있는 커다란 돌을 집어 그를 향해 냅다 던졌다. 그리고 곧바로 뒤돌아 진숙의 손을 잡고 뛰었다. 돌은 허망하게 포물선을 그리며 크게 빗나갔다.

"이 새끼야, 거기 안 서!"

경비 아저씨가 히죽 웃으며 과도를 들고 걸어왔다. 당황한 은기는 얼마 안 가 튀어나온 돌을 잘못 밟고 발목을 크게 접질렀다. 은기의 손을 잡고 있던 진숙도 함께 땅바닥을 굴렀다.

투툭.

발목이 끊어지는 소리가 난 것 같았다. 은기는 접질린 발목을 부여잡고 데굴데굴 굴렀다. 너무 고통스러워 신음소리가 절로 터져 나왔다.

"끄으으으윽."

눈을 질끈 감았던 은기는 이내 깜짝 놀라 저절로 눈을 크게 떴다. 경비 아저씨가 은기 몸 바로 위에서 과도를 높이 쳐들고 있었다. 날카로운 칼날이 당장이라도 가슴팍에 꽂힐 것 같았다.

이렇게 죽는 건가.

순간 몸을 옆으로 굴렸다. 내리꽂힌 칼날이 땅바닥과 부딪쳐 소름 끼치는 소리를 냈다.

"이 새끼가."

그는 약이 올랐는지 몸부림치는 은기의 몸에 올라탔다. 은기는 그의 몸에 짓눌려 움직일 수 없었다. 그는 다시 과도를 번쩍 들었다.

이제 다 틀렸다.

체념한 은기는 눈을 질끈 감았다. 그리고 마음속으로 숫자를 셌다. 하나, 둘, 셋…. 그러나 죽음의 카운트다운이 끝나고 몇 초를 더 기다려도 통증은 느껴지지 않았다. 뭔가 이상했다.

뭐지?

그때였다.

"아야!"

경비 아저씨의 쉿소리에 이어 둔탁한 소리가 들렸다. 은기는 살며시 실눈을 떴다. 은기 몸에 올라탄 경비 아저씨가 과도를 잡지 않은 손으로 그의 머리를 짓누르고 있었다. 손가락 사이로 핏줄기가 흘러내렸다. 고개를 돌려보니 경비 아저씨 옆에 진숙이 쓰러져 있었다. 진숙은 어디서 주웠는지 주먹만 한 돌멩이를 손에 쥐고 있었다. 돌멩이 끝에 피가 약간 묻어 있었다. 진숙은 넘어지면서 머리를 찧었는지 두 손으로 머리를 감싸 쥐었다.

경비 아저씨의 두 눈이 분노로 이글이글 타올랐다.

한눈을 팔고 있는 그를 두 손으로 밀치려 했으나 은기는 다시 제압당했다. 이제 정말로 옴짝달싹할 수 없었다.

"흐흐흑."

은기의 눈에서 눈물이 터져 나왔다.

"아저씨, 이러지 마세요. 제발요."

"그래그래. 지금 당장 죽여주마!"

그는 칼을 쥔 손을 높이 들어올렸다. 그의 칼이 다시 은기의 얼굴에 길게 그림자를 드리웠다. 한순간 그와 눈이 마주쳤다. 눈빛에 깃든 냉기에 뼛속까지 얼어붙는 것 같았다.

"흐아아아악!"

은기는 처절한 비명을 질렀다.

그 순간 거미가 먹이를 움켜쥐듯 경비 아저씨의 얼굴에 가녀린 손가락이 감겼다. 그리고 이내 목이 뒤로 홱 꺾였다.

"진, 진숙아…."

땅바닥을 구르던 진숙이 어느새 일어나 뒤에서 경비 아저씨를 잡아챘다. 은기는 힘겹게 상체를 일으켜 세웠다. 뒤로 넘어간 경비 아저씨와 진숙이 서로 엉겨 붙어 있었다. 평소에는 그렇게 비실비실하던 진숙의 몸 어디에서 그런 힘이 나왔는지 알 수 없었다. 팽팽하게 대치하며 땅바닥을 구르던 경비 아저씨가 마침내 재빨리 진숙의 몸 위에 올라탔다.

"안 돼!"

은기가 서둘러 일어서려 했지만 퉁퉁 부어오른 발목 때문에 일어설 수가 없었다. 발목에 불이 난 것 같았다. 바늘로 쑤셔대는 듯한 통증에 정신이 아득해졌다. 하지만 정신을 놓을 순 없었다.

이대로 두면 진숙이 죽는다.

은기는 진숙을 향해 힘겹게 기어갔다. 손톱에 흙이 끼고 손바닥에 자갈들이 박혔다.

“그러지 마…! 흐흐흑.”

진숙은 힘이 빠진 듯 축 처져 있었다. 경비 아저씨는 진숙의 목을 조르기 시작했다.

“이제 지긋지긋해! 다 죽어버려!”

진숙의 목을 죄는 그의 팔뚝에 시퍼런 힘줄이 불거졌다.

이렇게 무력하다니.

은기는 진숙이 죽어가는 모습을 차마 지켜볼 수가 없었다. 고개를 돌린 은기의 입에서 터져 나온 처절한 비명이 언덕에 울려 퍼졌다.

“으아아아아아아!”

이제는 오래된 기억 속에 희미해진,

그동안 내 손에 희생된 사람들의 얼굴이 파노라마처럼 스쳐 지나간다.

생의 마지막 순간에 삶의 궤적이 스쳐 지난다는 건 사실이었다.

아직까지 들키지 않고 살 수 있었던 건 순전히 운 때문일까.

아주 오랫동안 깨어날 수 없는 악몽 속을 헤매던 느낌이다.

숨을 쉴 수가 없다.

왼쪽 옆구리에 불에 덴 듯한 통증이 밀려온다.

머리가 몹시 조여온다.

온몸의 근육들이 비명을 질러댄다.

낯익은 시궁창 냄새가 콧속을 찌른다.

그 익숙한 냄새가 나를 기나긴 꿈속에서 현실로 끌어냈다.

살짝 눈을 떠보니 햇빛을 등져 그림자 진 얼굴이 나를 내려다본다.

강도다. 그때 그….

오래전 그 강도가 내 목을 조르고 있다.

어떻게 된 걸까. 환상일까.

강도의 얼굴에서 떨어진 땀방울이 내 얼굴 위로 떨어진다.

불쾌하다.

죽여야겠다.

현실이건 환상이건 상관없다.

한 번 더 죽이면 되니까.

은기는 정신을 잃었던 진숙이 자신의 목을 조르고 있는 경비 아저씨를 향해 천천히 오른손을 뻗는 것을 목격했다.

"아악! 이 미친년이!"

진숙의 허리 위에 올라탔던 경비 아저씨가 비명을 지르며 몸을 뒤로 빼려 했다.

은기는 깜짝 놀랐다. 진숙의 오른손이 그의 아랫도리를 힘껏 움켜쥐고 있었다. 진숙은 그 상태로 재빨리 왼손을 자신의 옆구리로 가져갔다. 그리고 망설임 없이 옆구리에 깊이 꽂혀 있던 과도 손잡이를 움켜쥐었다. 조금 전 그와의 몸싸움 중에 찔렸던 것이리라.

"읍!"

진숙은 낮은 신음소리를 냈다. 곧이어 피에 흠뻑 젖은 칼끝이 진숙의 몸에서 쑥 빠져나왔다. 이후 벌어진 일은 눈으로 보고도 믿을 수가 없었다.

진숙이 칼날을 아래쪽으로 재빨리 고쳐 잡았다. 그사이 주먹으로 얼굴을 내려치려는 경비 아저씨의 팔을 잡아채고서는 그의 겨드랑이 사이로 과도를 찔러 넣었다. 그는 통증에 얼굴을 일그러뜨렸다. 왼쪽 겨드랑이의 상처를 오른손으로 막으려던 그는 두 번째 비명을 질렀다. 진숙이 하반신을 단단히 감아 누르고 있던 그의 팽팽한 허벅지에 순식간에 과도를 찔러 넣었던 것이다. 여전히 진숙의 허리 위에 올라탄 그가 휘청거리며 고꾸라지듯 엎어졌다.

그 순간 공기를 가르는 날카로운 소리와 함께 수직으로 세운 과도의 칼끝이 그의 목과 턱 사이의 부드러운 살을 파고들었다. 이내 그의 눈동자가 빛을 잃고 하늘로 말려 올라갔다.

"ㄲㅇㅇㅇ윽."

마침내 그의 거대한 상체가 커다란 포물선을 그리며 뒤로 넘어갔다.

한동안 언덕에는 정적이 감돌았다.

조잘대던 새소리도 멈췄다.

한참을 멍하니 있던 은기의 등에 누군가 손을 얹었다. 은기는 화들짝 놀라 고개를 돌렸다.

충호였다. 뒤에서 다급하게 달려오는 아저씨들이 보였다.

"충, 충슨. 왔구나. 사람들을 데리고 와줬구나. 흐흑…."

충호의 눈에서도 눈물이 흘러내렸다.

"어. 산을 내려가는 도중에 산나물을 캐러 온 아저씨들을 만났어."

"다행이다…. 다행이야…."

은기는 충호의 부축을 받아 서둘러 진숙이 있는 곳으로 절뚝거리며 걸어갔다.

진숙의 옆에 쓰러진 경비 아저씨는 끔찍한 얼굴로 죽어 있었다. 은기는 경비 아저씨를 지나쳐 진숙 옆에 털썩 주저앉았다.

"피, 피가…! 아흐흑. 엉엉."

힘없이 누워 있는 진숙의 꽃분홍색 셔츠 옆구리 쪽이 점점 붉게 물들어갔다. 은기는 진숙의 머리를 무릎에 받치고 손을 꼭 잡았다.

"눈 좀 떠봐. 흑흑. 제발, 눈 좀 떠봐…. 응?"

은기의 울음 섞인 목소리에 진숙의 손이 움찔거렸다. 진숙이 감았던 눈을 천천히 떴다.

"진숙아! 흑흑."

이제 좀 쉬려고 했는데, 손주 녀석이 쉴 틈을 주질 않네.

치매 판정을 받고, 이제는 기억하는 시간보다 기억하지 못하는 시간이 훨씬 길어졌다.

생의 촛불이 힘을 잃고 흔들거린다.

이제 얼마 남지 않았구나.

그래도 죽기 전에 다시 한번 이 살육의 감각을 느낄 수 있었으니 만족한다.

여한은 없다.

진숙이 눈물범벅이 된 은기를 보며 희미하게 웃음을 지었다.

"할미한테 진수기라니. 내가 니 친구냐."

은기가 깜짝 놀라 말을 더듬었다.

"진숙… 아니, 하… 할머니, 정신이 들었어? 괜찮은 거야? 피가 이렇게 나는데…. 아프지? 모두 나 때문이야. 엉엉."

은기는 미안한 마음에 목놓아 울었다. 진숙은 힘겹게 말을 이었다.

"우리 손주는 괜찮지? 그럼 됐어. 이 할미는 살 만큼 살았으니까 말이여. 사실은 때때로 정신이 돌아왔을 때도 내색하지 않았어. 우리 손주랑 노는 게 좋았거든."

진숙은 고통으로 얼굴을 찡그리면서도 입가의 미소를 지우지 않았다. 벌어진 입 사이로 듬성듬성 이가 빠진 곳이 보였다.

"할머니, 죽지 마. 알았지? 절대로 죽지 마. 꼭이야. 우리 또 같이 놀러 다녀."

은기의 눈물이 진숙의 얼굴 위로 떨어져 굴곡진 주름을 타고 흘러내렸다.

어느새 진숙의 곁으로 다가온 충호도 말했다.

"그래요. 꼭 나아서 은기랑 같이 놀아요."

진숙은 힘겹게 고개를 끄덕이고 천천히 눈을 감았다. 그리고 금세 잠이 들었다.

잠든 할머니의 입가에 희미한 미소가 떠올랐다.

할머니는 지금 무슨 꿈을 꾸고 있을까.

"이야옹."

어느새 정신을 차린 코난이 다가와 진숙의 손을 핥았다.

"여기예요, 여기!"

진숙의 주변에 서 있던 아저씨 하나가 소리쳤다.

저 멀리서 경찰들과 간이침대를 든 구급요원들이 달려오고 있었다.

은기는 피에 흠뻑 젖은 진숙의 손을 물끄러미 바라봤다.

오직 은기만이 목격한 진숙의 행동들이 뇌리를 스쳐갔다. 이내 은기는 고개를 세차게 흔들었다. 그런 건 아무 상관이 없다는 듯이….

은기는 나뭇가지처럼 앙상한 진숙의 손을 마주 잡은 손가락에 힘을 꼭 주었다.

작가노트

※스포일러가 포함되어 있습니다. 작품을 먼저 읽어주세요.

2020년 《계간 미스터리》 봄여름호에 〈백색살의〉로 등단한 이후 머릿속을 떠나지 않는 한 가지가 있었습니다. '누구나 인정하는 끝내주는 미스터리를 쓰고 싶다.' 그런 일념으로 서술 트릭 〈코난을 찾아라〉를 완성했습니다. 오직 책으로만 온전한 재미를 느낄 수 있는 서술 트릭이야말로 가장 유니크한 미스터리가 아닐까 생각합니다.

사실 〈코난을 찾아라〉가 제가 쓰려고 하는 끝내주는 미스터리인지는 자신하기 어렵습니다. 다만 황금펜상 후보로 선정된 것만으로도 일정 부분 재미를 인정받은 결과라 생각돼 매우 기쁩니다. 이 자리를 빌려 작품을 읽어주신 심사위원들에게 감사의 말을 전합니다.

작품의 발상은 미치오 슈스케의 《해바라기가 피지 않는 여름》을 읽고 시작됐습니다. 작품 속 사건을 조사하는 초등학생들을 모티프로 소년 탐정단을 떠올렸고, 제가 사는 아파트 단지에서 초등학생들의 돌봄을 받는 길고양이를 소재로 삼았습니다. 트릭의 핵심인 과거로 돌아간 치매 할머니에 킬러의 독백을 접목해서 독자의 눈을 흐리는 포인트로 잡았습니다. 치매 약을 먹는 진숙. 소년 탐정단의 키를 넘는 담장 너머를 바라보는 어른 진숙의 복선을 캐치하셨는지 모르겠습니다.

마지막 기억이 돌아온 진숙을 보며 반전의 묘미를 느끼셨다면 작가로서 더 이상 바랄 게 없을 것 같습니다. 부디 작품을 읽는 모든 분들이 제가 의도했던 대로의 재미를 느끼셨기를 기도합니다.

약육강식

홍성호

2011년 〈위험한 호기심〉으로 '계간 미스터리 신인상'을 수상했고, 2014년 단편소설 〈각인〉으로 '한국추리문학상 황금펜상'을 수상했다. 2019년 장편소설《악의의 질량》을 출간했다. 현재 의정부지방법원에서 경매 업무를 하면서 매일같이 야근을 하고 있다.

"수연이는 미국으로 떠났어."

"어? 정말? 왜?"

"으응… 어학연수 갔대. 영어 배워서 다시 한국으로 돌아올 거래."

"아, 그랬구나. 보고 싶은데…."

"밥은 먹었니?"

"응, 불닭볶음면이랑 삼각김밥 먹었어."

"또 편의점 음식 먹었어? 엄마가 점심 챙겨놓고 나갔잖아. 또 엄마한테 혼나겠다. 맨날 혼나면서도 왜 그렇게 편의점 음식을 먹니."

"난 불닭볶음면이랑 삼각김밥이 제일 맛있어. 그리고 엄마는 모를 거야. 다 먹고 불닭볶음면 그릇이랑 삼각김밥 껍질을 몰래 버렸거든."

"엄마가 집에 돌아와서 밥하고 반찬이 그대로 있는 거 보면 차려놓은 점심을 네가 안 먹었다는 걸 금세 알 텐데."

"몰라, 몰라!"

"그래, 일단 알았다. 오늘 아빠는 조금 늦을 거야. 급한 일이 생겼어."

"응. 어… 근데, 수연이는 언제 온대?"

"글쎄, 그것까진 아빠도 잘 모르겠어."

"수연이 보고 싶은데…."

나는 딸에게 전화로 수연이의 마지막 소식을 전해주고 서둘러 사건현장으로 향했다.

차창 너머로 무심코 하늘을 보니 곧 비가 내릴 것처럼 먹색 구름이 잔뜩 몰려들고 있었다. 조금 열어놓은 창 사이로 바람이 비명 같은 소리를 내며 비집고 들어왔다.

서울 동북 끄트머리. 버스로 두 정거장만 더 나가면 바로 의정부였다. 대로에서 빠져나와 이면도로로 들어서자 전봇대에 거미줄처럼 얽히고설킨 케이블들이 눈에 들어왔다. 몇 가닥 잘린 케이블은 사람 키보다 조금 높은 곳에서 늘어진 채로 나뭇가지처럼 바람을 타며 춤추고 있었다. 정비가 안 된 케이블은 예나 지금이나 똑같았다. 느낌상 예전보다 얽힌 케이블 타래가 더욱 커진 것 같았다. 이면도로를 천천히 달렸다. 한때 근무했던 곳이라 익숙한 도로였지만, 새로 올라간 건물들이 제법 있고, 들고 나가는 상가 간

판이 교체되었는지 주변 풍경은 많이 바뀌어 있었다.

소리 없이 번쩍거리는 경광등을 머리에 이고 있는 순찰차가 눈에 들어왔다. 수연이가 있는 곳에 도착했다. 차를 순찰차 뒤에 바짝 붙여 세워놓고 골목으로 들어섰다. 아까부터 불던 바람이 목덜미를 거칠게 훑고 지나갔다. 골목 끝에는 곧 수연이를 데리고 갈 구급차가 저승사자처럼 서 있었다. 주변은 아무 일도 없는 것처럼 조용했다.

수연이가 있는 건물을 바라봤다. 적벽돌 외벽의 허름한 다가구 주택은 지은 지 거의 30년은 돼 보였다. B01호. 수연이가 마지막으로 머물던 방.

아직 증거 수집이 한창이라 방까지는 들어갈 수 없었다. 현관에서 목을 빼고 수사관들 어깨 너머로 천장을 향해 똑바로 누워 있는 수연이의 모습을 확인했다. 자세히 보니 하의는 반쯤 벗겨졌고, 가슴께가 검붉게 물들어 있었다. 손바닥에도 피가 엉겨 붙어 있었다.

수연이의 죽음을 내 눈으로 직접 확인하자 눈시울이 뜨거워졌다. 더는 볼 수 없었다.

몸을 돌려 밖으로 나가려다가 반지하방을 꽉 채운 수사관들 사이에서 이질적으로 보이는 한 사람이 창을 등지고 서 있는 것을 발견했다.

나는 소스라치게 놀랐다.

남자의 얼굴에는 영혼의 흔적이 없었다.

그는 빨랫줄에 목을 맨 채 죽어 있었다. 빨랫줄은 지상으로 난 창문의 방범 창살에 묶여 있었다. 그 높이가 얼마 되지 않아 남자의 발은 지면에서 불과 3, 4센티미터밖에 떠 있지 않았다. 그래서 마치 서 있는 것처럼 보였던 것이다.

수연이가 이곳에서 죽음을 맞이한 이유는 무엇일까. 그리고 정체불명의 그 남자는 왜 수연의 곁에서 기묘한 자세로 목을 매고 있는 걸까.

갑자기 머릿속이 하얘지고 욕지기가 치받쳐 올라왔다. 착 가라앉은 공기가 방 안을 부유하는 비릿한 피비린내를 잡아놓고 있었던 탓에 그 냄새를 들이마셨다.

숨을 참으며 건물 현관 밖으로 나온 후 크게 퉤 소리를 냈다. 폐에 스며들었을 피비린내를 빼내려고 심호흡을 크게 했다. 어느 정도 숨을 토해내자 곧이어 죄책감이 찾아왔다.

수연이의 피 냄새를 맡고 구역질을 하다니.

"왜 갑자기 나왔어요?"

등 뒤에서 익숙한 목소리가 들렸다. 영민이었다.

"대충 다 확인했어. 살인이군."

"네, 살인 사건입니다. 그런데 어디 안 좋으세요? 선배님 얼굴이 하얗게 질렸는데요."

"점심 먹은 게 좀 얹힌 거 같아."

"바쁘실 텐데 직접 현장까지 오신 걸 보니 피해자와 잘 아는 사이인가 봐요."

"응, 딸의 친한 친구야. 초등학교 때부터."

"여기에 직접 안 오셔도 제가 수사 상황을 그때그때 알려드릴 텐데요."

"마지막 길을 배웅하려고 왔어. 얼굴도 보고 말이야."

"아, 배웅…."

영민은 이해했다는 듯이 고개를 끄덕였다.

"그런데, 선배님."

"왜."

"혹시 방 안에서 남자 보셨나요?"

"응."

"저 남자도 선배님 아는 사람인가요?"

"아니, 나도 지금 그 남자가 누군지 정 팀장한테 물으려고 했는데. 현장에서 뭐 알아낸 거 있나?"

"글쎄요. 섣부른 판단이지만, 지금 현장 상황만 놓고 봤을 땐 남자가 여자를 성폭행하려다가 여자가 심하게 반항하자 집에 있던 과도로 살해하고, 본인도 스스로 목을 매 죽은 거 같아요."

"남자가 우발적 살인에 놀라 자포자기 심정으로 자살했다는 건가?"

"대략 그려볼 수 있는 상황이 그렇다는 거죠. 아직 감식도 안 끝났고, 증거 분석도 남았으니 속단할 수는 없겠죠."

"그렇겠지."

"선배님, 아까 현장을 잠깐 보다가 나오신 것 같은데 다시 들어가서 자세히 보시겠습니까?"

"아니야. 정 팀장이 나중에 수사 진척 상황이나 알려줘. 난 이 정도만 봐도 될 거 같아. 괜히 일하는 사람들한테 방해나 될 거야. 그럼, 난 이만 들어가볼게."

"네, 사건 윤곽이 드러나면 바로 연락드리겠습니다. 제가 보기엔 증거 분석이 끝나고 대략 하루 이틀이면 이 사건의 밑그림이 그려질 것 같습니다."

나는 영민에게 손을 들어 보이고, 차 있는 곳으로 천천히 걸어갔다. 곧 비가 올 것 같은 날씨라 그런지 좁은 이면도로는 지나다니는 사람 하나 없이 고요했다.

정수연. 이제는 피해자라는 명칭을 달고 사건 기록에 등장하게 될 이름이었다.

수연이는 내 작은딸과 이름이 같다. 둘은 이름이 같아서 친밀감을 느꼈는지 초등학교 3학년 때 처음 만났을 적부터 사이가 좋았다. 수연이는 감수성이 풍부하고 남을 배려할 줄 아는 아이였다. 수연의 얼굴에는 항상 미소가 떠나지 않았다. 매사 긍정적이었고, 내 딸 수연이와는 다르게 리더십도 있었다.

내 딸은 수연이를 무척 좋아했다. 아니, 엄밀히 말하자면 잘 따랐다고 하는 게 정확한 표현이다. 나와 아내도 수연이를 좋아했다. 우리는 두 명의 수연이를 데리고 수영장, 놀이공원, 심지어는 해외여행까지 갔을 정도였다.

우리에게 정수연은 그런 아이였다. 그런데 수연이가 연고도 없는 동네의 다가구주택 반지하방에서 정체 모를 남자와 시체로 발견되다니…. 역시 한 치 앞도 예측할 수 없는 게 세상일이다.

집으로 향하며 수연이를 떠올리자 이내 걱정이 밀려왔다. 이 사실을 수연이 부모님께 어떻게 알려야 할까.

이번 사건을 맡은 수사팀에서 공식적으로 알려줄 때까지 모른 척하고 기다릴지, 아니면 지금 내가 알려줄지 고민하면서 차에서 내렸다. 나는 아파트 출입구 앞에서 비밀번호를 입력하기 전 옆 화단을 확인했다. 눈살이 저절로 찌푸려졌다. 불닭볶음면 용기와 삼각김밥 포장 비닐이 떨어져 있었다. 아무것도 못 본 것처럼 고개를 돌리고 비밀번호를 입력했다.

엘리베이터 안 게시판에서 불닭볶음면 용기와 삼각김밥 포장 비닐을 다시 확인할 수 있었다. '화단 내 쓰레기 투기 금지'라는 큼지막한 제목의 공고문에 방금 본 불닭볶음면 용기와 삼각김밥 포장 비닐 사진이 실려 있었다. 공고문에는 여러 차례 안내에도 불구하고 쓰레기 투기 행위가 반복되므로 앞으로는 CCTV를 달아 범인을 색출하겠다는 내용이 적혀 있었다. 얼굴이 화끈거리고 가슴속이 뜨거워졌다.

"야! 김수연. 이 계집애. 이게 아빠 말을 더럽게 안 들어 처먹네! 앞으로 불닭볶음면이랑 삼각김밥 먹으면 혼날 줄 알아!"

도저히 참을 수 없었다. 나는 집으로 들어가자마자 아무런 여과 없이 막말을 쏟아냈다.

방문이 스르륵 열리고 수연이의 얼굴이 나타났다. "으응, 알았어." 하고 짧게 대답하는가 싶더니 이내 얼굴이 사라지고 탁 소리를 내며 방문이 닫혔다.

"어? 무슨 말이야? 그럼 게시판에 붙은 것처럼 여태 우리 라인 화단에 컵라면 용기 같은 쓰레기를 버린 게 수연이였단 말이야?"

"그래, 저 계집애가 범인이었다고!"

"그래서 종종 배가 안 고파서 점심을 걸렀다고 한 거구나. 그래도 그렇지, 딸한테 계집애는 뭐고 범인은 또 뭐야. 당신, 오늘 입이 너무 거칠어."

헐렁한 회색 트레이닝복을 입고 설거지하던 아내가 미간을 찌푸리며 말했다.

"정수연이 죽은 채로 발견됐어."

나는 아내 곁으로 다가가 목소리를 낮춰 말했다.

"아니, 왜!"

"살해된 거 같아. 아직 자세한 내막은 몰라. 수사 중이야."

"가출하더니… 결국 이렇게 됐구나."

"수연이 부모님은 어떻게 하지?"

"뭘 어떻게 해. 빨리 알려드려야지."

"수연이가 무사히 돌아오길 바라는 부모에게 죽었다는 이야기를 어떻게 꺼내야 할지 망설여져."

"흠… 그래도 빨리 알려주는 게 낫지 않을까. 언젠가는 알게 될 거 아니야."

"그래, 알았어. 지금 수연이네 다녀올게."

나는 같은 아파트 단지에 있는 수연이네 집으로 향했다.

106동. 수연이네가 사는 동이다. 같은 아파트 단지라고는 하지만, 101동부터 105동까지는 하나의 울타리로 묶여 있고, 106동은 별개의 구역으로 담장이 둘러쳐져 있다. 물론 출입구도 다르다. 같은 단지지만, 개별 아파트나 마찬가지인 임대 아파트였다.

연락도 없이 불쑥 찾아가자 수연이 엄마는 뭔가 직감했는지 잔뜩 긴장한 얼굴로 나를 주시했고, 불편한 다리를 이끌고 나온 수연이 아빠는 어색한 웃음을 섞어 내게 인사를 건넸다.

"수연이를 찾았습니다."

"어… 디에 있나요?"

수연이 아빠가 물었다.

"수연이는… 오늘… 사망한 채 발견됐어요."

"왜… 왜요?"

"아직 그 이유는 모릅니다."

이때 쿵 하는 소리와 함께 수연이 엄마가 자리에 주저앉아 울기 시작했다. 나의 입 모양을 읽은 것 같았다.

죽은 수연이는 중2가 된 후에 예전과는 전혀 다른 아이로 바뀌었다. 미소가 가득했던 얼굴은 차츰 냉소적인 표정으로 바뀌었고, 리더십은 다른 아이들을 향한 공격성으로 변해갔다.

다행스럽게도 우리 수연이와 같은 중학교에 배정받았지만, 초등학교 때처럼 단짝친구로 붙어 다니지는 않았다. 가끔 만나서 패스트푸드점이나 편의점에 가는 정도였다.

수연이는 똑똑한 아이였다. 수연이의 변화는 어떻게 보면 당연한 거였다.

중학교에 입학하고 나서 수연이는 자신의 환경이 다른 아이들과는 사뭇 다르다는 걸 깨달은 것 같았다. 좁은 집과 지저분한 복도 그리고 같은 아파트 단지인데도 불구하고 다른 출입구를 이용해야 하는 것에 대한 진정한 의미를 알아차린 듯했다. 더 중요한 건, 이런 환경을 몸이 불편한 부모님이나 자신의 노력으로 바꿀 수 없다는 점도 깨달은 것 같았다.

사실 수연이가 가출한 건 이번이 처음이 아니다. 중2 때부터 한 학기에 한 번꼴로 가출을 했다.

처음에는 PC방을 전전하며 며칠간 사라졌다가 제 발로 돌아오곤 했는데, 횟수를 거듭할수록 가출 기간이 길어졌다. 고등학교에 입학하고 잠시 마음을 다잡은 것 같았지만, 결국 3개월간의 마지막 가출을 끝으로 주검이 되어 집에 돌아오게 됐다.

수연이 부모님은 수연이를 천진난만하고 정의감이 가득했던 예전 딸로 되돌리려고 온갖 정성을 쏟았다. 하지만 수연이가 원하는 건 그런 정성이 아니었다. 다른 친구들이 지겹다는 소리를 하며 다니는 학원에 다니고 싶었고, 비싼 스마트폰과 블루투스 이어폰도 사고 싶었다. 마음뿐인 부모의 사랑은 수연이의 마음에 와닿지 않았다.

아이들 덕에 나와 친구처럼 허물없이 지내던 수연이 아빠는 이런 수연이의 변화를 내게 상의하며 해결책을 찾으려고 함께 고민했다. 나도 수연이를 위해 청소년 상담원과 상담도 주선해보고, 때론 달래기도 하고 엄포도 놓고 했지만 소용없었다.

"정말 싫어. 난 우리 집이 싫단 말이야. 내가 뭘 크게 바라는 게 아니잖아. 난 다른 애들처럼만 그냥 평범하게 살고 싶다고! 제대로 키우지 못할 거면 아예 낳지를 말았어야지!"

수연이가 집에서 마지막으로 남기고 간 말이다. 수연이는 완전한 절연을 다짐한 것처럼 자신의 낡은 휴대폰을 집에 두고 나갔다. 이렇게 부모님 가슴에 대못을 박고 떠난 수연이는 결국 차가운 주검이 되어 또다시 부모의 가슴을 후벼 파고 있다.

잠시 수연이 생각을 하는 동안 다시 쿵 하는 소리가 들렸다. 수연이 아빠가 무거운 절망을 불편한 다리로 버티지 못하고 털썩 주저앉는 소리였다. 나는 수연이 아빠 앞에 무릎을 꿇고 그의 두 손을 꼭 잡았다.

"제가 반드시 범인을 잡겠습니다."

나의 다짐에 수연이 아빠는 흐느끼며 고개를 끄덕였다.

"선배님! 그 남자의 정체를 알아냈어요."

출근하자마자 수연이 사건을 맡은 영민에게서 전화가 왔다.

"뭐 하는 사람이지?"

"사기 혐의로 체포영장이 발부된 사람이었어요."

"사기?"

"네, 보이스피싱이요. 그 남자는 보이스피싱에 속은 피해자들이 입금한 돈을 인출해 조직이 지정한 계좌에 송금하는 일을 하고 있었어요. 은행에 자주 들러 현금인출기에서 현금을 잔뜩 뽑아 다시 송금하는 걸 수상히 여기고 신고한 은행 청원경찰 덕분에 덜미가 잡혔어요. 물론 조직 말단 수거책이라서 그 윗선까지는 잡지 못했는데, 1차로 조사하면서 남자의 범행에 대한 자백을 받아냈습니다. 이후 추가 조사를 하려고 출석 요구를 했는데, 계속 불응하고 잠적해서 체포영장이 발부된 겁니다."

"흠, 이걸 어떻게 해석해야 하지?"

"난감합니다. 정수연 학생도 보이스피싱과 관련이 있는지 조사가 필요할 것 같기는 한데…. 뭔가 아귀가 안 맞는 느낌이 있어요. 둘 다 휴대폰을 소지하고 있지 않은 것도 이상하고."

"수연이는 가출할 때 휴대폰을 집에 두고 나갔어. 그래서 수연이 휴대폰은 없을 거야."

"아, 그랬군요."

"혹시 수연이도 보이스피싱 관련해서 조사받은 적이 있나?"

"그건 아닙니다. 아, 부검 결과 아주 중요한 사실을 알아냈어요."

"뭐지?"

"남자는 자살이 아닌 거 같아요. 목의 삭흔을 분석한 결과, 누군가 방범 창살에 묶어둔 빨랫줄을 남자 목에 걸어놓고는 두 다리를 잡아당겨 교살했을 가능성이 큽니다."

"그럼, 누군가 살해하고 자살로 보이게 위장한 거군."

"네, 그렇게 봐야 합리적이죠. 남자는 범인에게 제대로 저항도 하지 못한 거 같아요."

"희한하군. 남자는 성인 아니던가? 위급한 상황이 닥치면 본능적으로 거칠게 자신을 방어했을 텐데."

"그 남자는 지적장애와 지체장애가 있는 장애인이었어요. 자신을 방어할 능력이 부족했을 겁니다."

"아…."

"그렇다면 정수연 학생도 그 남자가 죽인 게 아니라는 결론에 다다르죠. 제삼의 인물이 둘 다 살해한 거예요."

"그렇다고 해서 보이스피싱 조직 애들이 그런 일을 저질렀을 것 같지는 않은데."

"그렇죠. 중국에 있는 조직 애들이 입국해서 말단 수거책을 죽일 만큼 한가하지는 않을 거고. 어차피 경찰이 말단 수거책을 조사해봤자 철저히 신분 속이고 숨어서 지령만 내리는 우두머리의 정체를 밝혀낼 수도 없는 노릇인데, 윗선에서 그들을 살해할 가능성은 전혀 없다고 봐도 무방하겠죠."

"그럼, 이제 어쩔 거야?"

"주변 사람들을 훑어야죠. 선배님, 혹시 오늘 시간 괜찮으세요?

오후에 그 남자의 어머니를 만나보려고 하는데, 같이 가실래요?"

영민과는 작년에 관내에서 일어난 세 건의 연쇄살인 사건을 같이 해결했고, 영민 덕분에 내가 특진하면서 형 동생 하는 사이로 바뀌었다. 아직 30대인 영민은 프로파일러 출신으로 뛰어난 분석력과 타의 추종을 불허하는 직관력의 소유자였다. 그에 비해 나는 옛날 경찰의 전형이었다. 사건을 머리보다는 발로 해결하는 스타일이었다.

연쇄살인 사건 해결 이후 영민은 노원경찰서로 발령받아 옮겨갔고, 지금은 이 사건의 담당 팀장으로 나와 인연을 이어가고 있었다.

"예전에 가출한 학생을 찾는다는 글을 인트라넷 게시판에 올리셨을 때, 저는 선배님 따님 일인데 창피해서 딸의 친한 친구를 찾는 것처럼 올린 줄 알았어요. 그래서 그 글을 보고도 선배님께 전화 한 통 못 드렸네요. 괜히 부담 느끼실까 봐요. 그런데 진짜 따님의 친구였군요."

영민이 말했다.

"그래, 주변에서 그런 이야기 많이 들었어. 내 딸이 가출한 거 아니냐고 말이야. 그런데 우리 인연이 이만저만 아닌 거 같아. 수연이를 정 팀장이 찾다니 말이야."

"저도 피해자 소지품을 확인하면서 학생증 겸용 체크카드로 신분을 확인하고는 깜짝 놀랐습니다. 선배님이 애타게 찾던 학생이 주검으로 발견돼서 말입니다."

"우리 수연이가 살아 돌아오지 못해서 안타깝지만, 이렇게 정 팀장이 사건을 맡아서 참 다행이야. 정 팀장이야말로 대한민국 최고의 형사 아닌가. 반드시 범인을 잡아줘."

"그런데 어떤 사연이 있어서 따님 친구를 이렇게까지 챙기시는 건가요? 뭔가 특별한 이유가 있을 거 같긴 한데…."

영민이 슬쩍 나를 쳐다보며 말했다.

"흠… 정 팀장한테 우리 집 얘길 한 번도 한 적 없지? 우리 딸 얘기 말이야…. 딸은 지적장애가 있어."

"아…."

"우리도 어렸을 때 그랬잖아. 같은 반에 체구가 조그맣거나 지능이 좀 떨어지는 친구가 있으면 챙겨주기는커녕 오히려 놀리거나 따돌리고, 심하면 괴롭히거나 때리기도 했잖아. 어린 나이니까 특별한 악의가 있지는 않았을 텐데, 본능적으로 그렇게 행동했던 거 같아. 동물 세계에서 약한 놈이 도태되고 강한 놈의 먹잇감이 되는 것처럼 말이야."

영민이 운전대를 잡은 채 말없이 고개를 끄덕였다.

"한데, 나한테 그런 일이 생길 줄은 몰랐어. 우리 딸이 지적장애가 있다는 걸 알고는 절망에 빠졌지. 학교에 보내면서 매일 불안했어. 누가 우리 딸을 놀리지 않을까, 괴롭히지 않을까 하고 말이야. 그런 걱정이 기우가 아니라는 것을 확인한 건 딸이 초등학교 3학년 때였어. 우리 딸은 특수학급에서 교육을 받으면서 방과 후 활동도 했어. 문제는 방과 후 반에서 일어났지. 우리 딸이 지적 능력이 떨어진다는 걸 확인한 몇몇 남자 녀석들이 놀려대고 괴롭히기 시작했어. 그때 수호천사처럼 수연이가 나타난 거야. 집요하게 따라붙으며 놀려대던 남자 녀석들에게 맞서서 같이 놀려주거나 때려주기도 했어. 당찬 아이였거든. 당차기만 한 게 아니었어. 영리한 아이였지. 자기 힘으로 감당하지 못할 아이가 나타나면 바로 선생님에게 알렸어. 부모도 하지 못하는 일을 조그마한 아이가 대신했던 거야. 우리 딸은 그런 수연이를 부모보다 더 믿고 따랐지."

"선배님 마음 이해할 수 있을 거 같습니다."

"우리 딸이 제일 좋아했던 건 방과 후에 수연이와 편의점에서 같이 먹는 불닭볶음면이랑 삼각김밥이었어. 하… 그게 뭐가 그리 좋은지 아직도 그걸 먹고 있으니."

"선배님, 다 왔습니다."

영민이 우측으로 운전대를 꺾으며 말했다.

우리가 간 곳은 동두천의 한 장례식장이었다.

장례식장의 구석진 곳에 차려진 빈소는 협소했다. 조문객은 고사하고 일을 도와주는 도우미도 없었다. 빈소 귀퉁이에 상복을 입은 50대 초반의 여자가 초췌한 얼굴로 등을 둥글게 말고 앉아 있었다. 그녀의 시선은 영정사진에 닿아 있었다. 영정사진 속 남자는 어색한 미소를 지으며 그녀를 바라보고 있었다.

"우리 민식이는 나쁜 놈들의 꼬임에 빠진 거예요. 걔가 지능이 좀 떨어질 뿐이지 나쁜 짓 할 애는 절대 아니라고요."

남자의 엄마는 확신에 찬 어조로 말했다.

"네, 어머님 말씀대로 아드님은 남에게 이용당한 것 같습니다."

"그렇지요? 그렇지요? 형사님도 그렇게 생각하시지요?"

여자는 충혈된 눈을 크게 뜨고는 같은 말을 반복하며 영민의 동의를 구했다.

"혹시 아드님이 집을 나가기 전후로 평소와 다른 말이나 행동을 한 적은 없나요?"

영민이 여자에게 물었다.

"글쎄요. 고등학교 졸업 후 내내 집에만 있던 아이였는데, 무슨 특별한 일이 있었겠어요. 어렸을 적부터 친구 하나 없어서 방에 틀어박혀 휴대폰을 만지작거리며 놀거나, 영화 보면서 시간을 보내던 애였어요. 근데 무슨 바람이 들었는지 생각지도 못한 보이스 피싱에 가담했다니, 이해가 되지 않아요."

"교우 관계가 전혀 없었나요?"

"네, 친구를 사귈 수가 없었어요. 애가 좀 모자라 보이니 주변에 있는 애들이 놀리고 때리기나 했지 친구로 받아주지 않았어요. 오죽하면 그런 애들로부터 민식이를 보호하기 위해 제가 고등학교 때까지 항상 곁에 붙어서 등하교를 시켰겠어요. 남들이 보기에는 덜떨어진 못난 아이처럼 보였겠지만, 저한텐 둘도 없는 소중한 아이였거든요. 우리 민식이는 원래 지적장애만 있었는데, 중학교 때 자신을 때리는 패거리를 피해 달아나다가 달려오는 차에 치여 다리를 절게 된 거예요. 그때 일만 생각하면 지금도 속에서 열불이 나요! 그 개놈의 새끼들! 우리 민식이… 그때 얼마나 무섭고 아팠을까…."

여자가 자신의 가슴을 주먹으로 쾅쾅 치며 울분을 토해냈다. 나는 여자의 이야기를 들으며 온몸이 뜨거워지는 것을 느꼈다.

"말씀을 들으니 엄청 힘드셨을 거 같다는 생각이 듭니다. 어머니… 그간 고생 많으셨어요."

영민은 차분하고 진중한 목소리로 여자에게 위로를 건넸다.

"지금 남편분은 어디에 계신가요?"

"남편이요? 진작에 죽었어요. 민식이가 애들을 피하다가 교통사고가 난 후 가해자 애들이 제대로 처벌받지도 않는 걸 보고는 화병이 났어요. 그 애들은 아무 일 없다는 듯 학교에 잘 다니고, 오히려 우리 민식이가 그 애들을 피해 전학을 갔으니. 그 꼴 보고 화병이 안 나는 것도 이상하지요. 남편은 그 일이 있은 뒤로 허구한 날 술만 마시다가 간암으로 세상을 떴어요. 우리 민식이가 이렇게 갈 줄 알았으면 미리 내가 가슴에 품고 같이 갔어야 했는데…. 이게 무슨 날벼락인지 모르겠네요."

여자의 충혈된 눈에서 어느새 눈물이 쏟아졌다.

"시청에서 미화원으로 일하다가 얼마 전에 공무직으로 전환돼서 이제 따박따박 월급 받으며 안정적으로 사는가 싶었는데, 이게 웬일이야. 아이고, 정말 하늘도 무심하네! 형사님, 우리 민식이 죽인 놈 좀 잡아주세요. 제발, 부탁드립니다."

여자는 영민의 손을 부여잡고는 연신 머리를 조아렸다. 영민도 여자의 손을 힘주어 잡았다.

"반드시 범인을 잡겠습니다."

"고맙습니다. 멀리서 오셨는데, 제 넋두리만 한 것 같아 죄송하네요. 넋두리 들어주셔서 감사합니다. 형사님이 말씀하신 민식이 휴대폰을 집에서 챙겨 왔어요."

여자는 텅 비어 있는 조의금 접수대 서랍에서 휴대폰을 꺼내 영민에게 건넸다.

"참, 형사님. 우리 애가 두어 달 전 누구한테 맞은 것처럼 얼굴이 부어가지고 왔어요. 집에 와선 휴대폰을 두고 자기 예금통장을 챙겨선 도망치듯 다시 나갔고요. 그때 무슨 이상한 말을 했어요. 그땐 대수롭지 않게 생각했는데, 지금 와서 생각해보니 이번 사건과 관련이 있는 거 같아서요."

"무슨 말을?"

"민식이가 들뜬 표정으로 자기한테 정말 착한 여자친구가 생길 것 같다고 했어요. 앞으로 계속 같이 있을 거라면서요. 그때 전 평생 친구 하나 없던 네가 무슨 여자친구냐고 타박을 주고 말았죠."

"죽은 남자 인생이 우울했네요."

영민이 차에 시동을 걸며 말했다.

"그러게."

나는 여자의 이야기를 되새기다가 가슴이 답답해져 영민의 물음에 짧게 대답하고 말았다.

"그런데 오늘 보니 민식이란 친구도 수연이처럼 휴대폰을 집에 두고 나간 모양이군."

"네. 어제 시체를 인수할 때 혹시나 해서 물어봤더니 집에 있다고 하더군요. 그래서 어떤 단서라도 찾을 수 있을까 해서 휴대폰 받으러 들른 겁니다."

"둘 다 최근까지 사용하던 휴대폰을 갖고 있지 않았다니 참 답답한 노릇이네. 수사의 시작은 휴대폰 통화 내역 조회인데 그걸 못하고 있으니."

"그러게요."

"아!"

순간, 내 머릿속에 스치는 것이 있었다.
"지금 사건 현장으로 가자고."

우리는 사건 현장 주변에 있는 몇몇 부동산을 방문한 후 어렵지 않게 계약서를 작성한 부동산을 찾을 수 있었다.

"자, 이게 그 집 임대차 계약서입니다."

부동산 사장이 부동산 보관용 임대차 계약서를 내놨다.

나는 계약서에 적힌 임차인을 확인했다. 계약자는 민식이였다. 이름 옆에는 계약자의 휴대폰 번호가 적혀 있었다. 연락처를 영민에게 보여줬다.

"집에 놔두고 간 휴대폰 번호네요."

영민이 고개를 저으며 대답했다.

"이런 일이 일어날 줄은 꿈에도 생각 못했어요. 고등학생 정도 돼 보이는 여학생이 몸이 불편한 오빠와 살 만한 저렴한 집을 구한다고 찾아온 게 바로 엊그제 같은데 오빠랑 같이 죽다니 말이에요. 강도가 든 거죠?"

부동산 사장이 말했다.

"아직 정확히 모릅니다."

나는 계약서를 사장에게 건네며 말했다.

"그 학생, 나이는 어려도 상당히 야무져 보이더라고요. 오빠는 다리도 불편해 보이고 말투도 어눌하던데, 그 학생 말을 잘 따르더라고요. 나이는 어리지만 그 학생이 오히려 누나처럼 보였어요. 학생이 사정이 생겨서 당분간 부모님과 떨어져 산다고 하더라고요. 학업도 잠시 접었고, 근처 편의점 알바로 돈 벌면서 오빠랑 살 거라고 얘기했어요. 그날도 편의점 비닐봉지에 컵라면과 삼각김밥을 잔뜩 담아 가던데. 무슨 일인지 몰라도 빨리 범인을 잡았으면 좋겠네요."

사장이 안타깝다는 표정을 지었다.

"혹시, 그 여학생 휴대폰 번호 모르세요?"

"지금 보신 계약서에 기재된 휴대폰 번호가 전부예요. 아무리 모자란 사람이라도 오빠가 성인이라서 오빠 이름으로 계약을 한 거고요. 따로 그 학생 전화번호는 받아놓은 게 없어요."

"네에…."

나는 옆에 앉아 있던 영민에게 일어나자는 눈빛을 보냈다. 계약서에 기재된 민식의 전화번호는 집에 두고 온 휴대폰 번호였다. 혹시 둘이 새롭게 만들어 쓰고 있는 실제 휴대폰 번호를 알 수 있을까 해서 들렀는데, 아무것도 건진 게 없어서 힘이 빠졌다.

"잠깐만요."

사장이 밖으로 나가려던 우리를 불러 세웠다.

"지금 그 집에 주인이 와 있을 거예요. 사건이 일어난 방을 청소하겠다고 왔는데, 집주인에게 여학생 전화번호를 한번 물어보세요. 혹시 또 모르잖아요."

"아, 고맙습니다."

우리는 서둘러 사건이 일어난 반지하방으로 갔다.

다가구주택 현관에서 두 명의 남녀가 짐을 들고 나왔다. 손에 들고 있는 걸 보니 도배와 장판 시공을 하는 사람들이었다. 그들은 장비를 스타렉스에 싣고 바로 떠났다.

문이 열려 있는 B01호 현관 앞에는 한 남자가 뒷짐을 지고 뭔가 확인하듯이 안을 이리저리 살피고 있었다.

"이 집 주인이신가요?"

영민이 남자에게 물었다.

"네, 누구시죠?"

영민은 남자에게 신분증을 보여줬다.

"여기에서 사망한 두 사람을 직접 만난 적 있죠?"

"그럼요. 계약할 때 봤죠."

집주인은 생각보다 젊었다. 이런 건물의 주인이라면 으레 머리가 허연 아저씨를 떠올리지만, 남자는 30대 후반 정도의 나이였다.

"계약할 때만 보신 건가요?"

"아뇨, 이사 오는 날에도 봤어요. 이게 정말 무슨 일인가 모르겠네요. 월세 좀 받아보겠다고 어렵게 경매로 이 집을 매수했는데, 등기하고 얼마 안 돼서 이런 일이 생겨 정말 골치 아파요. 살인 사건 났다고 소문나면 이 집에 들어오려는 사람이 없을 텐데. 방이 공실로 있으면 대출 이자 낼 돈도 못 건진다고요. 아주 속상해 죽겠어요. 임차인에게 이런 일이 생겨서 집 청소를 하거나 도배, 장판을 하게 되면 뭐 국가에서 지원해주는 건 없나요? 제가 직접적 피해자는 아니지만, 엄밀히 말하면 이번 사건으로 피해를 본 건 맞으니까요. 듣자 하니 범죄 피해자를 지원하는 제도가 있다고 하는 거 같던데…."

"전화번호 있어요?"

나는 불평 섞인 말이 길어질 것 같아 남자의 말을 끊었다.

"누구 전화번호요?"

"수연이… 아니, 이 집에 들어온 여학생 전화번호요."

"아, 있어요. 월세 때문에 몇 번 통화했지요. 오빠란 사람이 장애가 있어서 그런지 어린 여학생이 일 처리를 하더라고요. 몸이 불편한 오빠와 사느라 형편이 좋지 않다고 어찌나 사정하던지 결국 학생 얼굴 봐서 월세 2만 원과 매달 받는 청소비 만 원을 깎아줬어요."

"빨리 전화번호 좀 주세요."

"네? 그 학생은 죽었잖아요."

"어서요!"

내가 언성을 높이자 집주인은 황당하다는 표정을 지으며 휴대폰에 저장된 수연이의 전화번호를 찾아 보여주었다. 나는 휴대폰을 그의 손에서 낚아채 통화 버튼을 눌렀다.

"저, 저기요. 그거 내 휴대폰이잖아요."

나는 집주인 말에 아랑곳하지 않고, 신호음이 울리기만 기다렸다.

드디어 신호가 울렸다.

휴대폰이 켜져 있었다.

몇 번의 신호가 울렸을까.

"누구?"

휴대폰에서 낯선 여자의 목소리가 들려왔다.

"카이저 소제."

영민이 모니터를 손가락으로 가리켰다.

"휴대폰에 깔린 데이트 앱 채팅 내용을 캡처한 겁니다. 카이저 소제라는 닉네임이 민식입니다."

퇴근 후 영민이 근무하는 노원경찰서로 다시 출근했다. 민식이 집에 두고 간 휴대폰에서 단서를 찾아냈다는 소식을 들었기 때문이다.

"그럼, 레몬 젤리가 수연인가?"

"네, 어제 알아낸 전화번호로 생성된 닉네임입니다."

카이저 소제 : 난 여자 사귀어본 적 없음. 그래도 가능해?

레몬 젤리 : 나이가 몇 살인데. 거짓말하지 마.

카이저 소제 : 진짜야.

레몬 젤리 : 어쨌든 상관없음.

카이저 소제 : 20만 원?

레몬 젤리 : ㅇㅇ

카이저 소제 : 한 시간이야? 더는 안 돼?

레몬 젤리 : 네고 안 함. 나 바빠.

카이저 소제 : 한 번 만나고, 나중에 또 만날 수 있는 거야?

레몬 젤리 : 그건 한 번 만나보고 나중에 생각해. 시간 없어. 오늘 만날 거야, 말 거야?

카이저 소제 : 미안, 미안. 갈게, 갈게.

레몬 젤리 : 그럼 3시까지 ××역 4번 출구로 와. 난 야구 모자, 검은 마스크야. 거기에서 만나서 다른 곳으로 갈 거야.

카이저 소제 : 알았어.

레몬 젤리 : 늦지 마. 5분 이상 늦으면 그냥 갈 거야.

카이저 소제 : 그래, 이따 봐.

"흐음…."

예상치 못한 대화 내용이었다.

"다른 건 없어?"

"있어요. 어제 찾아낸 수연 학생의 전화번호는 예상대로 대포폰이었습니다. 휴대폰은 현재 켜져 있어요. 패턴을 보니 오전에는 꺼져 있고, 오후부터 밤까지 켜져 있습니다. 최대 사용 지역은 ××역 부근 기지국이고요. 지금도 누군가 사용하고 있습니다."

"그렇다면 범인이 휴대폰을 사건 현장에서 회수해 사용하고 있다고 볼 수 있군."

"네, 그렇게 봐야겠죠. 그런데 어제 전화를 받은 사람은 여자였잖아요. 그건 좀 의아하네요. 여자가 두 명을 단시간에 제압하고 살해했다고 보는 건 무리가 있어요. 혹시 어제 너무 당황해서 착각한 거 아닌가요?"

"어제 내가 너무 놀라는 바람에 잘못 걸었다고 하고 바로 끊기는 했지만, 상대방은 여자가 확실했어."

"선불리 전화를 다시 걸었다가는 낌새를 눈치채고 휴대폰을 영영 꺼놓을 수도 있으니 이제 어쩌죠?"

"혹시, 그 레몬 젤리 말이야."

"데이트 앱에서 수연 학생 닉네임 말이죠?"

"응, 그거 지금 활동 중인지 확인됐나?"

"그건 확인 안 했는데요."

"지금 확인할 수 있어?"

"네, 잠시만요."

영민은 자신의 휴대폰에 데이트 앱을 다운받은 후 회원 가입을 했다. 그러고는 ××역이 있는 ××구 게시판에 들어갔다.

"아! 있어요."

영민의 휴대폰 화면에는 '레몬 젤리'라는 닉네임으로 '20대 초, ××역, 쿨만남, 연락 바람'이라고 간단히 자신을 소개하고 있는 글이 있었다.

"대화 신청해봐."

영민이 쿨가이라는 닉네임으로 레몬 젤리에게 대화 신청을 한 지 20여 분 후 대화창이 떴다. 영민이 바로 답변을 달았다.

레몬 젤리: 우리 아찌 몇짤?

쿨가이: 38

레몬 젤리: 완전 아재. ㅎㅎ 어쨌든 오키. 20만, 8시, ××역 4번 출구. 난 야구 모자, 검은색 마스크. 거기서 만나 이동할 거야.

쿨가이: 알았어. 예쁘면 돈 더 줄 수도 있어.

레몬 젤리: ㅋㅋ 돈 더 가지고 와야겠네.

쿨가이: 그래 돈 많이 줄게. 이따 봐.

대화가 끝나자마자 나와 영민은 벽시계를 바라봤다. 7시. 한 시간밖에 남지 않았다. 서둘러야 했다.

영민이 방금 만난 여자와 나란히 모텔 골목을 걷고 있다. 그 뒤에는 약속이나 한 듯 똑같이 야구 모자를 눌러쓴 남자 세 명이 적당한 거리를 두고 영민과 여자의 뒤를 밟고 있다. 우리도 눈치채지 못하게 그 남자들을 따라붙었다.

여자가 어느 모텔 앞에 이르러서는 영민의 소매를 잡아끌더니 안으로 함께 사라졌다. 야구 모자를 쓴 남자들은 모텔 입구에서 담배를 입에 물었다. 그들은 연이어 두 대의 담배를 피우더니 손목시계를 확인하고는 어깨를 으쓱이며 모텔 안으로 들어갔다.

우리는 조금 걱정됐으나 영민을 믿고 모텔 입구 맞은편 주차장에 몸을 숨기고 있었다. 패거리들이 들어간 지 5분도 채 되지 않아 다시 모습을 드러냈다. 패거리 중 제일 덩치 큰 놈이 성난 얼굴로 영민이 멱살을 잡고 모텔 밖으로 나왔고, 뒤에 두 놈이 영민의 뒤에 바짝 붙어 걷고 있었다. 그들이 모텔 옆 골목으로 들어가자 영민과 들어갔던 여자가 모텔에서 나오더니 빠른 걸음으로 지하철역 쪽으로 사라졌다.

우리 일행 중 한 명은 여자를 쫓았고, 나머지는 영민이 끌려간 어두운 골목으로 향했다.

"아저씨, 한 번은 봐줄 테니 합의금으로 백만 원만 뽑아 와. 싸게 해주는 거야. 미성년자랑 성매매하면 어떻게 되는지 잘 알지? 아재는 결혼도 한 거 같은데 집에서 와이프가 이 사실 알면 엄청나게 좋아하겠네. 그러니 빨리 돈 뽑아 와. 요 앞 편의점에 ATM 있으니까 금방 뽑을 수 있을 거야."

영민에게 뻔한 레퍼토리를 읊고 있는 놈들을 우리가 에워쌌다.

"아저씨들은 뭐야?"

나는 덩치의 울대를 향해 손날을 날렸다. 덩치가 캑캑거리며 자리에 주저앉았다.

"경찰이다."

"아직 소년법 적용받을 나이네. 근데, 석 달만 있으면 만 열아홉 살이 넘는군."

녀석들은 분리되어 조사 대기 중이었다. 나는 내 관할 사건이 아니므로 참관인처럼 옆에서 구경 정도만 할 수 있었다. 하지만 정식 조사를 하기 전 피의자들과 몇 마디 나누는 건 문제될 게 없으니 녀석 중 제일 머리 회전이 빨라 보이는 놈 옆에 가서 말을 붙였다.

녀석은 내가 무슨 의도로 말을 붙인 건지 가늠하느라 아무런 대답 없이 눈알만 굴리고 있었다.

"성인 교도소는 네가 여태 들락거렸던 소년교도소랑은 환경이 매우 다를 거야. 단단히 각오해야 할 거다. 공동으로 폭행, 협박, 공갈을 했고, 어쩌면 얼마 전에 일어난 살인 사건과도 관련이 있을 것 같고 말이야. 게다가 가출 청소년을 이용해서 아저씨들 삥 뜯은 전과도 있으니 그것도 참고해야 할 거 같고."

녀석은 고개를 푹 숙였다. 아마 귀를 쫑긋 열고 계속 눈알을 굴리고 있으리라.

"잘 생각해봐. 모든 걸 사실대로 말해서 열아홉 살 넘기 전에 판결 선고받고, 소년교도소로 가는 게 좋지 않을까? 소년법 적용받을 때 형을 선고받으면 성인범이 받는 형보다 훨씬 나을 거야. 잘하면 1년 안에도 출소할 수 있을 거 같은데. 하지만 하나라도 속이려고 한다면, 우리도 최대한 늦게 조사를 마치고 검찰로 송치할 거야. 그렇게 되면 아마 검찰에서 다시 조사하고 공소 제기하면 판결 선고하기 전에 너는 벌써 열아홉 살이 넘을 거다. 성인으로 이 정도 사건의 판결을 받는다면 아마 5년 이상은 감방에서 썩어야 할걸. 살인 사건과는 전혀 관련이 없다는 전제를 하고도 말이다."

나는 고개를 숙이고 있는 녀석의 목덜미를 쓰다듬었다. 녀석의 목덜미가 축축했다.

곧이어 정식 신문이 시작됐다. 평소 같았으면 영민의 후배 수사관이 조서를 받았을 텐데, 오늘은 특별히 영민이 직접 신문을 하기로 했다. 나는 녀석에게 캔커피를 건네고는 뒤편에 앉았다.

"긴말 안 할게. 내가 직접 목격했으니 말이야. 혐의 인정하지?"

"네."

"불과 2년 전에도 동일한 수법으로 돈을 갈취해서 처벌을 받았던데. 왜 자꾸 이런 일을 반복하는 거지?"

"돈이 좀 필요했어요. 선배랑 가출팸을 운영하고 있거든요. 그거 운영하려면 운영비가 필요해서요."

"너희가 무슨 사회복지 단체인 줄 알아? 운영비는 무슨 운영비야. 가출한 애들 부려먹고 갈취하는 거지. 안 그래?"

"뭐… 모여서 살려면 월세도 나가고, 밥값도 나가고…."

"너희 중 제일 덩치 큰 놈이 선배지?"

"네."

"그놈은 무슨 차 타고 다니지?"

"BMW요."

"부모가 부자냐?"

"부모가 부자면 이러고 있겠어요? 선배도 집 나온 지 오래됐어요."

"그럼, 그 차는 무슨 돈으로 샀냐?"

"…."

"수연이란 학생하고, 장애가 있는 민식이란 사람 알지?"

"네…."

"수연이는 너희 가출팸이었나?"

"네. 근데 들어온 지 얼마 안 돼서 나가버렸어요."

"수연이도 오늘 나온 여자아이처럼 이런 일을 했지?"

"우리 가출팸에 있는 여자들은 다 그런 일을 해요. 선배 애인만 빼놓고요. 근데 수연이라는 애도 미끼 일을 하긴 했는데, 한 번 하고는 더 안 하겠다고 나자빠졌어요."

"왜?"

"그 장애인 새끼, 아니 장애인 때문에요."

"그 남자가 뭘 어쨌길래?"

"남자가 뭘 한 게 아니고요. 수연이가 장애인처럼 약한 사람을 이용해 먹으면 안 된다나 어쨌다나 뭐 그랬어요. 그렇게 개념 없이 입을 놀려서 선배한테 뒈지게 얻어터졌죠."

"좀 더 자세히 이야기해봐."

"우리는 휴대폰 하나로 영업을 하고, 그날그날 랜덤으로 여자애들이 나가는 시스템으로 일했어요. 그날은 수연이가 처음으로 그 일을 하는 날이었는데, 나가보니 남자가 장애인이었어요. 우리는 좀 맥이 빠졌죠. 그냥 약속한 20만 원만 받고 돌려보낼까 했는데, 선배가 그냥 돌려보내기는 아깝다며 신고하겠다고 겁을 주고는 막 두들겨 팼어요. 좀 모자란 애들은 두들겨 맞으면 겁을 잔뜩 먹고 말을 잘 듣거든요. 그러고는 알바 사이트에 들어가서 냄새나는 알바 자리를 찾았어요."

"냄새나는 알바?"

"알바 사이트를 잘 찾아보면, 현금 입출금 알바가 있어요. 그런 건 보나 마나 보이스피싱 인출이거든요. 선배는 그걸 생각해낸 거였어요. 오늘처럼 한 번 일 나가면 백만 원 정도는 벌어야 하는데, 그 남자한텐 그렇게 못 빼냈으니까 대신 그 일을 시키려고 한 거예요. 보이스피싱한 돈을 인출해서 송금해주면 조직으로부터 수수료를 받거든요. 그래서 남자에게 그 일을 시키고 수수료는 우리가 챙기려고 했던 거죠. 남자가 좀 모자라 보이긴 했어도 돈을 출금하고 입금하는 건 어려운 일이 아니니까요. 실제로도 남자가 제법 일을 열심히 해서 수수료를 우리에게 줬어요."

"얼마나 받았지?"

"한 삼사백만 원 정도 될 거예요."

"아무리 때리고 협박했다고 하더라도 그 남자가 그렇게 고분고분 말을 잘 들었다는 게 선뜻 이해되지 않는데? 괜히 거짓말하느라 힘 빼지 마라. 시간 낭비다."

"진짜예요. 선배는 머리가 꽤 좋아요. 남자가 중간에 연락을 끊을 수도 있고 신고할 위험도 있으니깐 며칠 데리고 있으면서 살살 꼬셨어요. 수수료를 잘 가져오면 정말로 수연이를 사귈 수 있게 해주겠다고 했죠. 남자가 머리가 좀 모자라서 그런지 그 말을 곧이곧대로 믿더라고요. 그래서 선배는 남자에게 집에 가서 돈도 가져오고, 엄마가 당분간 찾지 못하게 휴대폰도 두고 오라고 시켰어요. 우린 선배한테 남자가 아예 도망쳐버릴 거라고 집에 돌려보내지 말자고 했는데, 선배는 수연이 때문에 반드시 돌아올 거라고 장담하더라고요. 결국 선배 말대로 바보처럼 실실거리며 제 발로 다시 찾아왔어요. 그 남자 정말 바보가 맞더라고요. 그렇게 돌아와서는 우리가 시키는 대로 착실하게 일을 잘했어요."

"그렇게 아무런 문제가 없었는데, 왜 두 사람을 죽인 거지?"

갑자기 영민이 훅 치고 들어갔다.

"네?! 전 아니에요! 전 그날 친구들하고 술을 마시고 있었다고요."

"그럼, 누가 그랬는데?"

"선배가…."

"왜?"

"그 여자애가 머저리 같은 남자를 데리고 사라졌어요. 우리가 영업용으로 쓰는 휴대폰하고 남자가 집에서 가지고 온 현금을 가지고요. 선배는 그 휴대폰과 현금을 찾으러 간 거예요."

"어디 있는지는 어떻게 알고?"

"걔들 휴대폰에 위치 추적 앱을 깔아놓고, 선배 휴대폰으로 감시하고 있었거든요. 아마 그 둘은 몰랐을 거예요."

수연이의 부모에게 범인을 잡았다는 소식과 함께 범인에게 무기징역 이상의 중형이 선고될 거라는 얘기도 전했다. 아울러 수연이는 예전에 내 딸을 도와줬던 것처럼 장애가 있는 남자를 도와주려다가 변을 당했다는 얘기도 해주었다.

사실 왜 수연이가 따로 방을 잡으면서까지 민식이란 남자를 도와주려고 했는지 그 이유는 정확히 알지 못한다.

가출팸을 운영하는 녀석의 진술에 따르면, 단지 휴대폰과 돈을 돌려받으려고 갔던 것이고 칼로 겁만 주려고 했단다. 그런데 수연이가 가출팸을 운영하면서 저지른 불법행위를 경찰에 신고하겠다고 하자 화가 나서 우발적으로 살해했다는 것이다. 녀석은 수연이를 찌르고 나선 자신도 너무 놀라 당황하다 민식이가 일을 저지른 것처럼 꾸며야겠다는 생각이 들어 함께 죽인 거라고 말했다.

녀석이 우발적으로 살해를 했건, 계획적으로 살해를 했건, 이제 그건 중요하지 않다. 어떤 것이 진실이든 수연이가 다시 돌아오지 못한다는 사실에는 변함이 없다.

오늘은 수연이를 보내는 날이다.

수연이가 죽었다는 사실을 알게 된 후, 수연이 부모는 며칠을 먹지 않고 거의 혼절 상태로 있었다. 두 사람은 겨우 정신을 차린 후 뒤늦은 장례식을 조촐하게 치렀다.

나는 지금 화장장 화로 앞에 서 있다. 수연이 엄마와 아빠는 자식이 뜨거운 불에 들어가는 것을 도저히 못 보겠다고 하며 장례 버스에서 내리지 않았다. 대신 나와 영민이 화로 앞을 지키고 있다.

달아올랐던 화로가 서서히 식고, 화로 문이 열릴 무렵 나도 화로 앞을 떠났다. 화로 안에서 전혀 다른 모습으로 나올 수연이를 볼 자신이 없었다. 나는 어서 다녀오라는 영민의 눈빛에 고개를 끄덕이며 화장장을 나와 흡연 장소로 향했다.

의자에 앉아 담배 연기를 깊이 들이마시고 있을 때, 근처 잘라 놓은 잡목 더미에서 그 안을 노려보고 있는 고양이가 눈에 들어왔다. 고양이는 비쩍 말라 있었고, 털이 뭉쳐 지저분해 보였다. 나는 고양이가 노려보고 있는 곳을 유심히 쳐다봤다. 잡목 더미 안에는 작은 새 한 마리가 있었다. 어떻게 그 안으로 들어갔는지 몰라도, 지금은 당장 고양이의 먹잇감이 될 수 있는 위태로운 상황이었다.

나는 그 새를 꺼내줄까 하다가 이내 부질없는 일이란 생각에 담배를 비벼 끄고는 화장장으로 돌아가기 위해 자리에서 일어났다.

그때, 어디선가 날카로운 새소리가 들려왔다. 새소리가 나는 곳을 보니 까치 한 마리가 고양이 주변을 낮게 날고 있었다. 이윽고 까치가 고양이를 공격하기 시작했다. 쏜살같이 돌진해서 고양이 머리를 부리로 잡아 뜯고는 다시 비상했다. 아마도 잡목 더미 안에 있는 새의 어미인 것 같았다. 까치의 공격은 계속되었다. 까치는 두려움도 없이 거칠게 고양이를 쪼아댔다. 예상치 못한 어미새의 공격을 한동안 몸으로 버티던 고양이는 더는 견딜 수 없었는지 슬그머니 자리를 떴다. 방금까지 고양이가 있던 자리는 까치가 차지했다.

그 모습을 바라보고 있자니 이상하게도 눈시울이 뜨거워졌다. 화장장으로 향하면서 몇 번이나 뒤를 돌아봤다.

분골소 앞에서 보자기에 싸인 수연이를 가슴에 안고 있는 영민을 만났다. 영민은 나를 보더니 아무 말 없이 수연이를 내 품에 안겨주었다.

품에 안은 수연이는 따뜻했다.

작가노트

〈약육강식〉이 올해 황금펜상 수상 후보작에 올랐다는 소식과 작품집에 함께 실을 후기를 써달라는 요청을 받았습니다. 어떤 글을 쓸까 고민하다가 올해가 추리소설을 쓰기 시작한 지 10년째 되는 해라는 것을 깨닫고 지금까지 제가 발표한 단편소설들을 모두 훑어보았습니다.

지난 작품들을 살펴보고는 놀랐습니다. 결말이 하나같이 침울하고 개운치 않았기 때문입니다. 형사나 탐정이 사건을 해결하고 범인을 잡지만, 권선징악이 주는 카타르시스를 느끼기 어려웠습니다. 아마 저 자신이 현실과 괴리가 있는 결말을 수용하지 못해 그런 결말이 반복되는 게 아닌가 싶습니다.

이번 작품의 결말도 마찬가지입니다. 여느 때와 같이 결말은 밝지도, 희망적이지도 않습니다. 단지 수연이의 따뜻함만 느낄 수 있을 뿐입니다.

지난 4년간 서울북부지방법원에서 양형조사관으로 일했고, 올 여름에 다른 법원으로 옮겨 새로운 일을 하게 되었습니다. 앞으로는 조금 가볍더라도 유쾌하면서 권선징악에 충실한 글을 써보려고 합니다.

어떤 자살

한새마

2019년 〈엄마, 시체를 부탁해〉로 '계간 미스터리 신인상'을 수상하며 등단했다. 같은 해 〈죽은 엄마〉로 제3회 '엘릭시르 미스터리 대상' 단편 부문을 수상했다.

2020년 8월 11일, 무진일보

또다시 생활고로 인한 자살 발생.

지난 8일 무진시 북구 우곡동의 한 다세대주택 반지하방에서 살던 조 씨(48세)가 노모(72세)의 오랜 간병생활과 그로 인한 생활고를 비관해 스스로 목숨을 끊는 일이 발생했다. 더 큰 비극은 아들 조 씨의 극단적 선택을 전신마비의 노모가 곁에서 지켜봐야 했다는 것이다. 이웃 주민의 신고로 출동한 구급대원은 다행히 아사 직전의 노모를 구해 병원으로 이송했으며, 현재 노모는 인근 병원에서 치료 중이다.

경찰은 조 씨의 간병 스트레스와 생활고가 상당했다는 점과 외부 침입의 흔적이 전혀 없었던 점 등을 고려해 자살로 추정하고 있으나, 정확한 사망 원인을 조사하기 위해 국립과학수사연구원에 부검을 의뢰했다.

구급대원, 최 소방교

죄송합니다. 많이 늦었죠? 소방 점검 나갔는데 시비가 붙어서 약속보다 늦었습니다. 아, 우곡동 자살 사건 말이죠?

간병 자살도 간병 살인에 포함되는 거군요. 몰랐네요.

음, 구내 소방서로 신고 전화가 접수된 건 정오 무렵이었어요. 옆집에서 악취가 난다는 이웃 주민의 신고였는데, 출동 준비를 하면서 저는 바짝 긴장할 수밖에 없었어요. 무더위가 한창이었고 연일 역대 최고 기온을 갈아치우고 있었거든요. 이런 폭염에 다세대 주택에서, 그것도 반지하 단칸방에서 악취가 난다는 신고일 경우 십중팔구 고독사예요. 그런 현장은 몇 번을 봐도 익숙해지지 않아요. 볼 때마다 힘들고 괴롭죠.

구급조장인 저와 구급대원 2인, 구급차를 운전하는 1인, 그렇게 총 4인이 1조가 되어 투입됐어요. 좁은 골목에 도착하자마자 저는 집 주변을 둘러보며 진입 경로부터 파악했어요. 집 밖으로 나 있는 창문은 화장실 환기창뿐이었는데 고장난 환풍구를 떼어내더라도 성인 남자 한 명이 들어가기엔 무리일 만큼 아주 작았어요.

건물 좌측 측면에 지하로 내려가는 계단이 따로 있었는데 문이 특이하게도 아파트 현관문이었어요. 회색 방화문 아시죠? 네, 거기에 빨간색 커버를 올렸다 내렸다 하는 구식 도어록이 설치돼 있더라고요.

초인종을 여러 번 눌러봤지만, 안에선 아무런 응답이 없었어요. 현장 지휘를 맡은 제 판단으로 현관문 쪽 진입을 결정했어요. 손잡이와 구식 도어록은 쇠지레로 쉽게 뜯어낼 수 있었지만, 안쪽에 방범용 안전고리가 걸려 있어 바로 진입할 순 없었어요. 스테인리스 재질의 일자형 고리라서 절단기가 필요했거든요.

한 뼘 정도 벌어진 틈새로 지독한 악취가 새어 나왔어요. 다들 마스크를 쓰고 있었지만, 코를 막고 몇 걸음 뒤로 물러날 정도였어요. 욕지기가 치밀어 오르는 걸 꾹 참고 벌어진 틈으로 가스탐지기를 들이밀었어요. 가스 누출 여부를 확인하기 위해서였어요.

"에어톱 가져와."

방범용 안전고리를 자른 후 제가 제일 먼저 집 안으로 들어갔어요. 입구 좌측엔 화장실이, 우측엔 두 칸짜리 싱크대가 놓여 있는 지하 단칸방이어서 여기저기 둘러볼 필요도 없었어요. 처참한 광경이 한눈에 들어왔어요.

온갖 생활 쓰레기들 사이에 사각팬티 차림의 남자가 배설물로 더럽혀진 엉덩이를 치켜들고서 큰절을 하는 자세로 고꾸라져 있었어요. 넙데데한 등판 위에 형광등이며 천장 벽지며 나무 각재들이 수북이 쌓여 있었고, 꺼먼 부패액이 남자의 축 늘어진 뱃살 아래 고여 있었어요. 뒤따라온 대원 중 하나가 참지 못하고 웩웩대며 집 밖으로 뛰쳐나갔어요.

저는 남자에게 다가가 상황을 살폈어요. 머리맡에 빈 소주병들과 작은 약상자가 나뒹굴고 있었어요. 남자의 목에는 빨랫줄이 감겨 있었고요. 누가 봐도 명백한 변사 현장이라서 경찰에 인계하기 전까지 손을 대지 않을 작정이었어요.

그런데 남자의 시신 옆에 웬 백발 노파 한 분이 땟국에 전 차렵이불을 턱 밑까지 덮고 누워 있는 게 아니겠어요? 푹 꺼진 두 눈에 입을 커다랗게 벌리고 있는 노파의 모습은 완전히 쪼그라든 미라 같았어요. 바로 그때 죽은 줄 알았던 노파가 턱을 달달 떨면서 신음 소릴 내뱉는 것이었어요.

"여기 생존자다! 살아 있다!"

무진병원 응급의학과, 닥터 송

아, 간병 살인에 관한 르포를 쓰신다고요? 글쎄요. 언제쯤 신영순 환자분하고 인터뷰가 가능할지는 잘 모르겠어요. 환자 안정이 우선이니까요.

들것에 실려 온 신영순 환자는 오랫동안 영양 공급이 제대로 안 된 상태였어요. 병상으로 옮기던 구급대원 말이 어린아이보다 가벼워서 놀랐다고 하더군요.

맥박은 미약했고 체온이 정상보다 낮았어요. 두 눈에 동공반사 반응이 없었고요. 근력과 피하지방이 손실되어 온몸의 뼈란 뼈는 다 튀어나와 있었고, 치아 대부분이 빠져서 몇 개밖에 없었어요. 아마 영양실조가 원인이겠죠.

배설물로 딱딱해진 종이기저귀를 잘라냈더니 욕창이 심해져서 지름 7센티미터 정도 꼬리뼈를 중심으로 동그랗게 피부가 괴사했더라고요.

일단은 정맥주사를 놓고 수액 링거도 달도록 응급조치했고요. 심전도 검사, 전해질 검사, 피 검사, 엑스레이 촬영 등 정밀 검사를 시행했어요.

엑스레이 촬영 결과, 식도와 위장이 정체 모를 이물질로 꽉 차 있는 걸 발견했어요. 나중에 제거 수술을 했는데, 전부 이불 레이스 같은 것들이었어요. 배가 너무 고파서 덮고 있던 이불자락을 뜯어 먹었던 거죠. 대략 6미터 정도나 되더라고요.

부모에게 버림받고 아사했던 꼬마들이 먹을 게 없어 기저귀를 뜯어 먹었더라는 기사를 예전에 본 적이 있어요. 근데 실제로 접한 건 이번이 처음이에요. 뭐라고 해야 할까요. 얼음장처럼 차가운 물에 몇 번이고 얼굴을 씻고 싶은 기분이었다고나 할까요.

전신마비인데 어떻게 움직일 수 있냐고요? 전신마비 중에 불완전 마비일 경우 자가호흡도 가능하고 목을 움직일 수도 있고 신체 일부의 감각도 느낄 수 있어요. 신영순 환자분도 불완전 전신마비로 목 정도는 움직일 수 있어요. 그러니 덮고 있던 이불자락을 뜯어 먹을 수 있었던 거죠. 하지만 그 외 부분의 신체 운동은 불가능해요.

5년 전에 '낙상'으로 6번 경추가 손상되어 수술받았고, 그때 전신마비 판정을 받은 걸로 기록돼 있네요. 음, 예전 낙상 사고에 대해서는 저도 잘 몰라요. 그건 그 당시에 신영순 환자를 치료한 병원에 직접 문의하는 게 좋을 듯하네요.

북구경찰서 형사과, 이 형사

부검 감정서 보면 비전형적 의사라고 돼 있죠? 의사, 이게 뭐냐면 사망자가 제 손으로 목을 매서 질식사했단 말이거든요. 근데 어떻게 제 손으로 목맨 걸 알 수 있냐? 끈에 졸리면 자국이 남겠죠? 다른 사람이 뒤에서든 앞에서든 조르면, 어때요? 끈이 수평적이죠? 근데 부검 감정서에 뭐라 적혀 있어요? 턱이랑 귀밑에 요렇게 U자형으로, 봐요, 고리에 목을 걸어야 요런 모양이 되겠죠? 그

부검감정서

변사자 : 조금수 (남자, 48세)
의뢰 관서 : 무진시 북구경찰서
부검 장소 : 국립과학연구원 부검실
입회자 : 담당 경찰관
일시 : 2020년 8월 9일

감정 사항 : 사인(死因)

주요 해부 소견 (主要 剖檢 所見)
1. 본시(本屍)는 신장 약 176cm, 몸무게 90kg의 남성시(男性屍)
가. 전신 상태 : 영양 및 체격 상태 양호.
나. 시반(屍斑) 없음.
다. 혈중알코올 농도가 0.12%로 간출(肝出)됨.
라. 10mg의 독시라민 성분이 간출(肝出) 됨.

2. 안면(顔面)에 울혈 및 일혈점(溢血點)의 소견은 보지 못함.
턱 좌측에서 미세한 표피박탈(表皮剝脫), 우측 귓불 아래에 인접한 선상의 표피박탈(表皮剝脫) 2개소를 봄.
두부(頭部) 내 특이한 병변(病變)이나 손상(損傷)을 보지 못함.

3. 본시(本屍)의 사인(死因)은 불완전(不完全), 비전형적(非典型的) 의사(縊死)이며 안면부(顔面膚) 및 경부(頸部)에서 관찰된 전반적인 소견(해부 소견 참조)으로 미루어 본건의 경우, 사망 직전에 일부 신경 압박(神經 壓迫) 및 견인(牽引)에 의한 반사적 심정지(心停止)가 작용하였을 가능성이 큼.

리고 견인! 이거 진짜 중요해요. 끈에 자기 체중이 실리니까 어떻겠어요? 목이 늘어나겠죠? 다른 사람이 목 졸라 죽였으면 견인, 이거 안 나타나요.

아, 발견 당시 사망자가 엎드린 자세였던 건 맞아요. 근데 그게 처음엔 천장 전등에다 목을 맸거든요. 근데 위층 누수 때문에 약해진 천장재가 90킬로그램의 사망자를 견디지 못하고 무너져 내렸던 거예요.

어쩌면 바닥에 떨어졌을 때 숨이 붙어 있었을 수도 있어요. 그런데 빨랫줄 매듭을 에번스 매듭으로 묶었더라고요. 이게 교수형 매듭이라고 하는 건데, 한번 조이면 풀 수가 없어요. 그런데 왜 이 매듭으로 묶었냐? 나는 자살에 실패하고 싶지 않다, 이거죠. 혹시나 중간에 실패해도 끈을 풀 수가 없으니까 결국엔 질식사하거든요.

아아, 혈중알코올 농도? 소주 한두 병 마신 상태에서도 매듭 같은 건 묶을 수 있지 않나? 자전거 타는 법하고 비슷하잖아요. 일단 한번 익히면 잘 안 잊어버리죠. 평소에도 연습했는지 여기저기 매듭을 지어놓은 빨랫줄이 꽤 많이 널려 있던데요?

네? 독시라민? 그거 수면제도 아니고 수면 유도제예요. 신영순 씨가 처방받은 거라던데요. 조 씨가 막상 자살하려니까 겁이 났던 거죠. 그래서 소주 왕창 마시고 그걸로도 모자라서 수면 유도제까지 삼키고 목을 맸던 거고. 독시라민 10밀리그램이면 치사량도 아니에요. 알약 하나에 5밀리그램이거든요.

사망 시각은 대략 4일이나 5일 전쯤? 시신의 부패 상태와 할머니 몸 상태를 보고 대충 추정해본 결과가 그래요.

유서? 유서는 발견 안 됐죠. 근데 기자님이 거기 안 가봐서 그런 소릴 하는 거예요. 볼펜 한 자루 나올 만한 집이 아니에요. 완전히 쓰레기장이야.

타살 가능성? 참나, 거기 밀실인데, 누가 어떻게 죽여요? 설마 지금, 전신마비 할머니까지 의심하는 거예요? 사실 부검 안 해도 되는 건데, 올해 들어 생활고 비관 자살 사건이 부쩍 느는 바람에 위에서 하라고 해서 한 거고만. 그리고 조금수 씨가 몇 년 전에 사기를 당해서 개인파산 상태예요. 병원비에 간병비에 돈은 계속 들어가지, 통장은 텅텅 비었지, 그나마 집에서 간병을 도와주던 딸까지 가출했지. 솔직히 나 같아도 극단적인 선택 하겠다.

딸? 조연서라고 무진고 다니는 딸이 하나 있는데, 뭐 안 봐도 뻔하지. 그런 집구석 못 견디고 나갔겠죠. 어디 가출팸에나 들어가 있으려나. 아무튼 그건 우리 소관 아니고 여청계 소관이니 알아서 하겠죠.

아니, 근데 왜 자꾸 자살로 종결된 사건에 재수 없게 타살 타령이야? 수사는 경찰이 하는 거지 기자가 하는 건가?

무진고 1학년, 최 양

누구요? 조연서요? 네, 아는데요. 잘 아는 건 아니고요. 같은 중학교 나왔어요.

10분 정도요? 정각에 학원 차가 와요. 그때까지는 시간 나요.

그 애랑 그다지 친하진 않았어요. 그냥 그런 애 있잖아요, 너무 환해서 가까이 갈 수 없는 부류요. 자기 옆에 있는 사람을 대낮에 집 밖에다 꺼내놓은 이삿짐들처럼 추레하고 초라하게 느껴지게 만드는 그런 애 말이에요. 집도 부자고 공부도 잘하고 얼굴도 예

뿐고 게다가 착하기까지. 친해지고 싶어도 친해질 수가 없었어요. 하지만 제 마음속 깊은 곳에는 그 애를 향한 동경 같은 게 있었을지도 모르죠. 제 두 눈이 언제나 그 애의 뒤를 쫓았으니까요.

중2 땐가? 제가 다녔던 중학교는 대단위 아파트 단지 안에 새로 지어진 학교라서 체육관이나 학생회관 공사가 마무리되지 않고 한창이었어요. 등굣길에 연서를 우연히 보게 됐는데 건축자재들이 쌓여 있는 곳으로 가는 거예요. 따라가서 봤더니 걔가 우수관을 내려다보면서 우두커니 서 있더라고요.

"거기서 뭐 해?"

"쉿!"

연서가 장밋빛 도톰한 입술에 새하얀 검지를 세워 가져다 댔어요. 저도 가서 우수관 속을 들여다봤죠. 그 안엔 뒷다리와 엉덩이가 시멘트에 파묻힌 고양이 한 마리가 누워 애처롭게 울고 있었어요. 시멘트 덩어리가 네모반듯한 걸로 보아 누군가 악의적으로 고양이를 거푸집에 담가 굳힌 게 분명했어요.

"불쌍해라. 야, 빨리 119 부르자."

"저러고 벌써 한 달 버텼어. 벌레와 세균들이 피부와 근육까지 다 갉아먹었을 거야. 꺼내도 영영 다리를 쓸 수 없어."

"한 달이나? 근데 어떻게 안 죽고 살아 있어?"

"고양이 분유에 항생제를 타서 먹여주고 있거든. 하지만 곧 죽을 거야. 갈수록 먹는 양이 줄어서."

연서는 가방에서 빨대와 보온병을 꺼냈어요. 길게 이어붙인 빨대를 우수관 아래로 집어넣자 고양이가 그 끝을 할짝할짝 핥아댔어요. 보온병 속에 든 분유를 마셔 입안에 머금더니 빨대를 물고 조금씩 흘려보냈어요. 매일 아침 이곳에 들른 연서 덕에 고양이가 한 달 동안이나 살아 있었던 거였어요.

"너도 해볼래?"

보온병을 건네는 연서의 입꼬리가 올라가 있었어요. 인형같이 깜찍하게 미소 짓는 얼굴을 보자 이상하게 등골이 서늘해지더라고요.

"한 달 됐다며? 그럼 한 달 전에 넌 뭐 했어? 그때 고양이를 구할 수 있었잖아?"

전 뒷걸음질을 쳤어요.

"내가 왜 그래야 하는데?"

너무나도 말간 얼굴로 나를 쳐다보는 그 애가 무서워졌어요.

전 그날부터 연서를 피해 다녔어요. 그랬더니 언제부턴가 이상한 소문이 돌기 시작했어요. 제가 길고양이들을 잡아다가 학대하고 다닌다고요. 음울하게 생긴 년이 하는 짓도 음울하다나 어쨌다나. 이 소문이 담임 귀에까지 들어가서 전 부모님을 학교에 모셔가야 했어요.

따졌냐고요? 그 애가 직접 시멘트 고양이를 만들었다는 증거도, 저에 대한 헛소문을 퍼트리고 다녔다는 증거도 없잖아요.

연서한테 친구가 있었냐고요? 추종자들은 많았지만, 친구는 아마 없었을 거예요. 그 애 집이 망해버리자 다들 뒤도 안 돌아보고 떠났거든요.

아? 저기 연서 남자친구가 가네요. 중학교 때는 돈 많고 집안 좋은 남자애들하고만 어울리더니 집이 망하니까 취향도 망해버렸나 봐요. 고소하냐고요? 아니요. 전 개하고 전혀 안 친하다고요.

저 껄렁껄렁한 선배한테나 물어보세요. 저보다는 친할 거 아니에요.

무진고 2학년, 박 군

남자친구 아닌데요. 엑스보이프렌드인데요. 100일 넘게 사귀었어요. 지금은 헤어졌지만요. 뭐, 서로 안 맞으면 헤어질 수 있잖아요. 성격 차이, 그런 거? 연서 걔 좀 짜증났어요. 휴대전화도 없고 자주 만나지도 못하고요. 아, 진짜, 걔는 결정적으로 헤퍼요. 지조가 없어요.

올봄에 해외 직구로 뭘 좀 샀는데 배송지를 우리 집 주소로 해도 되냐고 묻더라고요. 항공 소포로 작은 상자 하나가 왔는데 궁금하더라고요. 그래서 열어봤죠. 'MIFEGYNE'이라고 적힌, 작은 약상자 같은 게 나왔어요. 뭘까 싶어 인터넷에 찾아봤더니 불법 낙태약이데요.

씨바, 나한테는 손도 못 대게 해놓고선…. 노래방에서 가슴 좀 만지려고 하면 연서 그년이 얼마나 고래고래 소리 지르고 거품 물고 덤비는데요. 열이 확 뻗치데요.

버릴까 했는데 그래도 가져다주는 게 맞는 것 같아서 새로 이사했다는 동네로 갔어요. 근데 골목에서 걔 아빠하고 딱 마주쳤지 뭐예요. 무슨 오해를 했는지 아저씨가 불같이 화를 내며 저를 막 두들겨 팼어요. 연서가 뛰쳐나와 아저씨를 온몸으로 붙들어서 전 겨우 도망칠 수 있었어요.

짜증나고 재수 없고 그래서 두번 다시 안 만나려고 했는데 얼마 전에 항공 소포가 또 온 거예요. 궁금해서 뜯어봤죠. 겉봉에

'ENFOMIL'이라고 찍혀 있는 상자가 나오더라고요.

"엔파밀? 이건 또 뭐야?"

인터넷에 찾아봤더니 미숙아한테 먹이는 모유 강화제더라고요. 아파서 학교 휴학한다더니 애를 낳으러 갔던 거예요. 씨바, 다들 연서가 내 애를 배서 학교를 그만둔 줄 알아요. 한번 하기라도 했으면 억울하지나 않죠.

네? 제가 먼저 연서하고 잤다고 소문내고 다녔던 거 아니냐고요? 아, 짜증나 돌겠네.

걔 메일 주소요? 당연히 알죠.

보낸 메일

보낸 사람: 석수진 기자

받는 사람: 조연서

2020년 9월 16일 (수) 오전 09:40

안녕하세요. 전 간병 살인에 대해 르포를 쓰고 있는 무진일보 사회부 기자, 석수진이라고 합니다. 먼저 미안하다고 사과하고 싶어요. 연서 양에게 묻지도 않고 아버님 사건을 재조사하고 있거든요. 아버님의 죽음에 몇 가지 의문점이 있어요. 경찰은 자살로 종결했지만, 제 생각으론 아무래도 자살이 아닌 것 같아요.

참, 연서 양, 혹시 자살자 심리 부검이라고 들어본 적 있나요?

연락 기다릴게요.

무진시 북구청, 임 주무관

9월 17일 오후 02:15

발신 전화, 4분 03초

우곡동 자살 사건요? 그 일로 항의 전화를 꽤 받았죠. 그런데 조금 억울합니다. 조금수 씨 댁은 기초생활 수급에 장애인 연금까지 받고 있었어요. 물론 그것만 가지곤 세 식구 먹고살기에 턱없이 부족했을 거예요. 그래도 복지 사각지대에 방치돼 있던 건 아니에요. 중증 장애인 생활 도우미 서비스, 조석 도시락 배달 서비스도 지원받고 있었어요. 조금수 씨가 다 필요 없다, 돈으로 달라, 생떼를 쓰면서 도우미분들을 쫓아내지만 않았어도 서비스 중단 안 됐을 거예요.

조연서 학생요? 얼마 전에 저소득층 학생들을 위한 장학금 지원사업이 있었는데, 조연서 학생을 추천한 사람이 바로 접니다. 500만 원요. 근데 통장이 텅텅 비었다니 조금수 씨가 도박에라도 손을 댔던 걸까요?

아무튼 조연서 학생이 참 딱하죠. 중증 장애인 서비스도 걔가 다 신청했고요. 할머니 하나 돌보는 것도 힘에 부칠 텐데, 아이들을 무척이나 좋아해서 보육원에 자원봉사도 나가고 하는 그런 착한 아이예요. 부모 잘못 만나서 그 고생이죠. 참 안됐어요.

받은 메일

보낸 사람: 조연서

받는 사람: 석수진 기자

2020년 9월 17일 (목) 오후 03:40

저희를 제발 내버려두세요.

부탁입니다.

보낸 메일

보낸 사람: 석수진 기자

받는 사람: 조연서

2020년 9월 17일 (목) 오후 05:15

연서 양, 할머님께서 지금 많이 위독하세요. 의사 말로는 회복할 가능성이 없대요. 연명치료조차 중단해야 할지 모른대요.

옆집 주인, 곽 여사

뭐? 르포? 논픽션? 뭔 소린지 하나도 모르겠네.

딴 데 가서 물어봐. 난 아는 게 하나도 없으니까. 옆집 일이라면 입도 벙긋하고 싶지 않아.

신고? 신고는 내가 했지. 냄새 땜에 그 앞을 지나다닐 수가 있어야지.

글쎄, 한 2년 됐나? 조 씨가 이사 온 게. 옆집 주인 할아범이 아흔 살인데 조 씨 이사 오고 치매에 걸려버려서 자식들이 저기 저, 경북 상주인가? 어디 요양소에 입원시켰다지, 아마.

누수? 가끔 자식들이 들러서 청소나 하고 갈까, 집에 물이 새든 구멍이 나든 누가 신경이나 쓰나. 어차피 여기 재개발될 동네인데 뭐하러 집을 고치고 꾸미고 그러겠어. 그래도 사람이 있고 없고 천지 차이라서 조 씨를 안 쫓아내고 내버려둔 거지. 그래서 그렇게 조 씨가 안하무인이었어. 음식물 쓰레기, 재활용 쓰레기, 제때 내놓는 적이 없고 매일 술에 찌들어선 지나가는 사람들한테 시비란 시비는 다 걸고. 아주 말도 마. 인간 말종도 그런 인간 말종이 없었어.

근데 할미는 어찌 됐어? 살았어? 다행이네. 조 씨 딸내미가 제 할미한테는 아주 극진했거든. 걔가 집 나가기 전까지만 해도 할미를 휠체어에 태워서 요 앞 골목길을 매일 왔다 갔다 했어. 그렇게 착한 애를 죽은 조 씨가 아주 쥐잡듯 잡았어. 툭하면 도둑년, 미친년, 소름 끼치는 년, 온갖 소릴 다 하면서 두들겨 팼어. 신고했냐고? 미쳤어? 그랬다간 조 씨가 우리 집에 불이라도 질렀을걸.

하루는 밤에 음식물 쓰레기통을 내놓으려고 골목에 나왔는데 전봇대 뒤에 뭔가 허연 게 쪼그리고 앉아 있는 거야. 보니까 조 씨 딸내미더라고. 조 씨가 다 큰 여자애를 홀딱 벗겨서 쫓아냈지, 뭐야. 며칠 전에도 남자를 밝히네, 발랑 까졌네, 하면서 애 머리끄덩일 잡고 온 동네를 질질 끌고 다녔거든.

사귀는 남자 본 적 있냐고? 나야 본 적도 없고 있는지 없는지 관심도 없지만, 조 씨가 남우세스러운 줄도 모르고 동네방네 불고 다니니까 있는가 보다 했지.

애가 여간 반반한 게 아니거든. 피부가 쌀뜨물보다 더 뽀얗고 눈이 사슴 눈깔처럼 크고 슬퍼서 남자들 꽤 홀리게 생겼거든.

아무튼 집에 데려와서 내 옷 입으라고 주고 뜨신 밥 한 끼 해서 먹였어. 근데 밖에선 어두워서 몰랐는데 집에 와서 보니까 엉망이더라고. 손목, 발목 이런 데가 다 빨갛게 부풀어서는, 얼핏 보니 개를 키우는 것도 아닌데 종아리 안쪽엔 물린 자국도 있고.

밥 다 먹었으면 집에 가라 그러니까 돈 좀 빌려달라 하데. 일해서 꼭 갚겠다며 계좌번호도 가르쳐달라 그래서 계좌번호 적은 쪽지하고 돈 몇만 원 쥐여줬지. 그 길로 집을 나갔어. 그게 올봄에 있었던 일이지, 아마.

그래, 그러고 보니까 내가 신고하기 전전날인가? 조 씨 딸내미가 돈을 갚았더라고. 근데 꿔준 돈보다 훨씬 많이 부친 거야. 아, 제 할미 좀 챙겨달라고 돈을 더 줬나 보다, 과일이라도 사서 넣어줘야지, 하다가 다음 날 친척 결혼식이 있어서 깜빡해버렸지 뭐야. 그러다 그날 퍼뜩 생각이 나서 가봤던 거야. 어쨌든 다행이네. 조금만 더 늦게 신고했더라면 큰일날 뻔했잖아.

이제 됐지? 아유, 속 시끄러우니까 그만 가!

메모

훔쳐갈 것 하나 없는 변사 현장이라 그런지 현관문 손잡이와 도어록이 떨어져 나간 채로 방치돼 있었다. 대신에 맹꽁이자물쇠가 달려 있었다. 주먹만 한 구멍으로 들여다보아도 집 내부가 보이지 않았다. 희미한 화학약품 냄새를 맡을 수 있었다. 특수 청소업체가 다녀간 듯했다.

무진시 특수 청소업체는 총 다섯 곳이었다. 나는 다섯 곳의 홍보 사이트를 일일이 뒤져 조 씨의 집을 청소했던 업체를 찾아냈다. 사이트에는 쓰레기들과 가구를 들어내고 장판과 벽지를 제거한 후 스팀 청소와 탈취 작업을 하는 전 과정이 여러 장의 사진과 함께 기록돼 있었다. 8월 중순부터 9월까지 업로드된 게시물들을 샅샅이 뒤져 조 씨의 집을 찾아낸 것이었다.

군데군데 곰팡이가 내려앉은 집 안, 커다랗게 뚫려 있는 천장 구멍, 바닥까지 길게 늘어진 형광등과 전선들, 곰삭은 차렵이불들. 그중 한 장은 이불자락을 장식하는 레이스들이 뜯겨 있었다. 약상자와 소주병들도 보였다. 여기저기에 매듭을 지어놓은 빨랫줄들이 널려 있었다.

로잉 머신처럼 발을 끼워 넣고 줄을 잡아당기는 형태의 운동기구도 있었다. 발 받침대와 줄과 손잡이가 형광 연두색이라서 눈에 확 띄었다. 반신불수의 할머니나 매일 술에 절어 사는 조금수 씨의 것 같지는 않았다. 혹시 연서의 것일까.

화장실을 찍은 사진도 있었다. 더러운 양변기, 깨진 세숫대야, 먹다 만 컵라면들, 냄비들. 부엌에 있어야 할 물건들이 화장실에 처박혀 있었다. 이 형사 말대로 쓰레기장이나 다름없었다.

하지만 인터뷰 내용과 다른 점도 있었다. 최 소방교의 말과 달리 환풍기는 고장난 게 아니었다. 전선이 뽑혀 있었다. 만약에 환풍기가 고장난 거라면 굳이 전선을 뽑아놓지 않았을 것이다. 누가, 왜, 전선을 뽑아놓은 거지?

보낸 메일

보낸 사람: 석수진 기자

받는 사람: 조연서

2020년 9월 19일 (토) 오전 11:28

조금수 씨에겐 어떠한 자살 동기도 징후도 찾을 수 없었어요. 누가 봐도 완벽한 이 자살 사건에 말이죠. 그래서 전 반대로 생각해봤어요. 누군가가 자살로 보이게끔 조작한 거라면? 그랬더니 하나 둘 답이 보이기 시작했어요.

진실은 어느 방향에서 바라보느냐에 따라 달라지는 거죠. 그렇죠?

연서 모(母) 후배, 예 씨

9월 19일 오후 03:04

발신 전화, 30분 03초

아아, 형부가요? 왜요? 제 반응이 너무 심드렁한가요? 언니가 교통사고로 죽고 나서 왠지 형부도 곧 죽을 거 같았어요. 언니가 우리를 가만 놔둘 리가 없잖아요. 호호.

언니는 심한 우울증을 앓고 있었어요. 지금 생각해보면 조현병일지도 모르겠네요. 아무튼 언니는 정상이 아니었어요. 자기가 배 아파 낳은 연서를 힘들어했어요. 애를 먹이고 씻기고 입히고 하는 걸 힘들어한 게 아니라 그냥 그 아이의 존재 자체를 못 견뎌 했어요. 정이 안 간다고 했어요. 애를 껴안으면 따듯하고 포근한 느낌이 들어야 하는데 뱀처럼 차갑고 징그러운 느낌이 든다고요. 그래서 제가 자주 들러서 연서도 돌보고 형부도 챙겼어요. 형부는 정력적인 사람이었고 운영하던 벤처사업이 잘돼서 가정을 돌볼 새도 없었어요. 그래서 언니의 병이 더 깊어진 건지도 몰라요.

연서가 아홉 살 때쯤인가? 제가 일 마치고 집엘 들렀더니 언니가 욕실에 서서 가만히 욕조 안을 내려다보고 있는 거예요. 욕조 안에는 색색의 거품들만 몽글몽글 떠다니고 있었어요. 엄마하고 장난친다고 잠수라도 한 건지 애는 보이지 않았어요.

"언니, 목욕시키고 있었어? 연서야, 이모 왔다."

그런데 좀 이상한 거예요. 물속에서 머리를 치켜들고 키득거려야 할 때가 한참 지났던 거예요. 저는 얼른 거품 속에 양손을 집어넣었는데, 물이 우물물처럼 차가웠어요. 미끄덩거리는 연서의 몸이 손에 잡혔어요. 건져 올린 아이를 침실로 데려가 눕히고 커다란 수건으로 감싼 뒤 차갑고 조그마한 몸을 계속 주물렀어요.

"참, 이상한 애야. 왜 저럴까. 난 진짜 쟤 이해가 안 가."

언니는 양손으로 자신의 팔뚝을 문지르며 중얼거렸어요.

"언니 제정신이야? 지금 아홉 살짜리가 일부러 이랬다고?"

"내가 마음에 안 들어서 저러는 거야. 날 아동폭력 가해자로 만들려고."

전 고개를 절레절레 흔들었어요.

"언니, 정신과 상담 좀 받아봐. 진심으로 하는 말이야."

연서는 다행히 금방 회복했고, 언니는 제 충고를 받아들여 정신과 진료를 받기 시작했죠. 불안정한 언니 때문에 전 더 자주 형부 집에 드나들었고 그러다 보니 자연스레 보모 역할을 하게 됐어요.

그러다가 그만 그 일이 일어났던 거예요. 시댁에 다녀오던 길이었대요. 형부가 졸다가 졸음쉼터에 주차된 트럭을 받았는데, 조수석에 타고 있던 언니만 죽었어요. 연서도 있었는데 다행히 운전석 뒷좌석에 타고 있어서 가벼운 타박상 외엔 별다른 상처를 입지 않았대요.

솔직히 전 그다지 슬프지도 않았어요. 언니는 그때 임신 4개월이었거든요. 자기 몸 하나 건사하기도 힘든 사람이 또 임신이라니. 제가 돌봐야 할 아이가 하나 더 늘어나는 거잖아요?

전 아예 짐을 싸서 형부 집에 들어왔어요. 제 노력과 마음이 전해진 건지 연서도 저를 정말 많이 따랐고요. 한순간 아주 완벽한 가정을 갖게 된 듯한 소속감과 충만함에 빠져 있었어요. 하지만 그건 제 착각이었어요.

언니가 죽고 1년쯤 지났을 때였어요. 연서가 건넨 오렌지주스를 마시고 깜빡 잠이 들었어요. 배가 뒤틀리는 극심한 통증 때문에 잠에서 깼는데 이부자리가 축축한 거예요. 보니까 하혈을 엄청나게 했더라고요. 유산한 거였어요. 연서가 침대 옆에 서서 싸늘한 얼굴로 절 내려다보고 있었어요. 피범벅이 된 저를 마치 땅바닥에 기어 다니는 벌레 보듯 하는 표정이었어요.

짐을 싸서 도망치려는데 제 여행용 가방이 열려 있는 거예요. 연서가 그 속에서 약들을 찾아냈던 걸까요?

집에서 뛰쳐나간 저 대신에 연서의 친할머니가 시골에서 올라왔다고 하더라고요. 그때 전 할머니 뒤에 어른거리는 불온한 그림자를 느낄 수 있었어요. 아니나 다를까, 4층에서 떨어진 할머니는 두번 다시 제 발로 걸을 수 없게 됐다고 하더라고요.

그 가족은 저주받았어요. 무슨 저주냐고요? 당연히 억울하게 죽은 언니의 저주죠. 아, 정말 소름 끼쳐요. 요즘 꿈에 언니가 자꾸 나타나 저를 원망해요. 이젠 형부도 저를 찾아올까요?

잠이 오네요. 이만 끊을게요.

보낸 메일

보낸 사람: 석수진 기자

받는 사람: 조연서

2020년 9월 20일 (일) 오후 02:08

부모님이 연서 양을 방임하고 학대한 걸 알아요. 어머니는 무관심하다 못해 연서 양의 존재 자체를 거부했고 아버지는 폭언과 폭력을 일삼았죠. 2차 양육자는 정신적으로 불안한 사람이었고요. 연서 양의 잘못이 아니에요.

가끔은 정말 죽어 마땅한 인간들도 있지요. 복수는 신의 것이라지만 신이 모든 곳에 머무르는 건 아니니까요.

전 이해해요.

보낸 메일

보낸 사람: 석수진 기자

받는 사람: 조연서

2020년 9월 20일 (일) 오후 11:08

연서 양, 이런 소식을 전하게 되어 유감이에요. 저도 좀 전에 병원 관계자에게 전해 듣고서 마음이 많이 아팠어요. 할머니께선 분명 좋은 곳으로 가셨을 거예요.

힘내요.

받은 메일

보낸 사람: 조연서

받는 사람: 석수진 기자

2020년 9월 21일 (월) 오전 01:15

수진 언니, 언니라고 불러도 될까요? 항상 제게도 언니가 있었으면 했어요. 그랬다면 좀 다른 인생을 살고 있지 않았을까 늘 궁금했어요. 언젠가 누군가는 저를 찾지 않을까, 생각했어요. 그 사람이 수진 언니라서 정말 다행이에요.

밤이 무섭지 않고 이토록 아름답다는 걸 전 그 지하 단칸방에서 뛰쳐나오고 나서야 알았어요. 밤마다 이불을 머리끝까지 뒤집어쓰고 두려움에 떨지 않아도 된다는 것에 기뻤어요.

언니, 전 일곱 살 때부터 아빠의 성 노리개였어요. 지금 와 생각해보면 엄마가 아주 오랫동안 아팠기 때문에 아빠는 욕정을 풀 수 있는 곳을 찾았던 것 같아요. 하지만 어렸을 땐 세상 모든 부녀관계가 다 그런 건 줄 알았어요. 좀 크고 나서야 그게 아니란 걸 깨닫게 되었고, 그래서 용기를 내어 엄마에게 끔찍한 비밀들을 모두 털어놨어요.

엄마는 아빠한테 엄청 화를 냈고 아빠도 엄마한테 소리를 질러댔어요. 두 사람은 할머니 집에 다녀오던 차 안에서도 싸웠어요. 그러다 화가 머리끝까지 치민 아빠는 엄마의 상반신을 덤프트럭 아래에 처박고 말았어요.

저는 입을 다물 수밖에 없었어요. 아빠가 엄마의 생명보험금을 헤지펀드로 몽땅 날려 먹었을 때도, 아파트 4층에서 할머니를 밀어 떨어뜨렸을 때도, 그리고 할머니의 상해보험금까지 사기를 당해 모조리 잃었을 때도, 저는 침묵했어요. 행여 제가 뭐라고 말하면 애꿎은 사람들이 다칠까 봐 그랬어요.

하지만 제 딸 별이만큼은 제 손으로 지켜내야 했어요. 전 그동안 아빠의 무지막지한 폭력에 두 번이나 유산했어요. 그때마다 아빠는 비릿하게 웃으며 말했어요. 낳기만 해봐라. 네 딸도, 네 딸의 딸도, 그 딸의 딸도, 모두 다 너 같은 신세가 될 거니까, 라고요.

언니, 처음엔 별이도 지우려고 했어요. 불법으로 낙태약까지 샀어요. 하지만 차마 약을 먹지 못하겠더라고요. 그래서 저는 집을 뛰쳐나가 미혼모 쉼터로 들어갔어요. 쉼터에 입소하면 경찰도 가족도 저를 쉽게 찾을 수 없다고 들었거든요. 하지만 할머니가 걱정돼 죽을 것만 같았어요. 제가 없어지면 아빠의 욕정이 누구한테 쏟아질지 불 보듯 뻔했으니까요.

몇 달 만에 그 지옥으로 되돌아가는데 어찌나 무섭고 두렵던지 손발이 오들오들 떨렸어요. 아니나 다를까, 할머니는 보살핌을 받지 못해 위독해 보였어요. 그런데 그 짐승은 술에 취해 산송장이나 다름없는 할머니 위에 엎어져 자고 있더라고요. 전 조심조심 할머니를 깨웠어요.

"할머니, 괜찮아? 응?"

할머니가 눈을 뜨고 처음 꺼낸 말은 충격이었어요.

"그냥 죽여. 저 짐승만도 못한 놈을 제발 좀 죽여줘."

오죽하면 당신 배 아파 낳은 자식을 죽여달라 부탁할까. 할머니의 심정을 이 세상 누구보다 저는 잘 이해하고 있었어요.

전 덜덜 떨면서 짐승의 목덜미에 두 손을 가져갔어요.

"안 돼. 그렇게 해서는 안 돼."

할머니는 그동안 생각해놓은 방법이 있다며 저에게 조곤조곤 알려주기 시작했어요. 전 할머니 말대로 알약을 빻아 가루로 만들고 그걸 설탕과 함께 물에 탔어요. 아빠를 깨워 해장이라도 하라며 약을 탄 설탕물을 마시게 했어요. 그러고는 아빠가 축 늘어질 때까지 기다렸어요. 제가 90킬로그램의 덩치를 들어올려 천장에 매달 수 없을 거라 여긴 할머니는 문제의 방향을 바꿔 생각해보자고 하셨어요.

저는 할머니가 시키는 대로 완전히 뻗은 몸뚱어리를 반듯하게 눕히고 목에 빨랫줄을 감았어요. 양발로 짐승의 어깨를 짓누르고 두 무릎은 세운 자세로 빨랫줄을 바짝 잡았어요. 그런 다음 로잉머신을 타거나 카누를 탈 때처럼 허리와 무릎을 쫙 펴며 줄을 세게 잡아당겼어요. 커다란 무 같은 게 땅에서 뽑혀 올라올 때의 느낌이 양손에서 느껴졌어요.

그렇게 얼마 동안 잡아당겼는지 모르겠어요. 갑자기 턱이 덜덜 떨리고 팔다리가 후들거려서 줄을 놓고 멍하니 앉아 있었어요. 자수해야겠다는 생각이 들었어요. 그때 할머니가 외쳤어요. 별이를 생각하라고, 교도소에서 아기를 낳을 순 없지 않냐고요.

할머니는 살인 현장을 자살 현장으로 바꾸는 방법을 알려줬어요. 저는 끙끙대며 짐승의 몸을 엎어놨어요. 그러고는 형광등을 잡아 뽑고 천장을 부수어 넙데데한 등판 위에 던져놨어요. 목을 옭아맨 빨랫줄을 전등에 묶었어요. 마치 스스로 목을 매달았다가 제 몸무게로 인해 떨어진 것처럼 보이게 꾸몄던 거죠.

그다음 지시는 지하 단칸방을 밀실로 만드는 것이었어요. 집 열쇠도 갖고 있고 도어록 비밀번호도 알고 있는 저에게까지 수사망이 미치지 않도록 할머니는 직접 방범용 안전고리를 걸겠다고 했어요. 길게 잘라 얇은 끈처럼 만든 이불 레이스를 안전고리 구멍에 걸었어요. 그리고 그 끈의 양 끝을 할머니의 입에 물려주고 저는 현관문을 아주 조금만 열고 빠져나가 문을 닫았죠. 할머니가 양쪽 끈을 야금야금 먹어치우면 안전고리가 당겨지면서 걸리게 되는 거였어요. 고리를 걸고 나서는 한쪽으로만 끈을 먹어치워서 증거를 인멸했고요. 도어록은 저절로 잠기고 전 열쇠로 문손잡이만 잠그면 끝이었어요.

하지만 할머니와 제가 미처 생각지 못한 점이 있었어요. 그렇게 늦게 시신이 발견될 줄 몰랐어요. 할머니의 목숨까지 제 손으로 빼앗은 거나 다름없어요. 모두 제 탓이에요. 그냥 경찰에 신고했어야 했는데, 옆집에 돈을 부치고 기다리라는 할머니 말만 들었던 게 잘못이에요.

하지만 언니, 저는 후회하지 않아요. 짐승을 죽인 것만큼은 조금도 후회하지 않아요. 온 우주의 어둠을 뚫고 내게로 온 별이를 저보다 좋은 부모를 찾아 입양 보내고 나서 자수하겠어요. 이 끔찍한 비밀에서 제일 먼 곳에 별이를 데려다주고 꼭 자수하겠어요. 그러니 잠시만 기다려줄래요?

사실 그동안 가슴 한복판에 커다란 돌덩이를 얹고 사는 것 같았어요. 숨도 제대로 쉴 수가 없었어요. 언니한테 커다란 돌덩이를 잠시 내려놓는 것 같아 미안해요.

그리고 고마워요.

보낸 메일

보낸 사람: 석수진 기자

받는 사람: 조연서

2020년 9월 21일 (월) 오전 02:28

연서가 언니라고 편하게 불러주니까 나도 편하게 반말할게. 그런데 아마도 이름 때문이겠지만 연서가 나에 대해서 오해하고 있는 게 있어. 난 사실 남자야. 그러니까 앞으로는 언니라고 부르지 않았으면 해.

사실 내가 여자였다면 네 이야기에 조금은 공감했을 거 같아. 그런데 안타깝게도 난 젠더 감수성이 제로에 가깝거든? 모성애가 있을 리도 없고. 아니, 어쩌면 오해받아서 다행이려나? 남자인 걸 알았다면 좀 더 난폭한 공격을 받았을까.

참, 너 그새 잊었나 보더라. 네가 살인을 저지를 때 너 만삭이었거든? 그 배로는 살짝 빠져나가기 힘들어. 나한테 누나가 둘이나 있는데, 조카들 낳을 때 보니까 막달에 배가, 어휴, 이게 사람 배 맞나 싶을 만큼 나오더라고. 너 사실은 임신한 적 없지? 본 적도 없고. 미혼모 쉼터에 들어간 건 맞니?

그리고 할머니가 먹은 끈이 6미터인데, 먹었다고 생각하면 꽤 긴 것 같지만 이걸로 고리를 통과시켜 반으로 접으면 3미터밖에 안 돼. 방 한가운데서 문까지의 거리가 3미터는 넘으니까 문을 아주아주 살짝 열었어도 고리에 걸기엔 좀 짧지 않았을까.

어쨌든 내 추측은 이래. 누운 자세로 목을 잡아당겨서 살해하는 방법은 네 이야기와 같아. 하지만 밀실을 만드는 방법은 달라. 안전고리를 통과시킨 끈을 화장실 환풍기에 묶어두는 거야. 그런 다음 문을 살짝 열고 빠져나가 옆쪽 골목으로 가서 환풍기에 묶은 끈을 풀고 잡아당기면 고리가 걸려. 그리고 끈은 회수하고.

현관에 들어섰을 때 좌측에 화장실이 있어서 가능한 속임수야. 간단한 트릭이지.

네가 반지하방으로 돌아왔을 때 이미 할머니는 배고픔에 이불자락을 뜯어 먹은 뒤였지? 구급대원들처럼 너도 할머니가 죽은 줄 알았던 건 아니니? 그래서 할머니가 주범이고 네가 종범인 아주 극적인 이야기를 지어내서 덧붙인 거고.

넌 어머니에게 거부당하고 아버지에게 폭언과 폭력을 겪으며 컸어. 2차 양육자인 보모는 아버지와 불륜 관계였고 정신적으로도 불안정했지. 그런 환경에서 아이가 어떻게 자랄지 불 보듯 뻔해. 껍데기만 크는 거야. 속은 텅 비었지. 그래서 타인의 관심과 사랑으로 마음속 구덩이를 메우려고 수단과 방법을 가리지 않게 되었어.

넌 아버지의 학대 때문에 살인을 저지른 게 아니야. 아버지가 자꾸만 재산을 탕진했기 때문에 살려둘 수 없었던 거야. 집안이 망하고 나니까 온 세상이 너한테 등을 돌렸잖니? 너 같은 '관종'이 얼마나 힘들었겠어. 그래서 넌 저소득층 학생에게 주는 장학금을 받아 숨겨놨어. 그 돈이 필요하기도 했고, 조금수 씨를 열받게 하려는 목적도 있었고, 아무튼 제대로 먹혀들었지.

애써 완성한 완전범죄를, 알아봐주는 사람 하나 없이 네 속에만 담고 있으려니 얼마나 답답했겠어. 그래서 단 한 명의 관객을 만들기로 했던 거야. 그 관객이 바로 간병 살인 르포를 쓰고 있는 여기자, 석수진이고. 이 여기자가 너의 영원한 추종자로 감화된다면 더없이 좋은 전리품이었을 텐데, 아쉽지?

그런데 너 그거 모르지? 경찰이 종결한 사건도 새로운 증거가 나타나면 검찰은 재수사할 수 있다는 거. 물론 네가 보낸 메일 한 통으론 어림없겠지. 단 한 번도 '내가 아버지를 죽였다.'라고 쓰진 않았으니까. 그래도 난 내일 네 메일을 가지고 검찰청에 찾아갈 생각이야. 그렇게 해야 연서 네가 나한테 던진 돌을 내려놓고 쉴 수 있을 거 같거든.

아, 마지막으로 묻고 싶은 게 있는데, 너 종아리 안쪽에 이빨 자국은 어떻게 생긴 거야? 할머니를 상대로 그 로잉 머신인가, 카누인가 하는 자세를 취해 목 조르는 연습이라도 한 거야? 그랬다면 너 진짜 큰일났다.

좀 전에 신영순 할머니가 깨어났거든.

작가노트

〈어떤 자살〉을 쓰기 전에 발표한 작품이 〈낮달〉이었습니다. 〈낮달〉이 순문학 같다는 평을 여러 번 들었고 장르소설 작가로서 자존심이 상해서 나도 '본격'을 써보겠다는 치기 어린 생각으로 시작한 소설이 〈어떤 자살〉입니다.

그러다가 30대의 이른 나이에 전설이 된 가수의 검시 보고서와 기사를 접하게 되었습니다. 그때, 누가 봐도 자살인 검시 보고서를 타살로 만들 순 없을까 하는 생각이 들었습니다. 이런 고민은 자연스레 밀실 트릭으로 이어졌습니다.

검시 보고서를 싣고 싶어서 르포르타주 기법을 취하게 되었습니다. 처음 도전하는 형식이다 보니 꽤 힘들었습니다. 소설의 거의 모든 부분이 대화체로 되어 있어 인물마다 말하는 특징을 다르게 잡아야 했습니다. '-다.'와 '-요.'를 어색하지 않게 적절히 섞어야 했습니다. 소리 내 읽어보고 녹음한 내용을 듣기도 하면서 계속 고쳤습니다.

그러던 와중에 세간을 떠들썩하게 한 사건이 터졌습니다. 어떤 여성 살인자가 전남편을 무참히 살해하고도 전남편이 자신을 성폭행하려 했다며 항변했습니다. 그래서 소설의 내용을 바꾸게 되었습니다. 여성 연대, 성폭력, 임신, 출산까지 적극적으로 범죄에 이용하는 악녀 캐릭터를 만들었습니다. 그리고 그런 악녀가 조금이라도 법의 심판을 받게 약간의 '사이다' 결말을 첨가했습니다. 독자들에게 소소하나마 이중반전의 재미를 드리고 싶었습니다.

앞으로도 계속 트릭과 반전뿐만 아니라 우리가 살아가고 있는 시대의 이야기를 소설 속에 담기 위해 계속 쓰고 또 고쳐 쓸 것 같습니다.

고난도 살인

황세연

스포츠서울 신춘문예에 당선되며 소설을 쓰기 시작했다. 소설 몇 권을 출간한 뒤 출판사에 취직해 편집자로 일하다가 회사 합병으로 잘린 뒤 다시 열심히 소설을 쓰고 있다. 교보문고 스토리 공모전 대상, 한국추리문학상 신예상, 한국추리문학상 황금펜상, 한국추리문학상 대상 등을 수상했다. 근래, 장편 추리소설《내가 죽인 남자가 돌아왔다》,《삼각파도 속으로》 등을 출간했다.

처음 타본 레벨 5의 최신형 자율주행차가 구불구불한 산동네 골목길을 요리조리 잘도 빠져나갔다. 차창 밖을 살피는 홍성준의 눈에 공사 중인 고층 빌딩이 들어왔다. 그가 그 건물을 유심히 쳐다보자 차 유리창 한쪽에 건물의 조감도와 설명이 떴다.

'유진상가. 재건축 중. 2036년 1월 완공 예정.'

그 건물은 며칠 전까지 성준이 땀을 뻘뻘 흘리며 막노동하던 곳이었다.

자율주행차가 도심을 벗어나 자유로를 내달렸다. 자동차 앞쪽의 커다란 내비게이션이 자동차의 위치와 이동 경로를 보여주었다.

근래 눈에 VR 안경 하나만 쓰면 집이 회사가 되고, 회의실이 되고, 3D 극장이 되고, 쇼핑센터가 되고, 학교와 학원이 되면서, 또 광역급행철도(GTX)가 개통되고 레벨 4 이상의 자율주행차가 보급되어 달리는 차 안이 아늑한 휴식 공간으로 바뀌면서 부자들은 복잡한 서울 도심을 벗어나 한적한 외곽으로 나가는 추세였다. 이 3억 원짜리 자율주행차의 주인도 근래 서울 도심을 벗어났을 것 같았다.

커다란 내비게이션 화면 아래에 자막 뉴스가 지나갔다.

'한국군 모병제 국회 통과', '아프리카 코로나 변종 발생', '드론 택시 한강 추락 한 명 사망', '서울 강남 집값 전반기 4.5퍼센트 하락'.

성준이 세상에 태어난 이후 50년 동안 세상은 빠르게 변했다. 혹자는 근래 50년이 그 이전의 500년보다 더 많이 변했다고 말한다. 하지만 고아나 다름없는 그의 삶은 거의 달라진 게 없었다. 늘 집은 달동네 쪽방촌이었고, 배달일이나 막노동으로 하루 벌어 하루 먹고사는 인생이었다. 그런 그의 삶에서 최대 격변기가 바로 오늘이었다.

평생 단 한 번도 만난 적이 없는 먼 친척에게서 전화가 걸려온 것은 일주일쯤 전이었다. 전화를 건 남자는 성준에게 다짜고짜 할머니 이름이 이창순 맞느냐고 물었다. 성준은 한참 생각하고 나서 오래전에 돌아가신 할머니 이름을 기억해냈다.

전화를 건 최순석은 할머니 여동생의 아들의 아들로, 육촌 동생뻘이었다. 최순석은 세상에 단 한 명뿐인 혈육을 드디어 만나게 되어 기쁘다면서, 그동안 피를 나눈 일가친척을 찾기 위해 무던히 노력해왔다고 말했다.

성준 역시 최순석의 전화를 받기 전까지는 세상에 친척이 단 한 명도 없었다. 최순석이 유일한 친척이었다.

최순석은 성준에게 어디서 어떻게 사는지 몇 마디 묻고 나서 대뜸 파격적인 제안을 했다.

"형님! 우리 집 2층이 비어 있는데 이사 오셔서 저랑 같이 사시죠. 집에 저 혼자뿐입니다."

쪽방 월세조차 부담스러운 처지였던 성준에게는 귀가 솔깃한 제안이었다. 하지만 지나친 호의에 경계심이 생겼다.

"말은 고맙네만 내가 하는 일이 공사판 일이라서 서울을 벗어나기가…."

"하하. 그런 거라면 걱정 안 하셔도 됩니다. 제가 다른 일을 드리지요."

경쾌한 목소리로 말하고 난 육촌이 이사 비용을 대겠다며 계좌번호를 불러달라고 했다. 반신반의하며 계좌번호를 불러주자 곧장 통장에 돈이 입금되었다는 문자 메시지가 들어왔다. 동그라미가 여덟 개, 1억 원이었다.

성준은 상식적이지 않은 돈이 통장에 입금된 것을 보고 꽤 놀랐다. 하지만 현재 벌어지고 있는 일이 사기거나 범죄여도 그는 잃을 게 거의 없었다. 그는 재산도 없었고 신용도 낮아서 자신의 명의로는 은행에서 돈 한 푼 빌릴 수 없었다. 가진 재산이라고는 쉰 살 먹은 별 볼 일 없는 몸뚱이 하나가 전부였다.

성준이 이사하겠다고 하자 육촌은 옷가지와 살림살이를 다 버리고 몸만 오라고 했다. 또 성준이 GTX를 타고 파주 운정역까지 가서 택시를 타고 들어가겠다고 하자 육촌은 주소를 알려주는 대신 자가용을 보내겠다고 했다.

성준이 이런저런 생각을 하는 사이 자율주행차가 대로를 벗어나 아름드리 벚나무가 터널을 이루는 산길로 접어들었다. 낡은 청바지처럼 하얗게 색이 바랜 아스팔트를 10분쯤 달려가자 길이 끝나며 하얀색 철문이 앞을 가로막았다. 자율주행차가 철문으로 다가가자 문이 자동으로 열렸다. 철문부터는 도로가 화강암으로 포장되어 있었다. 곧 잔디밭에 옹기종기 모여 있는 소나무 숲 사이로 통나무로 지은 멋진 삼층집이 나타났다.

서서히 속도를 줄인 자율주행차가 삼층집 현관 앞에 반바지 차림으로 서 있는 서른다섯 살 정도의 남자 앞에 멈췄다.

—목적지에 도착했습니다.

차 문이 자동으로 열렸다.

"아이고, 형님! 반갑습니다. 제가 최순석입니다."

최순석이 다가와 차에서 내리는 성준의 두 손을 덥석 잡았다.

육촌 최순석이 성준을 데리고 현관문으로 다가가자 카메라가 최순석의 얼굴을 인식하고 현관문을 열었다.

집 안은 1층만 해도 웬만한 호텔 로비처럼 넓었다. 바닥은 대리석이었고 벽과 천장은 오래된 소나무 같았다.

"이제 여기가 형님 집입니다."

육촌이 1층을 대충 구경시켜주며 설명했다.

"1층에는 부엌하고 식당, 응접실, 세탁실, 창고 등이 있습니다. 여기가 부엌 겸 식당입니다. 일주일에 세 번, 격일로 오는 가사도우미가 음식을 만들어 냉장고에 넣어두니 배고플 때 아무 때나 내려오셔서 식사하시면 됩니다."

1층을 한 바퀴 돌고 나서 엘리베이터를 타고 2층으로 올라갔다.

"2층이 형님이 머무르실 공간입니다. 형님의 사적인 공간이죠."

편백나무 향이 은은한 2층은 큰 평수의 아파트와 비슷한 구조였다. 엘리베이터에서 내리면 긴 복도가 나왔고 복도 옆으로 방들이 늘어서 있었다. 복도 끝에 세 면이 유리로 된 거실이 있었다.

"이 방이 침실입니다."

최순석이 방문 하나를 열어 보였다. 커다란 방 한가운데 원목으로 된 2인용 침대가 달랑 놓여 있었다.

"여긴 옷방입니다."

역시 넓은 방 안에 옷걸이들이 쭉 늘어서 있었다. 하지만 옷은 몇 벌 걸려 있지 않았다.

"제가 당장 필요할 것 같은 옷들만 몇 벌 주문해 걸어놨습니다. 저 방은 운동할 수 있는 방이고, 이 방이 형님이 가장 많은 시간을 보내실 방입니다."

육촌이 문을 열고 들어간 방은 회사 대표 집무실 같은 분위기였다. 방 가운데에 커다란 원목 책상이 놓여 있고 책상 위에 작은 컴퓨터 한 대와 슈퍼아몰레드 8K 태그가 붙은 50인치쯤 되는 새 모니터, 안경알이 큰 선글라스처럼 생긴 VR 안경 두 개가 놓여 있었다. 의자는 책상용 의자가 아닌 흔들의자였다.

최순석이 컴퓨터의 전원 버튼을 누르자 모니터에 파도가 치는 바다 영상이 나타났다.

"아이디하고 아바타부터 만드시죠."

육촌은 아무런 설명도 없이 성준을 컴퓨터 앞의 흔들의자에 앉게 하더니 컴퓨터 카메라를 작동시켰다.

"자, 카메라를 보며 말씀하시면 됩니다. 웃기도 하고 얼굴을 찡그리기도 하고 놀란 표정도 지어보세요."

"무슨 말을 하면 되지?"

육촌의 말을 이해하지 못한 성준이 컴퓨터 위의 작은 카메라를 노려보며 물었다.

"무슨 말씀이든 하면 됩니다. 아, 저에 대해 궁금한 거 있으면 물어보세요."

"궁금한 거? 그래. 꽤 부자 같은데 동생은 재산이 얼마나 되나?"

"저도 정확히는 모르겠습니다만 한 천억은 넘을 겁니다."

"와! 엄청 부자네. 젊은 나이에 뭘 해서 그리 큰돈을 벌었나?"

"운이 좋았습니다. 메타버스 초기에 투자했죠. 2021년 말쯤이니까, 약 15년 전이군요. 제가 스무 살 무렵 친구들이 가상화폐에 미쳐 있을 때 저는 전 재산을 가상공간에 투자했습니다. 전 재산 천만 원으로 메타버스 속의 땅과 상가 건물을 샀죠. 제가 투자할 때만 해도 이용자가 거의 없었는데 해마다 몇 배씩 늘어나더니 지금은 한국인들이 가장 많이 이용하는 메타버스가 되었죠. 현재 메타버스 속에서 상가 건물 두 개를 운영하고 있습니다."

육촌과 대화하는 동안 모니터의 막대그래프가 점점 길어져서 100퍼센트를 가리켰다.

"완성되었군요."

육촌이 마우스로 테스트 버튼을 누르자 마치 카메라로 찍은 성준의 실제 동영상 같은 아바타가 나타나 성준의 목소리로 인사말을 건넸다.

—안녕하세요, 저는 홍성준입니다.

성준의 아바타는 성준과 외모가 거의 똑같았지만 눈가에 주름이 없고 피부가 깨끗해 더 젊고 잘생겨 보였다.

"자, 다음은 실시간 모션캡처 테스트입니다. 카메라를 보며 말씀하시면 아바타가 형님 표정을 그대로 따라 할 겁니다."

테스트라는 말에 성준은 카메라를 노려보며 일부러 과장된 표정을 지었다.

"안녕! 나는 홍성준이야. 만나서 반가워."

그러자 성준의 잘생긴 아바타가 그의 표정을 그대로 흉내 냈다.

"그런데 내 아바타를 왜 만든 거지?"

"메타버스 속에서 생활하려면 아바타가 꼭 필요합니다. 메타버스 속에서 사람들과 대화도 해야 하고…."

"그런 거라면 실제 모습으로 해도 되잖아? 영상통화 하듯이 말이야."

"번거롭잖아요. 실제 모습을 보여주려면 세수도 해야 하고, 수염도 깎아야 하고, 옷도 입어야 하고, 화장도 해야 하고. 하지만 아바타를 내세우면 어떤 상황에서든 깔끔한 모습만 상대에게 보여줄 수 있잖아요. 침대에 누워 있든, 팬티만 입고 있든…."

"그건 그렇군."

막노동으로 먹고살며 컴퓨터도 없이 텔레비전만 끼고 살아온 성준은 다른 세상에 와 있는 기분이었다.

최순석은 방한 장갑처럼 생긴 두툼한 장갑 마우스 한 켤레를 성준의 두 손에 착용하게 한 뒤 자신도 두 손에 장갑 마우스를 꼈다.

"VR 안경을 쓰시죠."

성준이 최순석이 건네준 VR 안경을 착용하자 투명했던 안경알이 검게 변하며 눈앞에 컴퓨터 모니터에 떠 있는 풍경이 그대로 펼쳐졌다. 입체감과 해상도가 8K 모니터보다 훨씬 뛰어났다. 실제로 바다를 보는 듯했다. 바다 한가운데에 있는 로그인 창이 유일하게 현실과 다른 점이었다.

"처음 사용하시는 거니 가입하고 본인 인증을 해야 합니다."

성준은 육촌이 알려주는 대로 메타버스 서비스에 가입하고 본인 인증을 했다.

"앞으로 로그인할 때 홍채 인식으로 할까요, 지문 인식으로 할까요?"

"뭐가 편하지?"

"VR은 홍채 자동 인식이 편리하긴 합니다만 눈 상태가 나쁘다든지 하면 가끔 에러가 생기더라고요. 또 홍채는 사용자가 사망하면 인식이 안 됩니다."

"죽은 사람이 로그인을 한다고?"

"그게 아니라, 사망자의 메타버스 속 유산을 파악할 필요가 있거나 사망자가 생전에 남긴 안 좋은 흔적들을 지우기 위해, 드물지만 유족이 로그인을 시도하기도 하는데, 죽은 사람은 동공이 풀려서 홍채 인식이 안 된다고 하더라고요. 하여튼 지문으로 설정하시죠."

최순석이 로그인 방법을 지문으로 설정하자 장갑 마우스가 자동으로 성준의 엄지와 검지의 지문을 스캔했다.

"자, 다 되었습니다. 앞으로는 장갑 마우스를 끼면 자동으로 로그인이 될 겁니다. 이제 제 명동 상가를 구경시켜드리죠. 명동 2가!"

최순석의 목소리를 인식한 AI가 성준의 눈앞에 서울의 명동 거리를 띄웠다. 하지만 실제 명동과 꽤 달랐다. 메타버스의 현실감이 떨어져서 명동 같지 않은 게 아니라 실제 명동보다 더 멋진 건물들이 눈앞에 버티고 서 있었다.

"저기 가운데 황금색 건물이 제 상가 건물입니다. 일종의 백화점이죠."

성준은 육촌보다 조금 더 잘생긴 육촌의 아바타를 따라 건물 안으로 들어갔다. 실제 백화점 같은 풍경이 눈앞에 펼쳐졌다. 유니폼을 단정하게 입은 빼어난 외모의 남녀 아바타들이 다가와 웃으며 육촌에게 인사했다.

—안녕하세요, 사장님!

"안녕하세요!"

육촌은 종업원들에게 경쾌한 목소리로 인사하고 나서 종업원들 앞을 지나쳤다.

"형님! 둘러보다가 마음에 드는 옷이나 필요한 거 있으면 사세요. 살 물건들을 집어서 카트에 담으면 그 물건들이 내일 아침에 택배로 배달됩니다."

"와! 진짜 백화점에서 쇼핑하는 기분이네. 아니, 사람들 시선을 신경 안 써도 되고, 더 편리한가?"

"당연하죠! 그러니 사람들이 실제 공간을 버리고 가상공간에서 생활하는 거겠죠. 현재, 인간의 오감 중에 메타버스에서 재현 못 하는 게 후각과 미각인데, 후각은 곧 해결될 것 같더군요. 얼마 전에 색을 합성하는 컬러프린터처럼 몇 가지 냄새로 여러 가지 냄새를 합성하는 냄새 합성기가 개발되었다고 하더군요. 하지만 미각은 현재의 기술로는 어려운 문제죠. 메타버스 안에서 먹고 마시는 건 100년 후에나 가능할지도 모릅니다. 그런데도 현재 저와 친구들은 술자리조차도 메타버스에서 하고 있습니다. 취향에 맞는 술을 각자 준비한 뒤 VR 안경을 끼고 친구들을 만나 수다를 떨며 각자 준비한 술을 마시는 거죠. 술을 마시는 행동은 현실에서 이루어지는 거고 친구들을 만나 수다 떠는 일은 가상공간에서 이루어지는 건데, 메타버스 기술이 발달해서 현실감은 실제 술집과 별 차이 없습니다. 오히려 술에 취해 귀가해야 하는 부담이 적다 보니 점점 VR 안경을 쓰고 모여 편하게 술을 마시게 되더라고요."

"메타버스 안에서 촉각 재현도 가능한가?"

"어느 정도는요. 앞으로는 미세한 전기를 인체의 신경에 흘려 진짜 같은 가짜 감각을 만들어내겠지만, 아직 그 단계는 아니고, 물리적 감각에 환상을 더해 그럴듯한 가짜 감각을 만들어내고 있죠. 예를 들면 가상섹스 같은 거 말이죠."

육촌의 섹스 이야기에 성준은 주변의 종업원들을 돌아봤다.

"형님, 신경 쓸 거 없어요. 우리와 대화 모드가 아닌 아바타들은 우리 대화를 엿들을 수 없어요. 주변 아바타들이 신경 쓰이면 투명인간 모드로 바꾸시죠?"

"아니, 우리 대화를 들을 수 없다면 그럴 필요까지는 없고…."

"가상섹스는 특수 기구를 성기나 몸에 부착하고 VR 안경을 쓴 뒤, 한국은 포르노가 불법이니 성진국인 일본이나 미국의 메타버스 속 포르노 상점에 접속해서 성적 취향에 맞는 이상형을 골라 입체 영상을 보며 하는 섹스죠. 고객의 움직임이나 입체 영상 속 섹스 상대의 움직임에 맞춰 인공지능 자위 기구가 실제 같은 가짜 감각을 만들어내는 거죠. 실제 이성과 섹스하려면 시간적, 공간적 제약이 많고 복잡한 준비 과정과 청결 문제, 임신 걱정 등 번거로운 일이 많은데 메타버스 섹스는 남 눈치 볼 것 없이 하고 싶을 때 아무 때나 매력적인 이성 또는 동성과 취향대로 섹스를 할 수 있는 장점이 있죠. 가상섹스에 맛을 들이면 실제 섹스가 귀찮아진다고들 말하더군요."

"육촌도 실제보다 가상섹스가 더 편해?"

"하하. 저야 뭐, 애인이 없어 비교하기가 좀…."

애인이 없다고? 성준은 천억대 재산을 가진 젊은 남자에게 애인이 없다는 게 좀 이상하게 여겨졌다.

"정말 이런 실제 같은 가상공간에 익숙해지면 집 밖에 나갈 일이 없겠네."

"맞습니다. 그런데 장점이 곧 단점이기도 합니다. 외로움 때문이든 성욕 해소 때문이든, 현실에서 인간관계가 필요하고 이성이 필요해야 사람도 사귀고 결혼해서 애를 낳을 텐데…, 젊은 층이 방에만 틀어박혀 메타버스 속에서 생활하다 보니 출생률이 더욱 감소하는 등 심각한 사회문제가 되고 있죠."

육촌의 아바타를 따라 엘리베이터를 타고 2층 매장으로 올라갔다. 눈앞에 백화점보다 더 넓고 멋진 신발 매장이 펼쳐졌다.

"신발 한 켤레 골라보시죠. 요즘은 구두 매출이 점점 줄고 운동화 매출은 괜찮은 편입니다. 집에서 VR 안경을 쓰고 멋진 코파카바나 해변을 달리더라도 결국은 러닝머신 위에서 달리는 거니까 운동화 매출은 꾸준히 유지되는 것 같습니다."

성준은 장갑 마우스를 낀 손으로 진열대에 있는 특이하게 생긴 운동화 한 짝을 집어서 이리저리 살펴봤다. 장갑 마우스가 압력과 미세한 진동으로 실제로 운동화를 만지는 듯한 감촉을 흉내 냈다.

"처음 보는 브랜드인데?"

신발에 달린 태그를 쳐다보자 눈앞에 가격과 재질, 원산지 등의 설명이 나타났다.

"와, 비싸다! 뭐가 이리 비싸?"

성준은 자신이 살던 월세 방값보다도 비싼 운동화 가격을 보고 바가지를 쓴 사람처럼 투덜거렸다.

"상품을 고르는 데 도움이 필요하면 종업원을 부르시죠. 여기요!"

육촌의 외침에 현실에서 좀처럼 보기 어려운 모델 같은 분위기의 여종업원 아바타가 나타나 다가왔다.

"사장님, 무엇을 도와드릴까요?"

그 여종업원 아바타는 너무 예뻐서 오히려 현실감이 떨어졌다. 사람이라기보다는 바비인형 같은 느낌이었다. 아바타를 지나치게 손본 것 같았다.

여종업원은 운동화의 구조와 기능에 관해 간략히 설명하고 나서 운동화를 매장 바닥에 내려놓고 신어보라고 했다. 성준이 운동화에 발을 가져다 대자 극이 다른 자석이 서로 달라붙듯 발에 운동화 영상이 겹쳤다. 발에 운동화의 질감이 전달되는 건 아니었지만 크기만큼은 딱 맞았다. 운동화를 신은 발로 몇 걸음 걸어보았다. 꽤 폼 나는 운동화였다.

성준은 여종업원이 지켜보는 앞에서 그 비싼 운동화를 카트에 담았다.

육촌은 메타버스 안에서 공구상가도 운영하고 있었다. 성준은 그곳 공구상가에서 점원으로 일하기로 했다. 성준은 막노동을 오래 해서 공구에 대해서는 잘 아는 편이었다. 고객들의 아바타가 매장에 들어와 공구를 살펴보다가 종업원을 찾으면 다가가서 궁금증을 풀어주면 되었다. 물론 고객이 만나는 사람은 성준이 아닌 성준보다 조금 더 젊고 잘생긴 성준의 아바타였다.

* * *

경찰청 미제사건팀 팀장인 황은조 경감은 늘 제일 먼저 출근했다.

컴퓨터가 켜지는 동안 황은조 경감은 책상 앞 가림막에 붙어 있는 몽타주를 노려봤다. '부천 여대생 살인 사건' 현장에서 채취한 범인의 정액에서 추출한 DNA를 분석해서 그린 몽타주였다.

인간의 DNA 정보가 점차 해독되어감에 따라 최근에는 특정인의 DNA 정보로 그 사람의 키와 피부색, 대머리나 곱슬머리 정도, 얼굴 생김새, 살찐 정도 등을 거의 유사하게 그릴 수 있었다.

컴퓨터가 켜지자 황 경감은 바탕화면의 바로 가기 단추를 눌러 GEDmatch 사이트에 접속해 로그인했다. 하지만 오늘도 결과는 실망스러웠다. 그는 15년 전에 살해된 여대생의 몸에서 채취한 살인범의 DNA를 GEDmatch 사이트에 등록해놓고 유사한 DNA를 가진 사람이 나타나길 3년째 기다리고 있었다.

황은조 경감의 미제사건팀은 2000년 이후 발생한 미제 살인 사건들을 주로 추적하고 있었다. 2015년 '태완이법'에 의해 살인 사건의 공소시효가 없어졌다. 태완이법이 발효될 때 공소시효가 남아 있던 살인 사건들은 범인이 죽지 않는 한 경찰의 추적을 피할 수 없게 되었다.

황 경감의 미제사건팀은 근래 10년 이상 된 미제사건을 여러 건 해결했다. 대부분 유전계보학을 이용해 범인을 검거했다.

범죄 현장에서 채취한 범인의 DNA를 범인이 아닌, 범인의 가족이나 친척들의 DNA와 비교해 범인을 찾아내는 유전계보학으로 범인을 검거하기 시작한 것은 2010년대 중반부터다.

중국 간쑤성 바이인시 일대에서는 1988년부터 2002년까지 14년 동안 여덟 살 소녀를 포함해 열한 명의 부녀자가 성폭행을 당한 뒤 끔찍하게 살해되는, 중국판 화성 연쇄살인 사건이 일어났다. 중국 공안당국은 현장에서 범인의 DNA를 확보했으나 범인을 잡지는 못했다. 2016년, 중국 공안당국은 연쇄살인 사건이 일어난 바이인시에 사는 모든 남성 거주자들의 유전자를 검사했다. 그러자 한 사람의 유전자가 범인의 유전자와 유사했다. 중국 공안당국은 그 사람의 혈육을 조사해 그의 아버지 가오청융(52세)을 범인으로 체포했다.

2018년 네덜란드에서도 비슷한 일이 있었다. 20년 전에 니키 베르스타펜이라는 열한 살 소년이 납치되어 살해되었다. 당시 범인을 찾아내지 못한 경찰은 범인과 유사한 유전자를 가진 사람들(범인의 친척들)을 조사하고 추적한 끝에 마침내 범인을 체포했다. 범인은 외국으로 거처를 옮겨 살고 있었다.

한국은 2025년이 되어서야 처음으로 범인의 친척 유전자를 통해 장기 미제사건의 범인을 체포했다. 폭력범으로 체포된 남자의 DNA가 11년 전 살인 사건 현장에서 채취한 살인범의 DNA와 유사한 것을 발견한 경찰은 그 사람의 친척들을 추적 조사해 장기 미제 살인 사건의 범인을 체포할 수 있었다.

미국에서는 2018년부터 보다 진일보한 방법으로 범죄자들을 검거하기 시작했다. 일반인이 이용하는 혈육 찾기 사이트를 통해 미제사건 범죄자들의 혈육을 추적해 범인을 검거하는 방법이었다.

다양한 인종과 민족이 섞여 사는 미국에서는 2010년대 중반부터 '23andMe', 'Family Tree', 'Ancestry' 등의 민간 유전자 분석 업체들이 호황을 누렸다. 자신의 유전자에 담겨 있는 혈통 정보와 질병 정보를 알고 싶은 사람들은 마트나 인터넷 쇼핑몰에서 DNA 검사 키트를 사서 안에 든 작은 통에 타액을 담아 이들 업체로 보내면 되었다. 업체는 고객의 타액에서 DNA를 추출하고 분석해 고객이 앞으로 걸릴 위험이 높은 질병의 종류와 고객의 조상이 어느 국가, 어느 민족 출신인지 등의 혈통 정보를 알려주었다.

이렇게 DNA 검사를 받은 사람들은 자신의 유전자 정보를 온라인 DNA 족보 사이트인 GEDmatch에 등록할 수도 있었다. 그 사이트에서는 고객들의 유전자를 서로 대조해 유사한 유전자를 가진 사람들을 연결해주었다. 수많은 이들이 GEDmatch를 통해 잃어버린 가족, 또는 연락이 끊긴 친척을 찾았다.

DNA로 혈연관계를 확인할 때는 근연도 공식을 이용한다. 자식은 부모의 유전자를 반반씩 물려받으므로 자식과 부모의 혈연도는 2분의 1(50퍼센트)이다. 일란성 쌍둥이는 1(100퍼센트)이다. 삼촌, 외삼촌, 고모, 이모, 조부모, 외조부모는 각각 4분의 1(25퍼센트), 증조부모는 8분의 1(12.5퍼센트)이다. 형제자매 간은 4분의 1(25퍼센트), 사촌은 8분의 1(12.5퍼센트), 오촌은 16분의 1(6.25퍼센트), 육촌은 32분의 1(3.13퍼센트), 칠촌은 64분의 1(1.57퍼센트), 팔촌은 128분의 1(0.78퍼센트), 구촌은 256분의 1(0.39퍼센트), 십촌은 512분의

1(0.20퍼센트)이다.

가족이나 친척의 수를 따져보면, 한 사람이 태어나기 위해서는 아버지와 어머니 두 명의 부모가 필요하다. 두 명의 부모는 또한 각각 두 명의 부모가 필요하다. 특정인에게 피를 물려준 조상의 수는 할아버지 대로 올라가면 네 명, 증조부 대로 올라가면 여덟 명이 된다. 조상의 총합은 열네 명이다. 특정인에게 피를 물려준 증조부와 증조모들 여덟 명, 네 쌍이 아이를 두 명씩 낳았다면 할아버지 대에서는 후손이 여덟 명이고, 아버지 대에서는 새 후손이 열여섯 명, 본인 대에서는 새 후손이 서른두 명이 된다. 4대의 합은 예순네 명이다. 범죄 현장에 DNA를 남긴 범인이 이들 예순네 명 중의 한 사람이라면, 이 예순네 명 중 한두 명만 혈육 찾기 사이트에 DNA를 등록해도 그들의 혈육을 추적하면 현장에서 발견한 DNA와 100퍼센트 일치하는 범인을 찾아낼 수 있다.

2018년, 오래된 미제사건을 쫓던 미국 수사관들은 GEDmatch 사이트를 통해 '골든 스테이트 킬러(Golden State Killer)'라는 악명 높은 연쇄살인범을 체포했다.

1970년대 미국 캘리포니아주에서 60여 건의 강간과 살인 사건이 발생했다. 범인은 사건 현장 곳곳에 DNA를 남겼지만, 미국의 범죄자 DNA 데이터베이스에는 일치하는 DNA가 없었다. 범인은 지금까지 어떤 범죄로도 경찰에 검거되어 유전자 검사를 받은 적이 없는 사람이었다.

2018년, 미국의 미제사건 수사팀은 일반인들의 방대한 DNA 정보를 가지고 있는 혈육 찾기 사이트인 GEDmatch에 과거 범죄 현장에서 채취한 골든 스테이트 킬러의 유전자 정보를 올렸다. 검색

결과 가까운 친척은 없었지만, 약 1만 2천 명의 사람들이 연쇄살인마와 혈연관계인 것으로 파악되었다. 수사관들은 자원봉사자들의 도움을 받아 이 1만 2천 명 중 혈연도가 높은 사람부터 일일이 연락해 한국인의 족보와 비슷한 가계도를 그렸다. 그러자 연쇄살인범이 누구의 자손이고 누구와 가까운 친척인지 파악되었다. 유력한 용의자를 찾아낸 수사관은 그의 집 쓰레기통에서 용의자의 유전자를 채취해 과거 범죄 현장에서 확보한 유전자와 비교했다. DNA가 100퍼센트 일치했다. 먼 친척들의 유전자를 이용해 42년 만에 체포한 연쇄살인범 골든 스테이트 킬러는 전직 경찰관이었고, 이름은 조지프 제임스 드앤젤로였다.

골든 스테이트 킬러 체포 이후 미국은 물론 세계 각국에서 이와 같은 유전계보학으로 미제사건을 수없이 해결했다.

한국 수사관들 역시 혈육 찾기 사이트를 통해 미제사건의 범인을 검거하려 시도하고 있었고, 실제로 몇 명을 검거하기도 했다. 하지만 현재 혈육 찾기 사이트에 등록된 한국인들의 유전 정보는 그리 많지 않았다. 그만큼 범인 검거율도 낮았다.

그나마 다행인 것은, 한국인들은 대부분 집에 혈통 정보가 정확한 족보를 비치하고 있어 소수의 유전자 정보만으로도 범죄자 집안의 가계도를 정확히 그릴 수 있는 장점이 있었다.

* * *

최순석은 육촌 홍성준이 과거의 친구들과 현실에서 만나는 것을 별로 달가워하지 않는 눈치였지만 성준은 막노동판에서 만나 알고 지내던 친구들과 거의 날마다 통화하고 일주일에 한두 번 자율주행차를 타고 서울로 나가 직접 만나 술을 마셨다. 하지만 곧 그 횟수가 크게 줄어들었다. 메타버스에 익숙해질수록 성준은 현실의 친구들을 만나는 일이 점점 귀찮아졌다. 현실에서의 만남이나 삶이 메타버스보다 재미가 없었기 때문이다.

성준은 관심사가 다르고 삶의 터전이 다른 현실의 친구들과 점점 멀어지는 대신 메타버스 속에서 관심사가 비슷한 새로운 친구들을 사귀었다.

성준이 현실의 친구들을 멀리하게 된 것은 메타버스 속에서 연애를 시작하면서부터이기도 했다. 연애 상대는 같은 공구상가에서 일하는 최하정이었다. 성준보다 두 살 많은 50대 초반인 최하정의 아바타는 30대 중반 정도로 보였다. 오래전에 만든 아바타여서 실제보다 더 젊어 보이는 것 같기도 했다.

최하정은 꽤 매력 있고 아름다운 여자였다. 실제 얼굴도 아바타만큼 예쁠까 궁금했지만, 현실에서 만나 얼굴을 볼 일은 없었다. 사실 메타버스에서 살아가는 이들에게 현실의 외모는 그리 중요하지 않았다. 성준도 마찬가지였다. 중요한 것은 메타버스 안에서 최하정의 아바타를 만나 수다를 떨고, 같이 영화를 보고, 같이 게임을 하는 것이 즐겁다는 사실이었다.

최하정을 만날 때면 성준은 늘 자신의 아바타를 조금 더 젊고 잘생겨 보이도록 치장했고 옷도 화려하게 입었다. 그녀와 연애를 시작한 이후로 그는 현실에서 입을 옷을 사는 비용보다 아바타 의류비로 더 많은 돈을 썼다.

* * *

황은조 경감은 퇴근 직전 컴퓨터를 끌 때도 바탕화면의 바로 가기 단추를 눌러 GEDmatch 사이트에 접속하곤 했다. 하지만 오늘도 허탕을 쳤다.

부천 여대생 살인 사건은 코로나19로 전 국민이 마스크를 쓰고 살던 2021년 9월에 경기도 부천시에서 일어났다.

대학가 인근의 연립주택 2층에서 성폭행을 당한 뒤 목이 졸려 살해된 스물두 살의 여대생은 죽은 지 약 4일이 지나서 발견되었다. 틀어놓은 샤워기의 물줄기 밑에 알몸으로 누운 상태였다. 범인이 죽은 여대생의 몸을 씻긴 것 같았다.

범인은 지문을 남기지 않았고, 범행 현장을 떠나기 전 진공청소기로 방을 깨끗이 청소한 뒤 청소기 안의 쓰레기까지 싹 가져갔다.

다행히 과학수사팀은 여대생의 몸에서 극소량의 정액을 찾아냈다. 수사관들은 범죄자들의 DNA 정보를 모아놓은 국가 포렌식 DNA 데이터베이스에 범인의 DNA가 등록되어 있는지 조사했다. 하지만 일치하는 유전자가 없었다. 범인은 지금까지 경찰에 체포되어 유전자 검사를 받은 적이 없는, 혈액형이 A형인 남자였다.

경찰은 범죄 현장 주변의 CCTV와 수많은 자동차의 블랙박스를 조사했지만, 살인 사건이 일어난 연립주택을 찍은 CCTV나 자동차 블랙박스는 없었다. 또 각종 CCTV와 휴대전화 기지국 접속 데이터를 이용해 사건 추정 시간대에 인근에 있었던 수많은 남자들을 추적했지만, 그 수가 워낙 많은 데다가 코로나19로 모두 마스크를 쓰고 있어 쉽지 않았다.

이 사건은 결국 장기 미제사건으로 남았다.

하지만 황 경감은 '부천 여대생 살인 사건'의 살인범이 체포되는 건 시간문제라고 보고 있었다. 근래 한국인들의 유전자가 수십만 건 해독되며 DNA 검사를 이용한 질병 예측 정확도가 놀라울 정도로 높아졌다. 그러자 사람들은 앞다투어 민간업체에 DNA 검사를 의뢰했고, 그렇게 얻은 유전자 정보를 한국어 서비스를 개시한 GEDmatch 사이트에 등록하고 있었다.

현재 GEDmatch 사이트에 유전자를 등록하고 자신의 유전자를 이용해 수사를 할 수 있도록 공개한 한국인은 약 15만 명이었다. 이 수는 최근 급속히 증가하고 있었다. 이론적으로 한국인 DNA 등록자 수가 100만 명에 이르면 범죄 현장에 눈썹 하나, 땀 한 방울이라도 흘린 한국인 범죄자는 모두 체포할 수 있었다.

* * *

지금까지는 운이 좋았다. 사람을 죽이고도 잡히지 않았으니 운이 좋은 것 아니겠는가?

최순석이 살인을 저지른 것은 약 15년 전인 2021년이었다. 그때 바로 체포되었다면 그리 억울하지 않았을 것이다. 그때 순석은 거지나 마찬가지였고 명예 같은 것도 없었다. 한마디로 잃을 게 거의 없었다. 그런데 지금은 아니다. 지금은 부와 명예 등 잃을 것이 많아도 너무 많았다.

순석은 살인을 저지른 이후 몇 년 동안은 세월이 흐를수록 그 세월에 비례해 검거될 확률도 낮아질 것이라 생각했다. 그런데 어느 날 휴대전화로 본 기사 한 줄이 그 믿음을 깨버렸다.

2025년 1월 13일 밤, 술에 취한 A씨가 술집 여주인을 마구 폭행해 며칠 뒤 구속되었다. 경찰은 A씨의 추가 범죄 여부를 확인하기 위해 DNA를 채취해 국가 포렌식 DNA 데이터베이스에 등록하고 이미 등록된 범죄자들의 DNA와 대조했다. A씨와 100퍼센트 일치하는 DNA는 없었으나 유사한 DNA는 있었다. 그 유사 DNA는 11년 전 어느 살인 사건 현장에서 채취한 DNA였다. 형사들은 A씨의 친척들을 조사해 11년 전 살인 사건 현장에서 채취한 DNA와 유전자가 100퍼센트 일치하는 B씨를 찾아내 체포했다.

순석은 이 뉴스를 접한 뒤로 단 하루도 마음 편한 날이 없었다. 과학은 갈수록 발달하기 마련이어서, 범행 현장에 유전자를 남긴 범죄자는 시간이 흘러갈수록 체포될 확률이 낮아지는 것이 아니라 오히려 높아지고 있었다. 순석 역시도 기사의 살인범처럼 언젠가는 먼 친척 때문에 체포될 수도 있었다.

그러나 다행히 그의 가족이나 친척 중에는 교도소에 갈 만한 범죄를 저지른 사람이 없었고 세월이 가며 하나둘 병들거나 나이 들어 죽었다. 지금은 가까운 친척이 단 한 명도 없었다.

2030년대가 되자 순석의 예상대로 발달한 과학 때문에 새로운 걱정거리가 추가되었다. GEDmatch 사이트가 한국어 서비스를 시작하자 한국인 이용자가 급격히 늘었고 이에 맞춰 한국 경찰도 미제사건 범인들의 DNA 정보를 올려 유사한 유전자를 가진 사람들을 찾아내 범인을 검거하기 시작했다.

순석은 2025년부터 혈육을 만들지 않기 위해 결혼은 물론 연애까지도 포기한 채 살고 있었다. 누군가와 사귀다가 피임에 실패해

애라도 생겼다간 체포되는 건 시간문제였다. 안전을 위해서는 죽을 때까지 세상에 혈육이 단 한 명도 없어야 했다.

그런데 몇 달 전 순석이 경악할 만한 일이 일어났다. 몇 년 전에 돌아가신 어머니의 유품을 살피던 그는 외할머니가 젊었을 때 언니와 찍은 작은 흑백 사진에서 어린아이 한 명을 발견했다. 이런저런 경로로 확인해보니 사진 속 아이는 자손이 없다고 알고 있던 외할머니 언니의 아들이 맞았다. 불행 중 다행으로, 외할머니 언니의 아들은 일흔다섯 살 때 암으로 사망했고 자손은 홍성준이라는 아들 한 명뿐이었다. 쉰 살의 홍성준은 결혼을 하지 않았고, 어머니 외사촌의 아들이니 순석과는 육촌지간이었다. 조상의 유전자를 순석과 3.125퍼센트 정도 공유하고 있었다.

성이 다르고, 평생 얼굴을 한 번도 본 적이 없고, 심지어 서로의 존재조차도 모른 채 살아왔던 육촌 홍성준이 세상에 살아 있는 한 순석은 두 다리 뻗고 잠을 잘 수 없었다. 육촌이 술을 마시고 폭행이라도 해서 교도소에 가거나, 민간업체에서 DNA 검사를 받고 그 유전자 정보를 혈육 찾기 사이트에 등록하는 순간 오래도록 지속되어온 순석의 행운은 끝이었다. 형사들은 분명 과거 범죄 현장에서 채취한 순석의 유전자를 혈육 찾기 사이트에 등록해놓고 친척 중 누군가가 유전자를 등록하길 기다리고 있을 터였다.

'내가 살려면 유일한 혈육인 육촌을 찾아내 반드시 죽여야 한다.'

그런데 어떻게?

죽이는 것도 문제지만 시체 처리가 더 큰 문제였다. 시체가 발견된다면 안 죽이는 것만 못했다. 제아무리 땅속 깊이 묻고 바다 깊은 곳에 수장해도 재수 없으면 언젠가는 시체가 발견될 위험이 있었다. 어딘가에서 사람의 뼈가 단 한 조각이라도 발견되면 수사당국은 신원을 밝히기 위해 DNA 검사부터 할 것이다.

시체가 발견되지 않고 실종으로 처리되는 것도 문제였다. 요즘은 실종자가 발생하면 실종자 거처에 남아 있는 머리카락 등에서 DNA를 채취해 실종자 유전자 데이터베이스에 등록하고 있었다.

시체가 발견되어도 안 되고, 실종으로 처리되어도 안 되는, 꽤 까다로운 조건의 살인이었다. 이런 조건에 맞춰 완전범죄를 저지르는 방법은 단 하나뿐이었다. 어떤 경우에도 DNA 검사가 불가능하도록 시체를 세상에서 완전히 없애되, 죽은 사람을 계속 살아 있는 사람으로 만들어야 했다.

궁리 끝에 순석이 생각해낸 방법은 메타버스였다. 육촌을 죽여 시체를 완벽하게 없앤 뒤 한동안 자신이 메타버스 속에서 육촌 행세를 하면 완전범죄가 가능할 것 같았다. 육촌의 메타버스 아바타에 로그인만 할 수 있다면 순석이 육촌 행세를 하는 것은 그리 어려운 일이 아니었다. 요즘은 보이스피싱도 AI를 이용해 진짜보다 더 진짜 같은 딥페이크 동영상을 만들어 화상통화로 하고 있었고, 죽은 사람의 동영상을 보고 학습한 AI가 메타버스 속에 죽은 사람을 살려내, 산 사람이 죽은 사람과 한집에서 대화하며 살 수도 있는 시대였다.

순석의 치밀한 살인 계획에 의해 순석의 집으로 거처를 옮긴 육촌 홍성준은 순석의 도움을 받아 금방 메타버스에 적응했다. 과거 막노동을 하며 살던 때의 친구들을 점점 만나지 않기 시작했고 메타버스 속에서 새로운 친구를 사귀었다. 홍성준은 메타버스 속에서 새 친구들과 세계여행을 하고, 3D 영화를 보고, 쇼핑을 하고, 게임을 즐겼다. 심지어 순석처럼 술 마시는 것조차도 메타버스를 이용했다.

물론 순석은 메타버스 속에서 육촌이 뭘 하고 누굴 만나는지 늘 지켜보고 있었다.

육촌은 가상공간에서 같이 일하는 여자와 열애도 했다. 그녀의 이름은 최하정이었다.

육촌이 누군가와 너무 친하게 지내면 순석의 계획에 차질이 생길 수도 있었다. 순석은 육촌의 연애를 방해할 목적으로 불법 영업을 하는 탐정을 고용해 최하정의 실제 모습을 촬영하도록 했다. 순석도 최하정의 실제 모습을 본 적이 없었다.

탐정은 성능 좋은 카메라가 달린 드론을 최하정의 원룸 창문 밖에 띄워 마치 스토커가 짝사랑하는 여자를 몰래 촬영하듯 그녀가 속옷만 입은 채 생활하는 적나라한 모습을 동영상과 사진으로 찍어 보냈다.

예상대로였다. 최하정의 아바타는 한마디로 사기 수준이었다. 메타버스에서 주로 생활하는 사람들의 특징 중 하나가 아바타는 멋지게 꾸미는 반면 현실의 외모는 관리하지 않아 시간이 흐를수록 점점 돼지나 좀비로 변해간다는 점인데, 최하정이 그 대표적인 인물 같았다. 최하정을 보는 순간 순석은 일본 스모 선수를 떠올렸다.

그녀가 사는 원룸 역시 쓰레기장이라고 해도 과언이 아니었다. 아무렇게나 벗어놓은 한여름 셔츠와 겨울옷들이 여기저기 널려 있었고 비닐 포장지, 택배 상자, 피자 상자, 콜라병, 찌그러진 맥주

캔 등이 방바닥과 침대 위는 물론 담배꽁초가 수북한 커피 잔이 놓여 있는 책상 위에까지 가득했다.

순석은 VR로 돼지우리 같은 최하정의 원룸을 들여다보고 있노라니 지독한 악취가 코를 찌르는 듯한 착각까지 일었다.

순석은 육촌 홍성준이 50년 묵은 좀비 같은 최하정의 실물을 보는 순간이 두 사람의 연애가 끝나는 순간이라고 확신했다. 하지만 속옷만 입고 있는 여자의 몰카 영상을 육촌에게 그대로 보여줄 수는 없었다.

순석은 탐정에게 왜 옷을 입고 있는 모습을 촬영하지 않았느냐고 항의했다. 탐정은 자신도 최하정이 외출하는 모습을 찍으려 했지만 그녀가 일주일 동안 단 한 번도 집 밖으로 나오지 않아 어쩔 수 없었다고 변명했다.

순석은 음란물 같은 최하정의 영상들을 어떻게 할까 고민하다가 언젠가는 유용하게 사용할 일이 있을지도 모른다는 생각에 컴퓨터에 저장해두었다. 이어서 최하정의 몰카 영상을 저장한 폴더 이름을 뭐라고 할까 잠시 생각하다가 '메타버스의 천사'라고 붙이고 나서 혼자 낄낄대며 웃었다.

육촌 홍성준은 1년 만에 삶의 공간을 메타버스로 완전히 옮겼다. 육촌을 죽일 준비가 끝난 것이다.

하지만 사람을 죽이는 것이 쉬운 일은 아니었다. 그동안 순석은 육촌과 정까지 들어 그를 죽이는 일이 심리적으로 더 부담스러웠다. 그래서 그는 육촌 죽이는 일을 차일피일 미루고 있었다.

그러던 어느 날, 순석과 같이 메타버스 쇼핑몰에서 이것저것 구경하던 육촌이 요즘 인기를 끌고 있는 유전자 검사 키트를 바구니에 담았다.

"그게 뭡니까?"

순석은 그게 뭔지 잘 알면서도 물었다.

"유전자 검사 좀 받아보려고. 안에 든 통에 침을 뱉어 업체로 보내면 유전자 검사를 해서 어떤 질병에 걸릴 확률이 높은지 알려준대. 또 혈육 찾기 사이트에 유전자 정보를 올리면 친척도 찾을 수 있대. 너도 한번 해볼래? 너도 나 말고 다른 친척이 있는지 찾아봐."

육촌이 검사 키트 하나를 추가로 카트에 담았다.

이제 어쩔 수 없었다. 육촌 홍성준을 죽이는 일을 더는 미룰 수 없었다. 육촌이 유전자 검사를 하고 그 데이터를 혈육 찾기 사이트에 올리는 순간 순석의 인생은 끝이었다.

"형님, 화장실 좀 다녀올게요."

소변이나 대변은 메타버스 안에서 해결할 수 없었다.

순석이 메타버스에서 로그아웃하자 VR 안경의 검은 렌즈가 투명하게 변하며 현실 모드로 바뀌었다.

엘리베이터를 타면 소리가 날 수 있었다. 순석은 오래전에 준비해놓은 망치를 들고 계단을 통해 2층으로 내려갔다.

2층 VR 방의 방문을 소리 나지 않게 조심스럽게 열었다. 육촌은 눈에 검은색 렌즈의 VR 안경을 쓴 채 흔들의자에 앉아서 장갑 마우스를 낀 손으로 가상의 무엇인가를 들고 이리저리 들여다보고 있었다. 여전히 쇼핑 중이었다.

순석은 발소리를 죽이며 살금살금 육촌에게 다가갔다. 망치를 육촌의 머리 위로 치켜들었다. 심장이 쿵쿵 뛰고 다리가 후들후들 떨렸다. 순간 이상한 낌새를 느꼈는지 육촌의 검은색 VR 안경 렌즈가 투명하게 변했다. 순석은 있는 힘을 다해 망치를 내려쳤다.

퍽!

망치가 육촌의 머리뼈를 부수고 들어가 정수리에 깊이 박혔다. VR 안경 속의 눈동자가 파르르 떨리다가 눈꺼풀이 스르르 감겼다. 육촌의 장갑 마우스를 낀 두 손이 허공에서 아래로 힘없이 툭 떨어졌다.

순석은 육촌의 두개골에서 망치를 빼내 한 번 더 내려쳤다.

퍽!

순석은 시체 옆에 서서 가사도우미에게 전화를 걸어 이번 주에는 오지 않아도 된다고 말했다. 목소리가 살짝 떨렸다.

순석은 죽은 육촌의 얼굴을 보는 것이 끔찍해 피가 흐르는 육촌의 머리와 얼굴을 불투명 비닐 랩으로 칭칭 감은 뒤 시체를 2층 욕실로 끌고 가 욕조 안에 뉘었다.

1층 주방으로 내려가 냉장고에서 캔맥주 하나를 꺼내 벌컥벌컥 마신 순석은 필요한 도구들을 챙겨 다시 2층 욕실로 올라갔다.

먼저, 육촌의 아바타에 로그인하는 데 필요한 지문을 확보하기 위해 가위로 육촌의 오른손 엄지와 검지를 잘라냈다. 육촌이 메타버스 서비스에 가입할 때 로그인 방법을 홍채가 아닌 지문으로 설정하도록 유도했던 것 역시 이 살인 계획의 일환이었다.

원하는 걸 손에 넣었으니 이제 시체를 아무렇게나 다뤄도 되었다. 순석은 육촌의 옷을 벗긴 뒤 살을 칼로 듬성듬성 잘라내 주방에서 가져온 대형 믹서기에 갈아서 변기에 넣고 물을 내렸다. 시간이 오래 걸리는 꽤 번거로운 작업이었다.

뼈는 관절을 칼로 내려쳐서 적당한 길이로 분리해 비닐봉지에 담아 3층 벽난로 앞으로 옮겼다. 장작불로 뼈를 태워 재로 만들려면 며칠 동안 계속 불을 때야 할 것 같았다. 아직 벽난로를 사용하기에는 이른 철이었지만 굴뚝에서 며칠 연기가 난다고 이상하게 생각할 사람은 없었다. 일주일에 세 번 와서 1층에만 있다가 가는 가사도우미는 이번 주에는 오지 않을 것이다.

* * *

황은조 경감은 퇴근하기 직전 늘 그랬던 것처럼 GEDmatch 사이트에 접속했다. 3년 동안이나 반복해온 일이었다. 그런데 오늘은 로그인하는 순간 못 보던 알림이 떴다.

알림을 살펴본 황은조 경감은 자신도 모르게 환호성을 질렀다.

"이얏!"

드디어 '부천 여대생 살인 사건'의 친척이 유전자 정보를 등록한 것이다. 혈연도 약 3.2퍼센트. 살인범의 육촌쯤 되는 것 같았다. 가까운 친척은 아니었지만 이제 놈을 검거하는 것은 시간문제였다.

* * *

꽤 끔찍하고 지루한 일이었지만 육촌의 시체는 깔끔하게 처리되었다. 믹서기로 분쇄한 육촌의 살은 정화조 속에서 오물과 함께 썩어 흔적도 없이 사라졌을 테고, 불에 타고 남은 뼈는 가루를 내서 강물에 뿌렸다.

순석은 육촌의 지문 하나, 머리카락 하나, 피 한 방울, DNA 하나 남지 않도록 2층과 1층을 몇 번씩 청소했다.

육촌의 손가락 지문을 실리콘으로 복사하려 했지만 쉽지 않았다. 잘린 손가락에 실리콘을 바르고 굳혀서 떼어내면 지문이 뒤집혀서 다시 한번 더 복사해야 하는데 그 두 번째 복사가 어려웠다. 결국 지문 복사를 포기하고 손가락이 썩지 않도록 유리병에 넣어 화학약품에 담가두었다. 지문이 필요할 때마다 꺼내서 물기를 말려 사용해야 했다.

순석은 육촌의 손가락이 든 유리병을 3층 VR 방의 책상 서랍 깊숙이 숨겨놓았다. 그리고 만약을 대비해 자신 이외에는 그 누구도 드나들지 못하도록 VR 방의 출입문에 보안장치를 달아놓았다.

이제 현실의 육촌은 세상에서 영원히 사라졌다. 순석은 계획대로 메타버스에서 육촌 행세를 해서 육촌이 계속 살아 있는 것처럼 알리바이를 만들어야 했다. 순석은 육촌의 아바타로 육촌의 친구들과 만나야 했고 일주일에 4일, 하루 여섯 시간씩 메타버스 공구매장에서 일도 해야 했다. 순석은 앞으로 몇 달 동안 그렇게 육촌의 삶을 살다가 사람들에게 메타버스가 아닌 현실에서 직업을 구해 현실에서만 생활하기로 했다고 말하고 회사에 사표를 낸 뒤 메타버스 서비스를 탈퇴할 계획이었다. 그럼 현실에 이어 가상공간에서도 흔적도 없이 영원히 사라지는 것이었다.

육촌 행세를 하느라 매장에서 날마다 몇 시간씩 손님들을 상대하는 일은 꽤 짜증나고 지루한 일이었다. 그런데 그보다도 더 지루하고 짜증나는 일이 있었다. 순석은 날마다 육촌의 애인인 50대 여종업원 최하정과 데이트하며 수다를 떨어야 했다.

"자기, 말투가 좀 변한 거 같다?"

최하정은 50년 묵은 좀비답지 않게 예민했다. 육촌의 목소리를 충분히 학습한 AI가 실시간으로 순석의 목소리를 육촌의 목소리로 바꿔줬지만, 말투만큼은 어쩔 수 없었다. 순석이 제아무리 육촌의 말투를 잘 흉내 내도 연인까지 속이기는 쉽지 않았다. 순석은 컴퓨터에 저장해놓은 최하정의 실물 사진과 동영상, 원룸 안의 풍경을 진작 육촌에게 보여줘서 둘을 갈라놓지 못한 것이 후회되었다.

"내 말투가 그렇게 이상해? 나 요즘 서울 표준말 쓰려고 노력 중이야."

"자기야. 난 자기 그대로가 좋아. 그리고 요즘 자기 표정도 좀 이상한 거 같아."

자기 표정이라는 말은 홍성준의 아바타 표정을 의미했다.

"내 표정이 어때서?"

"글쎄? 뭐라고 말하기는 그렇지만 좀 낯선 느낌이 든달까?"

"아, 들켰네. 자기에게 잘 보이려고 아바타를 살짝 손봤거든."

"혹시 자기, 다른 애인 생긴 거 아니지?"

"아, 아냐! 내가 자기를 얼마나 사랑하는데. 자기야 사랑해! 뽀뽀."

좀비가 된 지 50년쯤 지난 것 같은 최하정의 실제 모습을 알고 있는 순석은 열일곱 살이나 많은 그녀에게 애교를 떨 때마다 역겨워서 헛구역질이 날 판이었다. 하지만 갑자기 태도를 바꾸면 수상하게 생각할 것 같아 그는 변함없는 애정 공세를 퍼부었다. 앞으로 그녀와 천천히 멀어져야 했다.

그런데 순석이 적극적으로 나가자 최하정의 아바타가 관능적인 표정을 지으며 은밀한 제안을 했다.

"자기야, 우리 가상섹스나 한판 할까?"

바쁘고 피곤한 한 달이 지나갔다.

새로운 피로와 스트레스가 쌓이기 시작하는 월요일 아침, 순석이 육촌의 손가락으로 그의 아바타에 로그인해 공구 매장에 출근하자마자 남자 손님 두 명이 매장 안으로 들어왔다. 잠시 공구를 살피던 손님 중 한 명이 육촌의 아바타로 다가와 아는 척했다.

"혹시 홍성준 아닙니까?"

순석은 꽤 당황스러웠다. 우연히 아는 사람을 만난 것 같았다.

"맞습니다만…?"

"야, 나야, 나! 고등학교 동창 임정현!"

"아, 임정현!"

순석은 억지로 반가운 표정을 짓는 대신 장갑 마우스를 낀 손가락으로 웃는 이모티콘을 터치해 홍성준의 아바타가 반가워하는 표정을 짓게 했다.

"성준아, 진짜 오랜만이다. 잘 지냈냐?"

"그럭저럭."

“너, 10년쯤 전 부천에서 서울로 이사 왔을 때, 서대문구 홍제동 개미마을 인근에 살지 않았었냐? 지금은 어디서 살고 있어?”

“1년쯤 전에 이사했어. 파주로.”

“파주 어디?”

꼬치꼬치 캐묻는 게 뭔가 께름칙했다.

“파주 어디?”

대답하지 않자 육촌의 동창이 다시 캐묻듯 물었다.

“파주 구석 시골이야. 지금은 근무 시간이라 고객들하고 사적인 잡담을 못해. 명함 줄 테니 나중에 연락해라.”

순석은 대화를 끝내기 위해 육촌의 고등학교 동창에게 디지털 명함을 건넸다. 명함에는 집 주소는 없고 전화번호와 메일 주소, 메타버스 아이디가 적혀 있을 뿐이었다.

“그래, 조만간 직접 만나서 이야기하자.”

토요일 오후, 힘든 일주일을 보낸 후유증으로 순석이 침대에서 정신없이 낮잠을 자고 있는데 1층에서 시끄러운 소리가 들려왔다.

잠시 뒤 인터폰이 울렸다. 가사도우미였다.

“사장님, 경찰이 찾아왔어요.”

순석은 경찰이라는 말에 잠이 확 깼다.

1층 현관 앞에 건장한 남자 대여섯 명이 몰려와 있었다. 그냥 경찰이 아니라 형사들이었다. 등골이 더욱 서늘해졌다.

형사 중 한 명의 얼굴이 눈에 익었다. 얼마 전에 육촌의 고등학교 동창 임정현과 함께 공구상가 쇼핑몰에 들렀던 사람이었다. 아바타와 실제 얼굴이 똑같았다.

계급이 가장 높은 사람으로 보이는 40대 남자가 다가와서 순석의 얼굴을 유심히 쳐다봤다. 잠시 뒤 그는 손에 들고 있던 서류를 순석에게 보여주었다.

"경찰청 미제사건팀 황은조 경감입니다. 체포 영장과 압수수색 영장입니다."

순석은 남자의 목소리가 귀에 익었다. 그 목소리는 메타버스 공구 매장에서 만났던 육촌의 동창 임정현의 목소리였다. 하지만 얼굴은 그때 본 아바타와 달랐다.

"홍성준 씨와 관계가 어떻게 되시죠?"

황은조 경감이 하얗게 질린 순석의 얼굴을 노려보며 물었다.

"제 육촌 형님인데, 형님은 왜요?"

질문을 하며 보니 체포영장에 순석의 이름이 아닌 홍성준의 이름이 쓰여 있었다.

"홍성준 씨는 15년 전에 부천에서 살인을 저질렀습니다. 홍성준 씨 어딨죠? 이 집에 숨어 있는 거 다 알고 왔습니다."

순간 순석은 육촌 홍성준이 휘두른 망치에 정수리를 얻어맞기라도 한 것처럼 현기증이 일었다.

육촌이 나처럼 미제 살인 사건의 살인범이라고?

"홍성준 씨 어딨죠?"

"형, 형님은 얼마 전에 짐 싸서 나갔는데요. 어디 간다는 말도 없이…."

황은조 경감이 정말이냐는 듯이 가사도우미를 쳐다봤다.

"예. 맞아요. 한 달 전부터 갑자기 안 보였어요."

"수색해!"

황은조 경감이 순석의 옆을 지나 집 안으로 들어가며 형사들에게 지시했다.

"참관하시죠."

형사들은 순석을 데리고 다니며 그가 보는 앞에서 1층을 샅샅이 뒤진 뒤 홍성준이 주로 기거하던 2층으로 올라갔다.

2층은 모든 방이 텅텅 비어 있었고 먼지 하나 없이 깨끗했다. 순석이 이미 홍성준의 흔적을 깨끗이 지웠기 때문이었다.

2층 이곳저곳을 살피던 형사들은 세면장으로 들어가 세면기 배수구와 욕조 배수구까지 꼼꼼히 살폈다. 하지만 그 어디에도 머리카락 한 올 남아 있지 않았다.

형사들은 홍성준이 1년 동안이나 살았던 거처에서 홍성준의 머리카락 한 올 찾을 수 없는 것이 이상하다는 표정이었다. 압수수색에서 홍성준의 DNA를 확보해야 과거 부천 여대생 살인 사건 현장에서 채취한 DNA와 대조할 수 있었다.

2층에서 아무 소득도 얻지 못한 형사들이 3층으로 올라갔다.

순석은 3층 거실의 소파에 앉아서 분주하게 움직이는 형사들을 초조한 표정으로 지켜봤다. 머리를 굴려야 하는데 머릿속에 뇌가 아닌 시멘트 덩어리가 들어 있는 것만 같았다.

형사들은 순석이 홍성준의 뼈를 태운 벽난로 안까지 꼼꼼히 살폈다. 하지만 벽난로는 이미 깨끗이 청소되어 재조차 남아 있지 않았다.

15년 전 어느 추운 겨울밤 순석은 대전에서 술에 취해 행패를 부리는 부랑자를 살해했다. 사소한 시비 끝에 순석의 머리채를 두 손으로 움켜쥐고 흔들어대는 부랑자의 얼굴에 주먹을 날렸는데 부랑자가 넘어지며 전봇대에 머리를 세게 부딪쳤다. 부랑자가 죽은 줄도 모르고 그 자리를 떠난 순석은 다음 날 지역 텔레비전 뉴스를 보고서야 자신이 사람을 죽였다는 것을 알았다. 머리에 외상이 있는 부랑자의 시체가 발견되어 경찰이 수사하고 있다는 뉴스였다. 순석이 현장을 벗어날 때 바닥에 쓰러진 부랑자는 순석의 머리카락을 손에 움켜쥐고 있었다.

당시 순석은 금방 경찰에 잡힐 것이라고 생각했다. 하지만 운 좋게도 15년 동안이나 잡히지 않았다.

그렇다고 그의 운이 다한 건 아니었다. 형사들이 육촌 홍성준의 DNA를 그 어디서도 찾아내지 못한다면 과거 대전 부랑자 사망 사건 현장에서 채취한 순석의 DNA와도 대조할 수 없어…. 아! 아니, 아니다!

순석의 머리가 갑자기 빠르게 회전하기 시작했다.

이런! 아주 중요한 걸 놓쳤다. 당장 확인할 필요가 있었다.

순석은 소파에서 일어나 압수수색을 지휘하고 있는 황은조 경감에게 다가갔다.

"도대체 우리 형님이 무슨 살인죄를 지은 거죠?"

순석이 따지듯 묻자 황은조 경감이 바쁘다는 듯이 빠른 말투로 대답했다.

"15년 전 홍성준 씨는 부천에서 여대생을 강간한 뒤 살해했습니다. 부천 여대생 강간 살인 사건이라고 들어보셨을 겁니다. 우리 경찰은 현장에서 미량의 정액을 채취했고 그 정액의 주인을 찾기 위해 15년 동안이나 노력해왔습니다. 그러다 얼마 전에 민간인 유전자 검색 사이트를 통해 부천 여대생 살인 사건의 범인과 혈연도가 3퍼센트 정도인 사람을 찾아냈습니다. 그리고 그 사람의 친인척들을 추적해서 그 사람의 외가 쪽 육촌인 홍성준 씨가 범인이라는 사실을 알아낸 겁니다. 이제 홍성준 씨를 체포해서 그의 유전자와 범죄 현장에서 채취한 유전자를 대조하는 일만 남았습니다."

황 팀장의 이야기를 듣고 난 순석은 소파로 돌아가 풀썩 주저앉았다. 헛웃음이 나오려고 했다.

국가 포렌식 DNA 데이터베이스에 대전 부랑자 살인 사건의 범인인 자신의 DNA가 등록되어 있지 않은 것이 틀림없었다. 범죄자 DNA 데이터베이스에 자신의 DNA가 등록되어 있다면, 유전자 추적으로 15년 전 부천 여대생 강간 살인 사건의 범인을 체포하러 온 경찰청 미제사건 수사팀이 부천 여대생 살인 사건 범인과 대전 부랑자 살인 사건 범인의 혈연도가 약 3퍼센트라는 사실을, 두 사람이 육촌지간이라는 사실을 모를 리 없었다. 그런데 미제사건팀 형사들은 오로지 홍성준에게만 관심이 있을 뿐 자신에게는 아무 관심도 없었다.

웃어야 할까, 울어야 할까?

순석은 예전이나 지금이나 육촌 홍성준을 죽여야 할 이유가 전혀 없었다. 그런데도 순석은 얼굴 한 번 본 적 없는 육촌을 어렵게 찾아내 집으로 데려와 1년 동안이나 같이 지내며 살인을 준비했던 것이다. 그리고 결국 망치로 때려죽인 뒤 살은 믹서기로 갈아 변기에 넣어 없애고 뼈는 불에 태워 없애는, 동기 없는 끔찍한 살인을 저지른 것이었다.

'도대체 일이 어디서부터 꼬인 거지?'

만약 형사들에게 체포되는 일이 발생한다면 그는 과거의 살인을 감추기 위해 추가로 살인을 저질렀다고 자백하면 절대 안 되었다. 사실대로 말하면 그의 죄는 무기징역이나 사형감이었다. 형량을 줄이려면 첫 번째 살인은 빼고 두 번째 살인에 대해서만 그럴 듯한 살인 동기를 만들어 둘러대야 했다.

'내게 육촌을 죽일 만한 동기가 있다면 그게 뭘까?'

자신에게 그렇게 묻는 순간 그의 머릿속에 몰카 동영상에서 본, 돼지우리 원룸에서 속옷 차림으로 샌드위치를 입에 꾸역꾸역 욱여넣고 있던 최하정의 모습이 떠올랐다.

답은 이미 정해져 있었다. 그의 컴퓨터 속에는 최하정을 스토킹한 듯한 다수의 몰카 촬영물이 보관되어 있었고 그 폴더의 이름은 '메타버스의 천사'였다. 또 그는 육촌을 죽인 뒤 육촌으로 위장하고 최하정과 날마다 데이트를 즐겼다.

'젊고 잘생긴 부자 총각이 나이 많고 가난한 여자를 오래도록 짝사랑해왔는데, 그가 인정상 돌보던 먼 친척이 비록 가상섹스지만 짝사랑하는 여자와 알몸으로 뒹굴고 있는 것을 보고 순간적인 질투심과 배신감에 이성을 잃고 흉기를 휘둘러 살인을 저지르고 말았다…?'

사람들의 동정심을 유발하기 딱 좋은 스토리였다. 신파를 넣어 러브스토리를 구구절절하게 지어낸다면 형량을 반으로 줄일 수 있을지도 몰랐다. 판사가 로맨스 소설을 좋아하는 감성적인 사람이라면 효과는 배가 될 것이다.

'아냐, 아냐!'

순석은 갑자기 머리를 좌우로 흔들었다. 지금은 살인의 변명 따

위를 떠올리고 있을 때가 아니었다. 정신 바짝 차리고 이 궁지에서 벗어나야 했다.

이 어려운 고비만 잘 넘기면 순석은 진정한 자유를 만끽할 수 있었다. 앞으로는 서로 존재조차 모르는 친척들 때문에 벌벌 떨며 살 이유가 없었다. 이제 천억대의 젊은 자산가답게 현실에서 당당히 멋진 애인을 사귀고, 가상섹스가 아닌 실제 섹스를 즐기고, 사랑스러운 여자와 결혼해 귀여운 아이를 낳아 유전자를 대대손손 남길 수도 있었다.

"팀장님, 이동하시죠!"

거실에서 아무것도 찾아내지 못한 형사들이 복도 쪽으로 몰려갔다. 순석은 재빨리 황은조 경감 앞으로 나아가 형사들의 발걸음을 제지했다.

"그런데, 형사님! 압수수색 영장에는 홍성준 형님을 체포하고 증거를 확보하기 위한 주거지 압수수색으로 범위가 명시되어 있던데, 왜 저의 사적인 공간까지 수색하는 겁니까? 월권 아닙니까?"

"아닙니다. 압수수색 영장에 기재된 주소는 이곳, 이 집 전체입니다."

"그렇다고 해도 이 집은 현재 홍성준 형님의 주거지가 아니잖아요. 형님은 이미 한 달 전에 짐 싸서 나갔다니까요. 거처를 옮겼다고요."

하지만 황은조 팀장은 순석의 항의를 무시하고 형사들에게 수색을 계속하라고 지시했다.

순석은 육촌 홍성준이 쓰던 빗이나 칫솔, 하다못해 양말 한 짝이라도 남아 있다면 얼른 가져다 형사들에게 건네고 싶은 심정이었다. 형사들은 15년 전에 부천 여대생 강간 살인 사건 현장에서 채취한 DNA와 대조할 홍성준의 DNA만 확보한다면 지금처럼 휴대용 진공청소기까지 들고 다니며 집 안 곳곳을 압수수색할 필요가 없을 터였다. 그러나 이 집 어디에도 홍성준의 유전자가 남아 있지 않다는 걸 직접 증거를 없앤 순석은 잘 알고 있었다. 딱 한 곳을 제외하고는….

순석의 침실과 옷방에서도 별다른 소득을 얻지 못한 형사들은 VR 방으로 몰려갔다. VR 방은 문이 잠겨 있었다.

"방문 좀 열어주시죠!"

황은조 팀장의 말이 끝나기도 전에 보안장치에 달린 카메라가 사람들의 무리 속에서 순석의 얼굴을 알아보고 잠긴 문을 자동으로 열었다.

순석은 자신의 불안한 시선이 형사들에게 어떤 힌트를 줄까 봐 걱정되어 VR 방으로 들어가지 않고 복도에 남았다.

그러나 5분도 지나지 않아 VR 방에서 형사 한 명이 크게 외치는 소리가 들려왔다.

"팀장님! 여기 유리병 속에 사람 손가락이 들어 있습니다!"

그 외침을 듣는 순간 순석은 심한 현기증을 느끼며 50년 묵은 좀비 같은 최하정의 얼굴을 떠올렸다. 이제 그의 유일한 희망은 '메타버스의 천사'뿐이었다.

나는 추리소설가라는 타이틀을 달고 살지만 공포소설이나 과학소설도 꽤 좋아한다.

그런데, 15년 뒤의 근미래를 배경으로 SF 미스터리를 써달라는 원고 청탁을 받았을 때 꽤 난감했다. SF에서 15년 뒤의 근미래라는 설정은 소재를 잡기가 꽤 까다로운 조건이 아닐 수 없다. 50년이나 100년, 500년 뒤의 미래라면 SF적 상상력을 얼마든지 발휘할 수 있을 듯한데 15년 뒤의 미래는 현재와 큰 차이가 없는 시대로 SF 느낌을 살리기가 꽤 어려울 것 같았다.

내가 살아온 과거를 돌아보면 15년은 인터넷과 컴퓨터 속도가 좀 빨라졌고, 4:3 비율의 모니터가 옆으로 좀 길어졌고, 피처폰이 스마트폰으로, HD급의 PDP TV가 화면 큰 4K TV로, 휘발유 차나 경유 차들의 일부가 전기차로 바뀐 정도다. 바뀌지 않은 것들도 많아서, 현재 거리에는 15년 전에 출시된 자동차들도 흔하고 또 대다수의 사람들은 지은 지 15년이 넘은 집에서 15년 전과 같은 음식을 먹으며 살고 있다. 레벨 4나 레벨 5의 자율주행차는 15년 전에는 금방 개발되어 대중화될 것 같더니 15년이 지난 지금은 오히려 감감무소식이다.

이처럼 15년은 그리 긴 시간이 아니어서 인류가 SF 영화에 나오는 그런 터미네이터를 만들 수 있는 것도 아니고, 우주선을 타고 외계로 나갈 수도 없다.

'겨우 15년으로 어떻게 SF 색깔을 내지?'

SF적 색깔을 내기 위해 과감히 뻥을 치자니, 15년 뒤 누군가가 도서관에 꽂혀 있는 내 소설을 읽었을 때 현실과의 괴리가 크고 허무맹랑하다는 느낌이 든다면 그 또한 작가로서 창피한 일이 아닐 수 없을 것이다.

15년이라는 제한된 시간 때문에 이런저런 고민을 하다가 근미래에 적합해 보이는 두 개의 소재를 찾아냈다. 하나는 범인과 혈연관계가 있는 먼 친척들의 유전자를 이용해 범인을 찾아내는 DNA 대조 기술이고, 다른 하나는 메타버스다.

메타버스 원년이라고 할 수 있는 올해는 주식시장 등에서 관련 산업의 열풍이 불고 있지만 기술은 아직 초기 단계다. 하지만 VR 속의 가상 세계가 현실 세계와 거의 차이를 못 느낄 정도로 기술이 발달하는 건 인간이 광속 우주선을 개발해 외계로 나가는 것과는 차원이 다른 문제다. '오큘러스 퀘스트 2' 같은 VR 기기의 해상도가 지금보다 월등히 좋아지고 16K나 32K 입체 영상이 대중화되는 기간은 짧으면 몇 년, 길어도 15년이면 충분하다.

메타버스로 인해 곧 사람들의 생활에 큰 변화가 생길 게 틀림없다. 극장이나 학원, 쇼핑센터, 해외여행을 가는 대신 좁은 방 안에서 VR 안경을 쓰는 사람이 늘어날 것이다. 사람들은 점점 삶의 터전을 현실에서 메타버스로 옮길 것이다. 인간이 외계행성으로 이주하는 것은 언제일지 알 수 없지만 가상공간으로의 이주는 막 시작되었다고 해도 과언이 아니다.

메타버스에 관심이 많은 나는 메타버스에서 일어난 사건을 소재로 추리소설을 한 편 써볼까 생각 중이다. 침대에 누워 VR 안경을 쓰고 메타버스에서 활동하는 방구석 탐정을 주인공으로 메타버스 속에서 아바타들을 상대로 사건을 수사하고 단서도 메타버스 속에서 찾아내는, 본격 메타버스 추리소설을 쓰면 흥미롭지 않을까 싶다.

튤립과 꽃삽, 접힌 우산

류성희

스포츠서울 신춘문예 추리소설 부문에 〈당신은 무죄〉가 당선되었고, MBC 베스트극장 극본 공모에서 〈신촌에서 유턴하다〉로 최우수상을, SBS 미니시리즈 극본 공모에 〈진실게임〉으로 가작을 수상했다. 장편소설《장미가 떨어지는 속도》,《사건번호 113》이 있으며, 단편집《나는 사랑을 죽였다》, 단편으로는 〈인간을 해부하다〉, 〈첫 섹스에 관한 보고서〉, 〈나는 악마를 죽였다〉 등이 있다.

그래서 채송화를 제가 죽였냐고요? 제가 죽였을 수도 안 죽였을 수도 있습니다. 무슨 대답이 그러냐고요? 그러면 이렇게 말해볼게요. 죽이고 싶었습니다, 하지만 죽이지는 않았습니다.

제가 채송화를 처음 본 건 중학교 입학식 때였습니다. 사실 입학식이 있기 전부터 채송화 딸이 저희 학교 신입생으로 온다는 소문이 선생님들 사이에 퍼져 있었습니다. 형사님도 알고 계시죠? 아니 너무 오래전이라서 모르시려나? 한때 유명한 탤런트였던 채송화. 그 채송화가 갑자기 연예계에서 사라졌는데 알고 보니 재벌 아들의 딸을 낳았다더라, 그때부터 숨겨진 세컨드로 살고 있다더라. 훗, 아 웃어서 죄송해요. 그때 세컨드라고 하던 영어 선생님 발음이 떠올라서 저도 모르게. 아주 비밀스럽고 은밀했거든요. 채송화가 딸의 입학식에 올까? 실물은 얼마나 예쁠까. 아이 아빠는 정말 그 재벌일까? 그 아이는 아빠를 닮았을까? 여배우 딸은 또 얼마나 예쁘게 생겼을까. 다들 궁금해했죠. 선생님들도 학생들만큼이나 입학식을 기다렸다고 해도 과언이 아니었죠. 물론 저도 그랬고요. 중학교란 곳은 매일 새로운 일이 일어나면서도 또 매일 지루한 곳이거든요.

그런데 입학식 날, 그 아이를 애써 찾을 필요가 없었습니다. 예뻤습니다. 창백하리만큼 새하얀 피부에 오뚝한 코, 깊은 눈망울, 어린아이인데도 어쩐지 범접할 수 없는 느낌까지. 미모의 탤런트 딸은 역시 다르다고 할 정도로요. 하지만 뭐랄까요. 표정이 없었습니다. 그 애도 알고 있었겠지요. 어릴 적부터 가는 곳마다 사람들이 자신을 보며 쑤군대는 것을요. 그런 시선에 지쳐 그렇게 무표정해져 버렸을까요. 선생님들은 어린것이 벌써부터 자기가 예쁘다는 걸 알고 잘난 척, 도도한 척한다고 했지만, 글쎄요. 제가 보기에는 조금 달랐습니다. 뭐랄까요, 무색무취. 무덤덤해 보였습니다. 마치 태어나서 지금까지 한번도 크게 웃어본 적도 없고, 큰 소리로 울어본 적도 없었던 것처럼요. 물론 그럴 리는 없겠지만요. 어쨌든 무슨 일을 겪으면 저런 표정이 될까. 정신은 멀리 가 있고 텅 빈 허깨비가 서 있는 듯했어요. 색깔로 말하자면 징크화이트 같았습니다. 아, 제가 미술을 전공해서 어떤 사람의 첫 느낌을 색깔로 표현하는 버릇이 있어서요. 징크화이트는 가장 투명한 하얀색 물감입니다.

고작 중학교 1학년, 열세 살 소녀를 너무 과장한 것 아니냐고요? 그럴 수도 있겠지요. 하지만 참 묘하죠, 같은 병을 앓고 있는 사람은 서로를 금방 알아봅니다.

채송화는 딸보다 더 눈에 띄었습니다. 참으로 우아하고 고급스러웠습니다.

오랜만에 그녀를 모델로 그림 그리고 싶을 정도로요.

미술 교사가 된 이후 3년 동안 그림을 놓고 있었거든요.

그녀의 이미지는 카민, 자줏빛 도는 적색이었습니다. 지금은 합성염료로 그 색을 만들지만 원래는 암컷 연지벌레를 말린 다음 갈아서 색을 냈다고 하더군요.

그 아이가 재벌 아빠를 닮았냐고요? 글쎄요, 저는 잘 모르겠더라고요. 닮은 것도 같고 안 닮은 것도 같고. 그 재벌을 실제로 본 적이 없어서요.

홍수정. 그 애의 이름입니다. 엄마 아빠 성을 따르지 않았다고 했습니다.

제가 수정이를 특별히 눈여겨보기 시작한 건 그 아이의 배경 때문이 아니었습니다. 그 애가 그린 낙서 때문이었습니다.

저는 중학교 1학년 첫 미술 수업을 낙서로 시작합니다. 정확하게는 스퀴글이라고 하는데, 엉킨 실 뭉치 같은 낙서를 무작위로 그린 다음 거기서 보이는 이미지를 떠올려보는 거죠. 심리 검사의 일종인데 저는 아이들의 상상력을 이끌어내는 방법으로 이용합니다. 미술에서 상상력은 무엇보다 중요하니까요.

아이들에게 도화지 한 장씩 나눠주고 아무렇게나 곡선을 그리라고 합니다. 단, 처음부터 끝까지 손을 떼지 않고 그려야 한다는 점을 반드시 주지시키고요. 너무 헐렁하지도 빽빽하지도 않은 엉킨 실 뭉치를 그린다고 생각하면서요.

아이들은 처음에는 어리둥절하다가 이내 장난치듯 그립니다. 어느 정도 그리면 도화지를 짝과 바꾸게 해서 그 속에 숨어 있는 이미지를 찾아보라고 합니다. 자세히 바라보면 어떤 형상들이 보일 거라고 하면서요.

종이를 뒤집어도 보고 위로 올려보기도 하다가 아이들은 마침내 이미지들을 찾아내기 시작합니다. 아이들 대부분은 야구공이나 해, 꽃, 사과 같은 일상에서 친숙한 것을, 조금 더 상상력을 발휘한 아이들은 물고기나 나뭇잎 같은 것을 찾아내지요.

—여러분, 이렇게 그림을 그리는 건 특별한 것이 아니에요. 지금처럼 주위 사물들 속에서 자신만의 이미지를 상상해서 그리면 되는 거예요.

아이들은 무의미해 보였던 낙서에서 찾아낸 이미지들을 보면서 신기해하기도 하고 재미있어합니다.

그 낙서, 이제부턴 그림이라고 할게요. 그 그림도 그런 경로로 제 손에 들어왔습니다.

수업을 끝내고 걷어온 도화지들 속 그림 한 장.

엉킨 실 뭉치 같은 낙서에서 튤립, 꽃삽, 그리고 접힌 우산을 찾아낸 그림.

그것을 보자마자 저는 뒤통수를 한 대 맞은 듯 멍해졌습니다. 숨이 막혔습니다. 튤립이나 꽃삽은 가끔 나오긴 했지만 접힌 우산을 상상해내다니요. 저는 오래전에 이것과 똑같은 그림을 본 적이 있습니다.

도화지 뒤편의 이름을 보았습니다.

홍수정. 그 애였습니다.

어디서 똑같은 그림을 보았냐고요? 일곱 살 아이가 그린 그림에서요.

그 아이는 소아정신과에서 치료를 받고 있었습니다. 스퀴글을 알게 된 것도 그때였죠. 미술 치료를 받으면서요. 튤립, 꽃삽, 접힌 우산까지. 그때 그 아이가 낙서에서 찾아낸 것들과 똑같았습니다. 그 아이는… 네, 어린 시절의 접니다.

이런 것이 다 채송화의 죽음과 무슨 상관이 있냐고요?

이제 제 이야기를 들려드리겠습니다. 형사님들도 '그것' 때문에 지금 저를 채송화 살해 용의자로 심문하고 있는 거잖아요. 참고인 조사일 뿐이라고요? 뭐, 상관없습니다. 말씀드렸듯이 전 죽이지 않았으니까요. 제 이야기를 듣고 나면 형사님들께서는 채송화를 죽인 범인은 찾아내지 못하더라도 어쩌면 살해된 이유는 알 수 있을지 모르겠습니다. 그런데 튤립이니 꽃삽이니 해바라기니 이런 게 다 뭐냐고요? 접힌 우산은 또 무슨 의미냐고요? 이야기를 모두 마친 다음에 말씀드릴게요. 다른 이유는 없습니다. 그게 이해하기 쉬울 것 같아서요.

그런데 물 한 잔 부탁해도 될까요? 목이 마르네요.

…감사합니다. 그럼 이야기를 시작하겠습니다. 조금 긴 이야기가 될지도 모르겠습니다.

저의 의학적 고행은 소아정신과에서 치료를 받기 훨씬 전, 동화로부터 시작됐습니다.

물론 그때는 고행이라는 단어를 몰랐습니다. 고작해야 일곱 살 어린 계집아이였으니까요.

엄마는 내가 잠들기 전에 밤마다 동화책을 읽어주었습니다.

—우리 애기, 오늘은 무슨 동화를 읽어줄까?

손가락으로 벽면 가득 꽂혀 있는 동화책을 훑어 내려가며 엄마가 그 말을 할 때면 어린 나는 두 손을 꽉 쥐었습니다. 떨리는 손을 엄마에게 들키지 않기 위해서요.

—백설공주? 그래, 이게 좋겠다, 우리 애기도 좋지?

마치 재밌는 동화를 찾았다는 듯 엄마는 눈빛을 반짝이며 물었습니다. 전 백설공주 이야기가 싫었지만 그냥 고개를 끄덕였습니다. 엄마가 지금 내 의사를 물어보는 게 아니란 것을 경험으로 알고 있었으니까요. 목소리는 물론 표정까지 지어가며 실감나게 읽어주던 엄마가 왕비처럼 물었습니다.

—'거울아 거울아, 이 세상에서 누가 가장 아름답니?'

나는 신하처럼 대답합니다.

—'왕비님이 이 세상에서 가장 아름다워요.'

호호호. 엄마가 왕비처럼 웃었습니다. 아주 만족스럽다는 듯이 우아하게요.

엄마는 같은 질문을 또 합니다.

—'거울아 거울아, 이 세상에서 누가 가장 아름답니?'

이번에는 다른 대답을 해야 합니다. 그러기로 약속했으니까요. 나는 숨을 한 번 깊이 들이쉰 후에 말합니다.

—'왕비님도 아름답지만, 백설공주가 훨씬 아름다워요.'

갑자기 엄마 표정이 표독스러워지며 목소리도 날카로워집니다.

—'이봐라! 백설공주를 당장 숲속으로 데려가 죽여라! 그리고 그 장기를 가져오거라!'

장기? 처음 들었을 때는 무슨 뜻인지 몰라 엄마에게 물었습니다.

—엄마, 근데 장기가 뭐야?

엄마가 내 몸을 만지며 말했습니다.

—여기에 있는 심장…, 여기에 있는 간…, 여기에 있는 창자… , 여기에 있는….

지금도 내 몸 여기저기를 만지던 엄마의 얼음처럼 차가운 손끝이 느껴지네요.

—'왕비의 명령을 들은 사냥꾼들이 백설공주를 죽이고 그 장기를 왕비에게 가져다주었습니다.'

나는 이제 눈을 감아버립니다.

다음에는 왕비가 공주의 장기를 먹는 장면이 나오니까요.

훗날 그 동화에는 왕비가 공주의 장기를 가져오라는 명령도, 먹어버리는 내용도 없다는 것을 알았습니다. 엄마는 왜 일곱 살밖에 안 된 어린 딸에게 동화책에도 없는 끔찍한 이야기를 해주었을까요?

'그것'을 놓으면서 거울에게 물었습니다.

—거울아 거울아, 이 세상에서 누가 가장 아름답니?

거울이 대답했습니다.

—엄마.

거울은 거짓말을 하지 않았습니다.

—자아, 오늘은 엄마가 우리 애기를 위해 사온 새 동화책을 읽어줄게.

동화책 표지에는 손을 맞잡은 두 아이가 과자로 만든 집을 보고 있었습니다. 아직 글을 읽지 못해 제목은 알 수 없었지만 무섭지 않을 것 같아 좋았습니다.

—'헨젤과 그레텔은 두 살 터울의 남매였습니다. 그들은 어린 시절부터 사이가 좋아 들에서 양을 돌볼 때도 항상… 그레텔이 엄마에게 맞아서 눈물을 흘리면 헨젤이 달려들어 말렸습니다. 엄마는 신경질적으로 헨젤을 두들겨 팼지만….'

왜 세상의 동화들은 모두 무서운 걸까요? 왜 동화 속에선 항상 아빠보다 엄마가 더 못됐을까요?

—'집에는 더 이상 먹을 것이 없어요. 아이들을 숲속에 버리고 오자고요!' '말도 안 돼. 아이들을 숲에다 버리다니. 금방 무서운 무시무시한 짐승들이 달려들어 잡아먹을 것이 빤한데 어떻게 그런 짓을.' '하지만 우리 부부라도 살아남으려면 아이들을 희생시킬 수밖에 없잖아요. 당신은 모른 척하기만 하면 돼요. 내가 다 할게요.' '다음 날 아침, 아직 해가 뜨기도 전에 계모는 아이들을 깨웠습니다. 그리고 숲으로 데리고 가 아이들을 숲속에 버리고 몰래 몰래 집으로 가버렸답니다.'

책을 덮은 후 크게 한숨을 쉬고 난 엄마가 날 바라보며 물었습니다.

—엄마는 왜 숲속에 헨젤과 그레텔을 버렸을까?

—…먹을 것이 없어서….

—진짜 이유는 그게 아니라니까!

동화는 너무 어렵습니다. 항상 '진짜 이유'라는 것이 있었습니다.

—엄마 말을 듣지 않아서 버린 거야. 우리 애기는 말 잘 들을 거지?

—…응.

—약속할 수 있어?

구슬처럼 투명한 눈으로 날 쳐다보는 엄마…. 나는 고개를 끄덕였습니다.

—진짜?

—응.

—그래, 착하다. 자 그럼 지금은 어디가 아플까?

나는 잠시 생각합니다.

지금 어디가 아프지? 아니 어디가 아프다고 해야 하지?

—머리?

머리가 아픈가? 아닌 것 같았습니다. 고개를 흔들었습니다.

—목?

어제는 목이 아팠기 때문에 오늘은 아니어야 했습니다.

—그럼 어디?

엄마의 표정이 날카로워집니다.

—맞다, 가슴! 가슴이 두근거리는구나! 그렇지? 가슴이지?

얼른 가슴에 손을 얹어봤습니다. 그런 것 같기도 했습니다.

—저런, 왜 이제야 말하니? 언제부터 그랬니? 그래서 하루 종일

밥을 그렇게 조금밖에 안 먹었구나?

아니요, 엄마가 밥을 조금밖에 주지 않아서잖아요. 배고파요, 엄마.

—가엾게도. 내일 당장 병원에 가야겠다. 걱정하지 마. 엄마는 그레텔 엄마처럼 널 버리지 않을 거야. 우선 약부터 먹자. 심장이 두근거릴 때는 무엇을 먹어야 할까, 어디 보자.

엄마가 침대 옆 탁자 위에 놓여 있는 구급상자를 엽니다. 그 안에는 M&M 초콜릿처럼 작고 앙증맞은 빨갛고 노랗고 파란, 색색의 약들이 잔뜩 들어 있습니다. 그중에서 엄마는 노란색과 하얀색, 파란색 알약을 집어 들었습니다.

—자 먹자, 아.

할 수 있는 한 가장 크게 입을 벌렸습니다.

—착하지, 약도 잘 먹네.

물을 한껏 머금었습니다. 그래야 삼킨 다음에 목에서 약 냄새가 안 나니까요. 초콜릿이 아니니까요.

—이제 조금만 있으면 두근거리는 심장은 조용해지고, 아프던 머리도 안 아프고, 목도 더 이상 따끔거리지 않을 거야.

세상에. 엄마는 나에게 두통약과 편도선 약과 심장 완화제를 동시에 먹인 겁니다. 딱 절반씩. 부작용을 일으키지 않을 만큼만.

—아프지 마. 우리 애기 엄마 사랑하지?

나는 고개를 끄덕했습니다.

—이제 잘까? 엄마가 자장가 불러줄게.

제발 그것만은 싫어요. 하지만 이번에도 그 말을 삼켜버렸습니다. 단지 무서운 꿈을 꾸지 않기만을 바라며 눈을 감았습니다.

어린 송아지가 부뚜막에 앉아 울고 있어요.
엄마아, 엄마아, 엉덩이가 뜨거워.

엄마가 나의 가슴을 토닥이며 노래를 불렀습니다. 방금 전에 약을 한 움큼 먹은 가슴인데 엄마는 그걸 깜빡 잊었나 봅니다.

그런데 어린 송아지는 왜 부뚜막에 앉아 울고 있을까요? 부뚜막은 어디일까요? 엄마소는 어린 송아지가 엉덩이가 뜨겁다고 울고 있는데 왜 구해주지 않을까요?

그런 날 밤에는 어김없이 또 악몽을 꿉니다.

이번에도 동화는 다른 의미로 거기가 끝이 아니란 걸 나중에 알았습니다.

무시무시한 숲속에 버려진 헨젤과 그레텔은 과자로 만든 집 마녀에게 붙잡혀 갔지만 마녀를 죽이고 집으로 돌아옵니다. 그리고 자신들을 버린 '엄마를 마녀에게 잡혀가 죽게' 한 후에 아빠와 셋이서 행복하게 살았습니다, 가 끝이었습니다.

엄마는 왜 이번에도 끝까지 읽어주지 않았을까요? 궁금했지만 묻지 않았습니다. 엄마는 뭔가 묻는 것을 끔찍이 싫어했으니까요. 예를 들면, 아빠는 집에 언제 와? 같은 것을요.

엄마가 나에게 무관심한 날이 있습니다. 아빠가 집에 오는 날이었습니다. 그래서 나는 아빠가 집에 오면 좋았습니다.

아빠는 집에 오면 어린 딸 이마에 손을 얹고 걱정스러운 눈빛으로 바라보았습니다. 태어나면서부터 항상 어딘가 아픈 허약한 딸이 걱정돼서 그랬겠지요. 저는 아빠의 다정한 눈빛을 바라보는 것이 참 좋았습니다. 그러나 다음 날이면 아빠는 어김없이 가고 없었습니다.

아빠가 가고 나면 엄마는 또 자장가를 불러주었습니다.

귀여운 꼬마가 닭장에 가서 암탉을 잡으려다 놓쳤다네.
닭장 밖에 있던 배고픈 여우 옳거니 하면서 물고 갔다네.
꼬꼬댁 암탉 소리를 쳤네 꼬꼬댁 암탉 소리를 쳤네.
귀여운 꼬마가 그 꼴을 보고 웃을까 울을까 망설였다네.

엄마, 그만, 제발 그런 자장가는 싫어요. 엄마는 알고 있죠? 여우에게 물려가며 꼬꼬댁거리며 살려달라는 암탉을 보고 웃을까 울까 망설이고 있는 꼬마가 나라는 걸요. 밤새 무서운 꿈에 시달리다가 끝내는 이불에 오줌을 싸는 걸요. 그러면 엄마는 또 날 병원에 데리고 갈 거잖아요.

의사 선생님, 우리 애기 방광 검사 좀 해주세요. 이 아이가 어젯밤에 이불에 오줌을 쌌어요. 믿어지세요? 이 아인 일곱 살이란 말예요. 일곱 살짜리가 이불에 오줌을 싼다는 건 방광에 이상이 있지 않고서는 불가능하잖아요.

눈물까지 글썽이며 엄마는 이렇게 말할 거잖아요. 그러면 피 검사부터 시작해서 온갖 검사를 받아야 하잖아요. 방광에 이상이 없다는 것을 알아낼 때까지요. 그렇죠, 엄마?

—우리 애기, 화장실에 자주 가고 싶지? 그렇지?

—…아까 엄마가 주스 마시라고 줬잖아.

—아니, 아니, 그래서가 아니라니까! 엄마가 몇 번이나 말했어?

그러니까 의사 선생님한테는 주스 마셨다는 말 같은 건 할 필요 없어! 알아들었니?

엄마가 가정의학 백과사전을 또 봅니다. 엄마는 그 책에서 읽은 방광염 증상을 의사에게 그대로 말할 것입니다.

이불에 오줌을 싼 나는 양다리를 크게 벌리고 진찰실에 누워 있습니다.

—아프지 않을 거야. 기분이 조금, 뭐랄까 조금 이상할 거야.

그때는 그 남자 의사가 참 바보스럽게 보였는데 지금 생각하면 이해가 됩니다. 대체 어느 의사가 일곱 살짜리 여자아이 요도에 관이 삽입되는 느낌을 제대로 설명해줄 수 있을까요. 그들은 일곱 살짜리는 아무것도 모르는 어린아이라고 생각하지만, 일곱 살도 수치심을 압니다. 발가벗은 채 성기를 드러내놓고 남자 의사 앞에 누워 있으면 얼마나 부끄러운지요. 요도에 관이 쑥쑥 들어올 때의 그 느낌은 또…. 나는 엉엉 소리 내어 큰 소리로 울었습니다. 기다렸다는 듯이 엄마가 아빠에게 전화하는 소리가 들렸습니다.

—무서워요, 빨리, 빨리 와요. 저러다 우리 애기 죽으면 어떻게 해요.

허겁지겁 뛰어오는 아빠에게 엄마는 울면서 달려가 안기는 모습을 이제 곧 보게 되겠지요.

이런저런 검사를 다 해도 방광염이 진단되지 않으면 마지막으로 엑스레이를 찍습니다. 그때부터 나는 하얗게 질려 벌벌 떨기 시작합니다. 너무나 무섭고 두려워서 정말로 오줌을 지릴 때도 있었습니다. 왜 그렇게 엑스레이를 찍는 것을 무서워했냐고요? 뱃속에 쥐가 있을까 봐서요. 잡아먹은 쥐가 뱃속에 그대로 있는 뱀 그림을 엄마가 보여준 적이 있었거든요. 그다음부터는 배가 아프면 쥐가 장기를 갉아먹는 것 같았습니다. 심장이나 간, 창자 같은 것을요. 그때 저는 일곱 살, 무엇을 상상해도 조금도 이상하지 않을 나이였으니까요. 손끝 하나 까닥할 수 없을 정도로 기진맥진해지면 날 정성껏 돌보는 척하던 엄마는 의사에게 말했습니다.

—이 아이는 아무리 병을 고쳐도 또 아픈 곳이 생겨나는 가엾은 아이예요. 마치 손톱처럼요. 손톱은 잘라내도 다시 자라잖아요.

병을 손톱에 비유하다니요. 엄마도 상상력이 뛰어났나 봅니다.

병을 찾기 위해서가 아니라, 병에 걸리지 않았다는 것을 확인하기 위한 검사. 그게 그거 아니냐고요? 아뇨, 확실하게 차이가 있습니다. 적어도 엄마에게는요.

잘 걷지도 못하는 나를 병실로 데리고 가며 엄마가 내 귀에 속삭였습니다.

—뱃속에 있는 쥐들이 엑스레이를 피해 다 숨었나 봐.

나는 기절하고 말았습니다.

'그것'을 놓아두면서 상상해보았습니다.

엄마 배에는 무엇이 들어 있을까?

그때는 떠오르는 것이 있었지만… 지금은 차마 말할 수가 없네요.

네, 엄마가 죽었습니다. 2층 난간에서 떨어져서요. 사고사라고 했습니다. 와인에 만취해 미끄러지면서 균형을 잃고 떨어졌을 거라고 했습니다. 어떤 형사는 정황상 사고사가 아닐 수도 있다고 했습니다. 누군가 고의로 '죽게 만들었을 수도 있다'고 하면서요. 하지만 거기까지였습니다. 그날 밤 집에는 엄마와 저, 둘밖에 없었으니까요. 일곱 살 어린 계집아이가 엄마를 죽게 했다고 어른들이 감히 상상이나 할 수 있었겠어요?

채송화도 그렇게 죽게 했느냐고요? 지금 채송화와 엄마의 사망 당시 정황이 똑같아서 저를 심문하고 계시는 거잖아요.

이렇게 대답해볼게요. 그때 제가 엄마를 죽였을까요?

아뇨, 당연히 그러지 않았습니다. 하지만 '그것'을 하면서 상상은 했습니다. 말씀드렸듯이 아이의 상상력은 끝이 없으니까요. 단지 상상했던 일이 실제로도 일어날 수 있다는 것을 몰랐을 뿐입니다.

그날 신고를 받고 집에 온 경찰은 깜짝 놀랐다고 했습니다.

죽은 엄마를 보고 있는 아이의 표정이 너무 이상해서요. 그냥 말갛게 엄마를 보고 있었답니다. 그때부터 소아정신과 치료를 받았습니다. 담당 의사는 엄마가 죽은 모습을 보고 충격을 받아 그랬을 거라고 했답니다. 의사의 말은 반은 맞고 반은 틀렸습니다. 충격을 받은 건 맞지만 이유는 뱃속에 쥐가 사라져버린 느낌 때문이었습니다.

이제 수정이와 제 그림 속에 있던 튤립과 꽃삽, 접힌 우산에 대해 말해도 되겠군요.

먼저 튤립부터 말해볼게요.

튤립은 그림으로 나타내는 마음으로 본다면 엄마를 상징합니다. 왜냐고 물으시면 저도 모릅니다. 통계가 그렇다고 하더군요. 많은 아이들 혹은 어른들의 마음속에 해바라기가 아빠를 상징한다면 튤립은 엄마라고 했습니다. 왜 하고많은 꽃 중에 튤립일까. 알뿌리라는 것과 관계있지 않을까 생각은 해보았습니다. 엄마란 존재는 자식을 잉태하고 자식이 잉태되는 곳은 자궁이니까 무의식중에 자궁이 알뿌리로 연결된 것은 아닐까 하고요. 아빠가 가장 큰 꽃인 해바라기로 상징되는 것처럼요.

그림 속에서 튤립을 보았을 때 수정이와 엄마 채송화는 강하게 연결돼 있다고 읽혔습니다. 스퀴글인지 뭔지 아니어도 누가 봐도 그렇게 생각할 거라고요? 네, 수정이가 엄마와 단둘이 살고 있고 또 사생아라는 편견이 약간 있었다는 건 인정하겠습니다. 문제는 수정의 마음속 엄마가 부정적이라는 겁니다.

우산과 꽃삽 때문입니다.

활짝 펴진 우산은 비를 가려주는 고마운 존재지만, 접힌 우산은 비를 막아줄 수 없는 불안한 존재의 상징이라고 합니다. 꽃삽은 더러운 것을 파묻는 것을 의미하고요. 꿈보다 해몽이라고요? 사실 저도 처음에는 그렇게 생각했습니다.

한번은 학생들에게 처음부터 똑같은 곡선이 그려진 종이를 주고 자유롭게 이미지를 떠올려보라고 한 적이 있었습니다. 결과는 흥미롭게도 세 개 이상 똑같은 이미지를 떠올린 아이들이 없었습니다. 지금 무엇을 보느냐가 아니라, 무엇에 관심 있느냐가 투사됐기 때문이라고 하더군요. 있는 것을 보는 게 아니라 보고 싶은 것을 본다면서요. 인간은 어떤 식으로든 내재된 무의식을 드러낸다면서요.

수정이는 엄마 채송화와 뭔가 있었습니다. 제 경험으로 미루어 보아 그것은 아주, 많이, 위태로웠습니다. 무슨 일인가 벌어지기 전의 전조처럼요. 저에게는 그렇게 느껴졌습니다.

그때부터였습니다. 수정이를 특별히 눈여겨보기 시작한 것은.

중학교 1학년 신입생들은 여러 면에서 경계에 있습니다. 경계에 있다는 것은 어디에도 속하지 않지만 어디에도 속할 수 있다는 말도 되겠지요. 아이들은 반을 배정받으면 끼리끼리 집단을 이룹니다. 동물 같은 감각으로 자신과 친할 수 있는 친구들을 알아보면서요. 그리고 먼저 집단을 형성한 아이들끼리 나머지 아이들을 심사합니다. 네, 심사요. 어떤 아이가 자신들과 잘 맞을지 안 맞을지, 자신들 집단에 필요한 아이인지 아닌지를요. 이때 어디에도 들어가지 못하면 3년 내내 왕따가 될 확률이 높습니다.

수정이는 어느 집단에도 들어가지 못했습니다. 심사에서 탈락한 거죠. 왕따가 되지 않기 위해 재빨리 다른 희생양을 찾는 아이들에게 수정이만큼 완벽한 조건을 갖춘 애도 없었을 겁니다. 아이들은 근거 없는 소문까지 만들었습니다. 재벌 딸도 아니라더라, 사실은 아빠가 누군지도 모른다더라, 그런 거짓 소문을 낸 사람은 엄마인 채송화라더라. 경계선에 있는 아이들은 영악하고 잔인하니까요.

수정이는 어떤 모둠 활동에도 들어가지 않았고 점심도 혼자 먹었습니다. 아이들의 괴롭힘에도 별 반응을 보이지 않은 것 같았습니다. 그러자 아이들도 점점 수정이에 대한 관심을 줄이기 시작했습니다. 수정이는 그저 조용히, 그림자처럼 자신이 원하던 대로 점점 투명 인간이 되어갔습니다. 교사로서 왜 보고만 있었냐고요? 수정이 마음을 알 것 같아서죠. 제가 그랬으니까요.

첫 시험 성적이 나온 날이 생각나는군요. 1학년은 공식 시험이 없기 때문에 주요 과목만 간단히 테스트를 합니다. 하지만 비공식적으로 나오는 순위는 아이들만큼이나 교사들도 궁금해합니다. 학교니까요. 저는 수정이 등수부터 확인해보았습니다. 정확히 1학년 절반에 해당하는 순위였습니다. 그런데 수학 선생님이 좀 이상하다고 했습니다. 어려운 문제는 맞히고 쉬운 문제는 틀렸다면서요. 영어 선생님도 같은 말을 했습니다. 이렇게 어려운 문제를 푸는 애가 기초나 다름없는 쉬운 문제를 틀렸다면서요.

저는 알 것 같았습니다. 일부러 그랬을 겁니다. 눈에 띄고 싶지 않았을 테니까요. 하루라도 빨리 선생님도 아이들도 자신의 존재를 잊어주기를, 투명 인간처럼 대해주기를 바랐을 테니까요. 그러나 자신만의 비밀은 가졌을 겁니다. 쉬운 문제는 틀리고 어려운 문제는 맞히는 것으로요. 존재감이 높은 아이니까요.

수정이를 미술실로 부르고 싶은 마음을 꾹 눌렀습니다. 혼자만의 비밀을 누군가에게 들킨 것을 알면 더 꼭꼭 숨어버릴지도 모르니까요. 아직은 조금만 더 지켜보기로 했습니다.

그런데 체육대회가 끝난 다음 날부터 수정이가 학교에 나오지 않았습니다. 갑자기 몸이 아파서 회복될 때까지 결석한다는 연락이 왔다면서요. 혹시 무슨 일이 생긴 건 아닐까 초조해하다가 더는 참지 못하고 나흘째 되던 날, 집으로 찾아갔습니다. 맞아요, 형사님들도 보셔서 아시겠지만 아름다운 2층 전원주택이었습니다. 집 앞에 차를 대놓고 앉아서 집 안에서 무슨 일이 벌어지고 있을지 상상해보았습니다. 제발 지금 머릿속에 떠오르는 일들이 벌어지고 있지 않기만을 바라면서요. 아직 확인할 게 있으니까요.

그때 들어갔더라면 채송화가 죽지 않았을지도 모른다고요? 아뇨, 일어날 일은 일어나야 합니다. 그 일이 아무리 끔찍하더라도요. 그래야 끝이 납니다. 뱃속에 쥐가 있어보지 않은 사람은 절대로 모릅니다.

차 안에 앉아 채송화를 검색해보았습니다. 한때 유명한 배우였고 재벌과의 불륜으로 아이까지 낳았다는 스캔들 때문인지 연예계를 떠난 지 꽤 오래됐는데도 기사가 간간이 올라와 있었습니다. 주로 복귀에 관한 기사였는데 정작 복귀했다는 기사는 없었습니다. 여전히 우아하고 아름답지만 미혼모에 불륜으로 사생아까지 낳은 전력으로는 활동이 어려울 수 있겠다고 짐작했습니다.

수정이가 다시 학교에 온 건 열흘 후였습니다. 지금까지와는 달리 눈빛이 또렷했습니다. 마치 오랫동안 상상만 하던 뭔가를 결심하면 눈빛이 달라지는 것처럼요.

다음 미술 시간에 저는 수정이가 무엇을 상상하고 있는지 알 것 같았습니다.

그날 수업은 역동적인 인체 모형 만들기였는데 요즘 아이들은 그리는 것을 지루해하고 만드는 것을 좋아하기 때문에 참여도가 높은 수업이었습니다. 철사로 인체 뼈대를 만들고 그 위에 클레이로 살을 붙인 다음 색을 칠하면 완성되는 간단한 만들기였죠. 대부분의 아이들은 달리기나 발레 포즈, 스케이트 타는 동작을 만들었습니다. 그런데 수정이는 놀랍게도 난간에 매달린 형상을 만들었습니다. 떨어지기 직전 매달려 있는 것 같기도 하고 올라가기 위해 버둥거리는 것 같기도 한 위태로운 모습을요. 더 두고 볼 수 없다는 생각이 들었습니다. 이제는 정말 실행해야 했습니다. 그 아이가 '그 일'을 해버리기 전에요. 모름지기 교사라면 학생을 지켜야 하니까요.

그날 저는 악몽을 꾸었습니다.

꿈속에서 오랜만에 엄마의 자장가 소리를 들었습니다.

채송화에게 어떻게 접근했냐고요?

학부모 면담을 위해 그녀가 학교에 왔을 때였습니다. 당신을 그려보고 싶은데 모델이 돼줄 수 있겠냐고 했더니 마지못한 듯 좋다고 하더군요. 수정이 학교 선생님이라서 거절할 수 없다면서요. 지금까지 자신을 그리고 싶어 했던 화가들이 여럿 있었지만 한 번도 허락하지 않았다는 말도 덧붙였습니다. 거짓말이라는 것을 알았지만 적당히 호응해주었습니다. 거절 못할 줄 알았습니다. 세상에서 거부당한 자신의 미모를 알아준 것이니까요. 아, 그리고 교사가 되기 전 미술 대전에 여러 번 입상했던 저의 경력도 한몫했을 겁니다. 그녀의 허영심을 채워준 거죠.

제가 그리는 자신의 모습을 무척 좋아하더군요. 그렇게 어느 정도 시간이 지나면서 서로에게 익숙해지자 자신에 대해 말하기 시작했습니다. 그녀는 엄마에게 지독히 미움을 받았다고 했습니다. 세 자매 중에서 아빠를 유독 많이 닮았다는 이유로요. 마침내 배우가 됐을 때 가장 기뻤던 것은 텔레비전에 나오는 자신의 모습을 보며 배 아파하는 엄마를 상상하는 것이었다고 했습니다. 생각만 해도 힘이 솟아났다면서요. 그런데 상상해본 적도 없는 임신! 맨 처음 떠오른 것은 고소해하는 엄마였다고 했습니다. 아이를 지우기 위해 간 병원에서 자궁 외 임신이라 잘못하면 산모마저 목숨을 잃을 수 있다는 말을 들었을 때는 뱃속에 있는 아이가 괴물처럼 느껴졌다고 했습니다. 아이를 낳고도 딸인지 아들인지 물어보지도 않았다고 했습니다. 산후조리원으로 찾아온 엄마가 했던 말을 생각하면 지금도 분하다고 했습니다.

—난 처음부터 너가 이렇게 될 줄 알았어. 넌 그 인간을 닮았으니까.

제 작업실이 편하고 좋다며 그녀는 종종 술을 마셨습니다. 그런 날에는 제발 지금이라도 그 아이가 자기 인생에서 사라져버렸으면 좋겠다고 했습니다. 어떻게 된 게 몸까지 약해서 솔직히 착한 엄마 노릇을 하느라 지긋지긋하다면서요. 그래도 그 아이가 아플 때만은 아이 아빠인 그 사람과 통화라도 할 수 있어 좋았다면서요. 이제는 그 약발도 안 먹힌다며…. 그 아이 때문에 모든 것이 꼬여버렸다, 고소해하는 엄마 얼굴이 떠오르면 너무 화가 나 미쳐버릴 것 같다고 술에 취해 중얼거렸습니다.

지겹도록 많이 듣던 말이었습니다.

그런 말을 들을 때마다 어린 저는 쥐 때문에 배가 아팠습니다.

그리고 그녀는 수정이를 끝까지 '그 아이'라고 불렀습니다.

엄마가 저를 항상 '우리 애기'라고 했던 것처럼요.

네, 사건이 나던 날 처음으로 채송화 집을 방문했습니다. 일부러

1학년이 1박 2일 현장 체험 학습을 떠나던 날로 약속을 잡았습니다. 그날 밤 수정이가 집에 있으면 안 되니까요. 마침내 완성한 그녀의 초상화를 가지고 갔습니다.

그다음부터는 형사님들이 알고 있는 그대로입니다. 그녀는 제가 선물로 가지고 간 와인을 마셨고, 취해 몸도 가누지 못하는 그녀를 두고 나왔고, 나오기 전에 준비해간 '그것'을 놓아두었습니다. 제가 둔 것 맞습니다. 수정이가 아니고요.

어떻게 그렇게 할 생각을 했느냐고요?

일곱 살 아이잖아요. 아이가 상상하면 뭘 얼마나 상상하겠어요.

여기 2층 계단에 구슬이 가득 들어 있는 이 통을 놓아두면 어떻게 될까? 술에 취한 엄마가 방에서 나오다가 찰까? 엄마는 밤마다 술을 마시니까 그럴지도 몰라. 발로 차면 구슬이 사방으로 흩어질까? 술에 취한 엄마가 비틀거리다가 흩어진 구슬을 밟고 쭉 미끄러져 저 아래로 떨어질지도 몰라. 그때 나도 그랬잖아. 엄마가 놔둔 구슬에 미끄러져 다리가 부러졌잖아.

이제 아시겠지요. 제가 왜 그녀를 죽였을 수도 안 죽였을 수도 있다고 했는지. 죽이고 싶다고 했던 의미도요. 그녀가 죽은 이유도요.

죽어 있는 그녀를 최초로 발견한 사람이 현장 체험 학습을 다녀온 수정이라고요?

혹시 그때 수정이 표정이 어땠는지 보셨나요?

그렇군요, 못 보셨군요.

그때… 머리에서 피 흘리며 쓰러져 있는 엄마에게 물었습니다.

엄마, 나 사랑해?

나는 엄마 사랑해.

수정이도 엄마에게 묻고 싶었을까요?

나중에 수정이를 만나면, 아, 못 만날 수도 있다고요? 그러고 보니 지금까지 수정이하고 한 번도 단둘이 대화해본 적이 없었네요.

작가노트

1. "우리를 움직이는 건 질문이지."

영화 〈매트릭스〉에서 트리니티가 네오를 처음 만났을 때 한 말이다. 또한 내가 무언가를 하기 전에 떠올려보는 말이기도 하다.

오랜만에 단편소설 한 편 써보지 않겠냐는 전화를 받았을 때 겁부터 더럭 났다. 그동안 글을 쓰지 않은 건 아니었지만 소설 쓰기를 의도적으로 멀리하고 있던 탓에 마치 처음으로 원고 청탁을 받았을 때처럼 허둥지둥하다가 소설을 배울 때처럼 단편 읽기부터 시작해보았다. 재밌었다. 재기발랄하면서도 상상력이 풍부한 최신작들을 읽으면서 어느새 소설 속에 깊이 빠진 나를 발견하곤 다행스럽고 또 안심이 되었다. 그러자 비로소 나에게 질문할 수 있었다. '무엇을 쓰지? 아니 무엇을 말하고 싶지?'

2. "복싱은 이상한 스포츠야. 모든 게 거꾸로지.
오른쪽으로 가려면 왼발가락을 움직여야 하고
고통을 피하기는커녕 그 속으로 달려들지."

다시 영화 이야기다. 〈밀리언달러 베이비〉에 나온 대사다. 프랭키가 오랫동안 트레이닝 시킨 선수가 그를 떠난 직후 세계 챔피언이 되는 모습을 씁쓸하게 TV로 지켜보면서 내뱉은 자조 어린 독백이다. 다시 추리소설을 쓰면서 뜬금없이 추리소설(에 등장하는 인물)은 복싱(혹은 복서) 같다는 생각이 들었다. 고통을 피하기는커녕 끝장을 보고야 마는 소설, 끝까지 가고야 마는 인물. 이 어찌 매력적이지 않을 수가 있을까.

3. 인간은 인간을 왜 죽일까?

우발적이든 계획적이든 살인을 할 수밖에 없는 사람들의 깊고 깊은 사연은 무엇일까. 왜 어떤 사람들은 자신의 모든 것을 내걸고 극단적인 선택을 하는 걸까. 왜 어떤 사람은 사람을 죽이고도 후회도 반성도 하지 않는 걸까. 아니 오히려 할 일을 했다고 생각하는 걸까.

오랜만에 추리소설을 쓰면서 다시 추리소설을 생각해보았다.
아무리 생각해도 추리소설은 참 매혹적이다, 내게는.

공짜는 없다

장우석

2014년 〈대결〉로 '계간 미스터리 신인상'을 받으며 등단한 후 〈안경〉, 〈파트너〉 등 단편들을 지속적으로 발표했다. 〈대결〉은 2017년에 영화화되어 제19회 국제여성영화제 본선에 진출하기도 했다. 2020년 여름에 단편집 《주관식 문제》를 발표했다. 대중을 위한 교양 수학서 《수학 멘토》, 《수학, 철학에 미치다》, 《수학의 힘》, 《내게 다가온 수학의 시간들》을 발표한 바 있다.

"저녁에 올 거지?"

녀석은 몇 번이나 확인 전화를 했다. 대충 핑계를 댄 뒤, 집을 빠져나왔다. 곧 여름방학인 데다 토요일 저녁이라 길거리는 사람들로 북적였다. 난 버스 창문에 기대어 앉아 며칠 후 있을 가출 계획을 점검했다. 드라마나 영화에서 보던 서울 거리를 돌아다녀 보는 것 말이다. 시옷자 모양의 서울대학교 정문은 꼭 걸어서 통과할 것이다. 종로에 있다는 지하 교보문고도 빼먹을 순 없다. 엄마가 반대할 것을 대비해 몇 달 동안 용돈을 모으고 집에 있던 헌책들도 팔았다. 석원이 녀석은 비용을 어떻게 마련했을까.

버스에서 내렸다. ○○동 노인회관 입구. 석원은 친한 친구지만 집에 가보는 것은 처음이다.

"잘 먹겠습니다."

"그래, 그래. 천천히 많이 먹어."

내가 전교 일등이라는 말을 들었는지 석원이 어머니는 연신 웃는 얼굴이었다. 한참 밥을 먹고 있는데 복도 끄트머리의 문이 열렸다가 닫히는 소리가 들렸다.

"우리 누나야."

석원이 주먹만 한 탕수육을 손으로 집으며 말했다. 석원에게 누나가 있다는 이야기는 처음 듣는다.

"누나는 같이 안 먹어?"

"누난 혼자 먹는 거 좋아해. 신경 쓰지 마."

우리는 고기와 기름기로 가득한 접시와 냄비를 깨끗이 비우고 방에 들어왔다.

벽에 펼쳐진 서울 지도가 어느덧 새까매졌다. 이로써 계획은 완성 단계로 접어들었다. 어머니를 설득하는 일만 남기고 말이다.

"우리 엄만 찬성이야. 너하고 간다니까 바로 괜찮다던데. 크크."

"나 화장실 좀 갔다 올게."

육중한 나무 바닥 복도는 밟아도 소리가 나지 않았다. 화장실 대각선 맞은편에 방문이 조금 열려 있었다. 복도 끝머리에 있는 화장실 쪽으로 지나가며 방 안쪽을 슬쩍 엿보았다. 안에는 아무도 없었다. 거기서 멈추고 친구 방으로 돌아왔어야 했다. 그랬다면 아무 일도 일어나지 않았을 것이다. 난 방을 지나쳐 화장실 쪽으로 갔다. 문손잡이를 잡으려는데 문이 열렸다. 누가 안에서 연 것이었다.

"…."

그녀는 움직이지 않고 나를 지그시 내려다보았다. 새하얀 팔과

다리. 긴 목과 부릅뜬 눈. 외로운 눈. 내 심장이 가슴을 뚫고 나오고 있었다. 그녀의 숨결이 느껴졌다. 난 고개를 숙인 채, 친구 방으로 돌아왔다.

"얘가 갑자기 무슨 소리를 하고 있어?"

"그냥 가면 안 돼? 민락동으로 다시 이사 가면 안 돼?"

엄마는 텔레비전을 보면서 고양이 머리를 쓰다듬고 있었다.

"그러니까 갑자기 웬 이사냐고? 여기로 이사 온 지 2년밖에 안 됐는데. 그리고 이사가 쉬운 줄 알아?"

난 목소리를 쥐어짜면서 말했다.

"학교가 너무 별로야. 선생님들이 못 가르치고… 반 아이들도 그냥 그렇고…."

"한 학기 지나도록 잘만 다니더니만. 뭔 소리래?"

난 엄마 앞에서 무릎이라도 꿇고 싶었다.

"너, 엄마한테 솔직히 말해봐. 뭔 일 있었지?"

엄마는 리모컨으로 텔레비전 전원을 껐다.

"학교에서 누가 괴롭혀? 사실대로 말해봐. 엄마 눈 똑바로 쳐다보고."

난 고개를 저었다.

"그럼 뭐 사고라고 쳤어?"

"그런 건… 아니고."

내 얼굴을 살피던 엄마는 리모컨을 다시 집으며 말했다.

"그럼 요 앞 세탁소 가서 아버지 양복 찾아와. 회색하고 감색 두 벌이다."

난 힘없이 일어서서 안방을 나왔다. 전교 일등을 한 놈이 갑자기 전학을 가겠다는 건 내가 생각해도 말이 안 된다.

"일어나라. 시험 시간에 자는 놈이 어디 있니?"

웃음을 머금은 목소리가 내 어깨를 툭 쳤다. 난 홀린 사람처럼 멍하니 앉아 국어 선생님이 답안지를 걷어가는 모습을 바라보았다. 월요일 1교시. 칠판에 적힌 문제를 읽은 것까지는 기억이 난다. 그런데… 어느 순간에 정신을 잃었다. 엎드리지도 않고 앉은 상태 그대로 눈을 감고 잔 것 같다. 아무리 내신에 들어가지 않는 쪽지 시험이라지만 이래서야 전교 일등의 위용이 말이 아니다.

"오늘 국어는 아예 참고서 그대로 냈던데. 예시 문항도 똑같더라. 우리 박 쌤, 내일모레가 방학이라고 이제 막 가네. 뭐 우리는 좋지만."

석원은 탄산음료 병을 입으로 가져가며 말했다.

"너야 뭐 당근 백 점일 거고. 그런데 어제 잠 못 잤어?"

"어. 그냥… 좀."

뒷동산 여기저기서 아이들이 둘러앉아서 잡담을 하고 있었다. 조금 더 위로 올라가면 등산로 입구가 있다.

"그건 그렇고. 야, 2차 모임 해야지. 모레 수요일 어떠냐. 목요일부터 방학이니까. 밤새해도 될 거 같은데."

기어코 서울 탐방을 할 생각인 모양이다.

"저… 석원아."

"왜?"

"저기… 그…."

말없이 내 얼굴을 보던 녀석은 왼손을 휘저으며 고개를 흔들었다.

"야, 우리 누나 땜에 그러지? 신경 꺼."

"그게 아니라…."

"에이, 자식이 하필 그때 화장실을 가는 바람에…. 우리 누나 친절해. 요리도 잘하고 내 공부도 도와줘."

"그런데 우리가…."

"그날도 너 가고 난 후에 친구냐면서 이것저것 물어보던데."

석원은 재미있다는 듯 웃으며 말했다.

"이름하고 어디 사는지 뭐 그런 거 물어보더라. 그래서 가르쳐줬지. 대연동이라고. 학기 초에 니네 집에서 짜장면 먹은 적 있잖아. 아 참, 전교 일등이라는 것도 알려줬어. 뭐 별로 놀라는 기색은 없었지만."

사는 곳을 물었다고? 그 짧은 순간에… 날… 알아본 걸까? 확인할 필요가 있다.

"그래. 모레 저녁에 갈게."

난 가방을 챙기며 일어섰다.

다시 석원의 집을 찾았을 때, 그녀는 외출 중이었다. 천만다행인 것은 석원의 집안 사정으로 우리의 서울 여행이 겨울방학으로 미뤄졌다는 사실이다. 석원은 방학 전 이삼 일을 우울한 표정으로 지냈다. 속 좋은 녀석이지만 이번 일은 많이 아쉬웠던 모양이다. 난 물론 다행이라고 생각했다. 적당한 구실을 붙여 겨울방학 여행도 취소할 계획이었으니까 말이다.

내가 석원과 어울리게 된 계기는 짝이라는 단순한 이유 때문만은 아니다. 중간고사가 끝난 직후의 어느 날이었다. 점심시간이 끝나고 오후 수업이 시작되기 전에 학급 아이 하나가 학교 뒤쪽 등산로 근처에서 뱀 한 마리를 잡아 교실에 가져온 일이 있었다. 작은 방울뱀이었다.

문제는 이 녀석이 책상 위를 기어 다니다가 바닥으로 떨어져 교실을 휘저으며 돌아다니기 시작한 것이다. 그 바람에 한바탕 난리가 났다. 친구들이 잡으려고 해봤지만 방울뱀은 책상과 의자 사이로 요리조리 달아나고 때로는 타고 오르기도 하면서 잘도 피했다. 남자 고등학생들이라고 해도 실제로 뱀을 보는 건 처음이었다. 아이들이 비명을 지르며 도망치는 혼란의 와중에 선생님이 교실 문을 열고 들어왔다. 모두들 창가 쪽으로 몰려가 있어 수업은 불가능했다. 어리둥절해하던 선생님이 사태를 파악하고 나서 슬그머니 교실 문을 열고 나가려 했다.

그때 석원이 나섰다. 녀석은 방울뱀이 책상 다리를 타고 위로 올라온 순간, 손에 들고 있던 커터 칼로 뱀을 두 동강 내버렸다. 우리는 환호성을 지르며 박수쳤다. 교실은 다시 평화를 찾았고 석원은 영웅이 되었다. 그날, 난 석원의 결단력에 깊은 인상을 받았다.

난 화장실을 나와 냉수로 샤워를 하고는 러닝셔츠로 몸을 닦고 교실로 들어갔다. 자습 시간이었다. 이어폰을 끼고 감독을 하던 나이 많은 한문 선생님이 활짝 웃으며 날 맞이했다. 어서 들어와, 전교 일등. 덥지?

오전 보충 수업이 끝나고 점심시간이 되었다. 방학이라 매점은 한산했다. 장의자 군데군데 아이들이 섬처럼 떨어져 앉아 있었다.

난 입구 쪽에 있는 자판기에서 커피를 뽑아들고 안쪽으로 들어가 자리를 잡고 앉았다. 빵을 먹으며 수학 노트를 폈다. 어차피 오후는 자습이다. 어두컴컴한 실내지만 아직 대낮인지라 역도부 연습실이 있는 반대편 출구, 그러니까 뒷동산 쪽에서 햇빛이 들어 노트를 보는 데는 지장이 없었다. 수열 문제였다. 점화식으로 일반항을 구하는 문제. 뻔해 보이지만 변수가 숨어 있어 식을 변형시키는 데 기술이 필요한 식이었다. 지난주 수업 시간에 선생님이 칠판에 쓰자마자 풀기 시작해서 선생님보다 빨리 풀어낸 식. 이런 식으로 공부하는 것도 재미있는 방법이 되겠다 싶었다. 수학 시간마다 선생님과 경쟁하는 방식으로 문제를 풀어내는 것. 나중에 학력고사 전국 일등이라도 하면 '난 이렇게 공부했어요'라는 책이라도 낼까? 하며 속으로 쿡쿡거렸다.

그런데… 노트 구석에 문자를 써 갈기며 식을 변형하려고 해도 방법이 떠오르지 않는다. 곱하기를 역수 나누기로 바꾸고 다시 해당 문자를 치환했던가? 수업 시간에 내가 발견한 방법은커녕 선생님이 가르쳐준 방법조차 떠오르지 않는다. 노트를 뒤로 넘겨봤다. 문제가 네 개 더 있다. 하루에 다섯 문제. 문제를 푼 후 그냥 다음 문제로 넘어가면 안 된다. 문제의 조건을 바꿔보고, 일반화해보고 이리저리 조절해서 새 문제를 만들어 다른 방식으로 풀어봐야 문제가 가진 진짜 의미가 드러난다. 그 과정에서 문제를 이해하는 능력, 문제 속에 숨어 있는 본질을 잡는 능력이 생겨난다. 그러니까 문제를 많이 푸는 게 능사가 아니다. 하루에 이런 방식으로 다섯 문제만 풀면 문제집에 있는 백 문제를 기계적으로 풀어내는 것보다 훨씬 도움이 된다. 수학 선생님이 수업 시간에 해준 말이지만 지키는 학생은 많지 않다. 특별한 공부법 같은 건 없다. 선생님과 교과서가 말하는 것을 성실히, 자기 방식으로 수행해나가면 되는 것이다. 내가 지금까지 그래왔듯이.

샤프 끄트머리에서 등식이 겨우 완성되었다. 그럼 그렇지. 휴. 풀이법의 특징과 일반화 가능성에 대해 짤막하게 노트에 필기한 후 페이지를 넘겼다.

"앉아도… 될까?"

난 샤프를 잡은 채, 고개를 들었다. 큰 키, 가느다란 팔, 그리고 짙은 선글라스. 그녀는 내 맞은편에 앉았다. 앉은키가 컸다. 종이 울린 지 한참 지난 때라 커다란 매점 안에 둘 말고는 아무도 없었다. 난 노트를 옆으로 치운 채, 자리에서 일어나 입구로 갔다. 자판기에서 코코아를 뽑아 되도록 천천히 원래 자리로 갔다. 난 그녀 앞에 코코아를 놓았다.

"지난번에 미안했다. 우리 석원이 친구가 집에 왔는데 불편하게 해서."

선글라스 속이 전혀 보이지 않았다. 아마도 집 밖에 나갈 때는 항상 선글라스를 끼겠지. 난 구겨진 종이컵을 만지작거렸다. 뒤뜰로 드나드는 문 쪽이 시끄러웠다. 고개를 돌려보니 역도부 아이들 몇 명이 안으로 들어오고 있었다.

"집이 대연동…이라면서."

허스키한 목소리. 난 커피를 한 모금 마시며 마음을 가다듬었다.

"예. 어릴 때부터 계속 살았어요."

거짓말이다. 난 중학교 2학년 때까지 범천동에 살았고 지금은 그 동네를 잊으려 노력한다. 머리를 빡빡 민 역도부 아이들이 계속 들어오고 있었다.

"그런데… 그건 왜 물으세요?"

나는 선글라스를 정면으로 바라보았다. 그녀는 표정 없이 한참 동안 날 바라보았다. 시간이 지나면서 선글라스 안쪽이 엷게 보이기 시작했다. 외로운 눈동자 하나가 날 노려보고 있었다.

"3년 전 여름에…."

"…."

"혹시 자전거 타고 산복도로 위 수정동 근처에 간 적 있니?"

자전거를 타고 산복도로 위를 올라간 적이 있느냐고? 그것도 콕 집어서 3년 전에? 당연히 있지. 있고말고. 그걸 확인하러 온 거잖아. 3년 전 그날, 나만 상대방의 얼굴을 본 게 아니었다. 그 짧은 순간의 기억을 소환해낸 것도.

"누나. 전 자전거 못 타요."

그녀는 살짝 웃는 것처럼 보였다. 우리는 의미 없는 대화를 몇 마디 더 나눴다. 몇 분 후, 그녀는 일어서며 교무실 위치를 물었다. 난 그녀를 배웅한 후 뒤뜰로 나왔다. 아이들 두세 명이 뒷동산 쪽 장의자에 앉아 있었다. 구름 한 점 없는 화창한 날씨였다. 아이들을 지나쳐 등산로로 접어들었다. 난 계속 뛰어 올라갔다. 10분쯤 지나자 중간 능선에 다다랐다.

3년 전 그날. 여름방학이 끝나기 직전인 8월 중순. 송도 바닷가 끄트머리 어디쯤이다. 가위 바위 보를 한다. 난 가위. 친구는 바위. 내가 이겼다. 우리는 서로 자전거를 바꾼다. 올 때와 똑같다. 뭐 가는 동안 젖은 옷은 다 마를 테니깐. 지난번처럼 자전거에서 내릴 때, 옷 안에서 마른 소금 가루가 툭 하고 떨어질 게 분명하다.

나는 진석의 오렌지색 자전거를 타고 앞서 나간다. 진석은 우리 할머니가 동네 김씨 할아버지에게 헐값에 빼앗다시피 구입한 나의 낡은 자전거를 타고 뒤따른다. 우리 둘 다 한 손에 대나무 낚싯대를 들고 다른 한 손으로 몇 시간을 거뜬히 달릴 수 있는 실력자들이다. 도로를 달리는 승용차들이 우리를 비켜간다. 내가 길을 내고 친구는 뒤따른다.

내가 갑자기 방향을 튼다. 산복도로로 올라가면 집에 돌아가는데 시간이 더 걸린다. 경사가 급해 아주 힘든 길이다. 2차선 좁은 길을 달리는 마을버스를 피해가야 할지도 모른다. 초등학교에 들어가기 전, 엄마와 마을버스를 타고 아버지 회사로 도시락을 들고 갔던 기억이 난다. 나는 사이클 선수처럼 다리에 힘을 실어 자전거를 끌어간다. 한참을 오르다 돌아보니 진석이 보이지 않는다. 하긴 가뜩이나 힘들어 죽겠는데 오르막길을 올라갈 필요는 없었겠지. 녀석은 오던 8차선 대로를 그대로 달려 집으로 간 것이다.

헉헉거리며 자전거를 끌고 올라가니 평지와 다름없는 마을이 눈앞에 나타난다. 사각형 모양으로 각진 집집마다 앞뜰이 보인다. 드라마에서 보던 마을 같다. 기왕 들어온 마을이니 충분히 즐기고 가자. 난 자전거를 돌려 골목길을 돌아다니기 시작한다.

동네는 조용하다. 한 손으로 핸들을 잡고 묘기 부리듯 돌아다니던 나는 어느 순간, 길을 잃는다. 저녁 시간까지 집에 들어가지 않으면 엄마는 밥을 주지 않는다. 난 고개를 들고 처음에 들어왔던 골목을 찾기 시작한다. 비슷한 골목이 여러 개가 있다. 골목을 들어가면 다시 새로운 풍경이 펼쳐진다. 미로 같은 마을이다. 높은

지대라 붉은 노을이 하늘에 아름답게 펼쳐져 있다. 진석인 이미 집에 도착했을지도 모른다. 한 손에 들고 있던 대나무 낚싯대가 무겁게 느껴졌다. 버스 지나가는 소리가 들린다. 난 속도를 올려 가장 가까이 있는 골목 쪽으로 내달린다. 골목을 접어드는데 여학생의 얼굴이 나타났다. 눈이 마주치는 순간, 칼 같은 비명이 들린다. 한 번도 들어본 적 없는 소리. 난 자전거를 세운다. 무슨 일이 일어났는지 알아채는 데는 그리 오랜 시간이 필요하지 않았다. 핸들을 잡은 채 왼손에 움켜쥐고 있던 대나무 낚싯대가 여학생의 왼쪽 눈을 찌른 것이다. 난 자전거를 그대로 몰아 전속력으로 골목을 빠져나온다.

난 무서웠다. 이후로 몇 달 동안 나는 경찰이 애꾸눈 여자를 데리고 우리 집 대문을 열고 들어오는 꿈을 꿨다. 학교에서 수업 중에 갑자기 교내 방송이 나오면 심장이 콩알만 해지며 사색이 되곤 했다. 하지만 방범 카메라가 거의 없던 시절이고 주변에 목격자도 없었기에 난 다행히, 정말 다행히 잡히지 않았다.

부모님의 경제 상황은 한동안 회복되지 않았다. 아버지는 실직과 이직을 반복하고 있었다. 엄마는 담배를 피우기 시작했다. 난 만화 그리기와 잡지 수집에 빠져 있었다. 몸이 불편한 여동생의 검진을 위해서 전라남도 여수에 다녀온 며칠 후, 엄마는 여동생과 함께 음독자살을 시도했다. 다행히 둘 다 목숨에는 지장이 없었다. 움직임이 멈춘 여동생의 다리 근육이 앞으로 영구히 쓸 수 없으리라는 검진 결과를 어머니는 받아들일 수 없었던 것이다. 병명조차 없는 희귀병이었고 이번 여수는 마지막 희망이었다.

병원 복도 의자에 앉아 있는 나에게 둘째 이모가 말했다. 아주 어린 시절부터 날 아껴주던 이모였다. 우진아. 엄마가 너 하나 보고 사는 거 알지? 엄마를 지켜드려야 한다. 난 고개를 끄덕였다. 그리고 결심했다. '지금까지의 나'를 모두 털어내기로 말이다. 난 착하고 성실하고 모범적인 아들로 거듭나고자 피눈물 나게 노력했다. 몇 달에 걸쳐 영어 참고서를 통째로 암기했다. 휴일엔 열 시간씩 공부를 하고는 학습 일기를 기록했다. 중3 때 처음 학급 일등을 찍자 어머니는 둘째 이모에게 빌린 돈으로 떡을 해서 우리 반 아이들에게 돌렸다. 공부는 재미있었고 성적이 오를수록 더 열심히 했다. 선생님들이 내 답안지를 보고 채점을 할 만큼 나는 성적과 인품 모두 뛰어난 학생으로 신뢰받고 있었다. 보이스카우트 일원이었던 나는 중3 겨울 방학 때, 호주에서 열린 국제 잼버리에 한국 대표 학생 중 한 명으로 참가할 기회를 얻었다. 한국보이스카우트연맹 이사인 교장 선생님의 추천 덕분이었다. 잼버리 기념 녹색 배지는 지금도 옷깃에 달고 다닌다. 배지가 예쁘기도 하지만 무엇보다도 명예로운 삶을 살겠다는 내 의지가 강하기 때문이다.

회사를 그만두고 운동용품 매장을 차린 아버지는 의외의 운영 능력을 발휘해서 1년 만에 부산 시내의 금싸라기 땅인 서면 한복판에 스포츠 용품 매장을 내는 기염을 토했다. 아버지와 아들의 선순환. 우리는 얼마 후 대연동 주택가로 이사했다. 엄마가 여동생을 돌보기에 좋은 환경이었다. 부모님의 전격 결정이었고, 그렇게 난 범천동을 벗어날 수 있었다.

내 생일이었던 11월 21일 토요일, 학교 수업이 끝난 후 시민회관에서 열린 미술 국전을 보러 갔다. 미술 선생님이 티켓을 선물해줬기 때문이다. 국전은 재미없었다. 난 벽에 걸린 이상한 그림들을 보다가 건물 바깥으로 나왔다. 눈부시게 밝은 늦가을의 한낮이었다. 시민회관은 범천동과 멀지 않은 곳에 있었다. 횡단보도를 건너자 건물 옆에 있는 개천이 눈에 들어왔다. 개천 주변으로 꼬마들이 자전거를 어지럽게 타고 있었다. 잠시 옛 생각이 났다. 아니 사실 늘 하던 생각이다. 자전거. 털어내지 못한 마지막 한 조각.

난 천천히 개천 길을 따라 걸어갔다. 토요일이라 길거리는 차들로 북적였다. 자성대를 지나 부산역 쪽으로 접어들었다. 눈에 익은 길이 계속 나타났다. 자전거 핸들을 잡고 승용차와 버스를 피해가며 질주하던 길. 눈을 감고도 자유자재로 방향을 틀 수 있었던 길. 난 홀린 듯 앞으로 나갔다. 어느덧 나는 산복도로 입구 앞에서 있었다. 3년 전. 왼손에 대나무 낚싯대를 든 채로 자전거를 타고 신나게 올라갔던 그 조그만 길이었다. 난 걸음을 옮겼다. 나를 기억하는 누군가가 나타날 수도 있다. 내 기억보다 경사가 높지 않았다. 그때 그 여학생이 어딘가에서 날 기다리고 있을지도 모른다. 그날, 날 목격했던 누군가를 만날 수도 있다. 그래도 어쩔 수 없다.

이제 곧 미로 같은 마을이 나타날 것이다. 그리고 그 골목이 나타날 것이다. 심장이 조여왔지만 여기까지 와서 포기할 수는 없다. 한번은 겪어야 할 일이니까. 올라가는 내내 마을버스가 보이지 않았다.

이상하다. 분명히 여기가 맞는데. 골목 마을이 통째로 보이지 않는다. 아예 사라진 것 같다. 위쪽엔 사람이 살지 않는 걸까? 아래쪽으로 발걸음을 옮기려는데 길 건너편에 사람이 보였다. 지나는 차도 없기에 난 가볍게 길을 건넜다.

"저… 아주머니."

모범생답게 정중한 톤으로 목소리를 깔았다. 여인은 누런 바구니를 손목에 끼운 채로 날 쳐다보고 있었다.

"저쪽에 골목이 있었던 거 같은데… 안쪽에 집들도 있고요."

"다 헐었어."

여인은 말을 마친 후, 다시 걷기 시작했다.

"동네를… 헐었다고요?"

따라붙으며 물었다. 여인은 고개를 끄덕였다.

"어떤 목사가 저 위쪽에다가 대형 교회를 짓는다고 저기하고 이 아래쪽 모두 헐었다는데. 셋방은 다 쫓겨나고 집주인들은 보상받고 이사 갔지 뭐."

위쪽에 마을버스가 보이지 않았던 이유가 있었다. 여러모로 누추해 보이는 그 여인이 사라질 때까지 나는 고개 숙여 인사했다.

나는 피해자를 만날 위험을 무릅쓰고 이곳을 다시 찾았다. 보이스카우트답게 명예롭고 용기 있는 선택을 한 것이다. 하지만 동네가 헐렸다! 사라졌다! 이건 나의 능력 밖이다. 난 그녀를 찾을 수 없다! 앞으로도 마찬가지다. 마을이 사라졌으니 그 집 주변에서 물어볼 사람도 이제 없다. 3년 전 그날 도망가지 않았으면 더 좋았겠지만 그건 내 정신으로 선택한 행동이 아니다. 누군들 그러지 않았을까? 그럼에도 난 온전히 내 의지로 여기까지 왔다. 후들거리는 다리를 땅에 붙여가며 떳떳하게 돌아왔다. 마지막 한 조각의 부끄러움을 털어내기 위해서 말이다. 난 최선을 다했다. 난 더 이상 쓰레기가 아니다. 오늘 일은 어쩌면 그동안 충분히 힘들었으니 과거의 잘못을 털어내고 앞으로 열심히 살아가라는 신의 명령이 아닐까? 하필 내 생일에 받은 신의 선물 말이다. 그래. 그녀에 대한 미안함은 앞으로의 내 삶으로 보상하자. 희생과 봉사, 그리고 올바른 삶으로 말이다. 그 방법밖에 없지 않나? 난 한 번도 쉬지 않고 두 시간 반을 뚜벅뚜벅 걸어서 집으로 돌아왔다.

고등학교에 입학하기 전 화학 교과서의 원소 주기율표를 전부 암기했고, 수학의 정석을 연습문제까지 모조리 풀어서 노트에 정리했다. 결과는 고입 배치고사 학급 일등으로 돌아왔다. 다음 목표는 전교 일등. 난 하루 열두 시간씩 공부했고 결국 1학기 기말고사에서 전교 일등을 이루어냈다. 과거의 잘못을 통해 현재를 온전히 살아낸다는 것. 자신에게 떳떳한 삶. 난 신의 아름다운 설계에 찬사를 보냈다. 이런 거군요. 삶이란 게. 노력하는 자에게 보상 있으라. 난 한국 전자산업을 이끌 훌륭한 공학자가 되어 있는 10년 후의 내 모습을 그렸다.

주변에 아무도 보이지 않았다. 소나무들이 뿜어내는 억센 향이 콧속을 후비고 들어왔다. 그녀는 내가 3년 전 그놈이라는 걸 알고 있는 듯했다. 분명히 그랬다. 그러지 않고서야 그런 걸 물을 리 없다.

이제 난 어떡해야 하나. 늦었지만 고백을 하는 게 맞을까? 이 길로 뛰어 내려가 교문을 지나 내려가고 있을 그녀를 붙잡고 무릎을 꿇을까? 저 누나, 정말 죄송합니다. 예. 저 맞아요. 접니다. 제가 그날 누나 눈을 찌른 그놈입니다. 사고였지만 그땐 너무 무서워서 도망갔어요. 그 후 사죄하기 위해 그 동네를 찾아갔지만… 믿어주세요. 정말이에요. 동네가 사라졌더라고요. 그래서 어쩔 수 없이…

어떤 비난도 달게 받겠습니다. 이렇게 나타나셔서 너무 놀랐지만 용기 내어 말씀드립니다. 정말… 죄송합니다.

짐작하겠지만 그동안 널 무척 원망했었어. 원망하는 마음이 커질수록 더더욱 네 얼굴은 내 기억 속에 또렷이 박혔지. 삶을 포기할 만큼 힘들었어. 여자에게 이건 정말 큰 형벌과도 같은 재앙이란 걸 알아줬으면 좋겠구나. 이렇게 솔직히 고백하며 용서를 구하니 널 용서하도록 노력해볼게. 그래도 그동안 들어간 치료비와 정신적 피해 보상은 해야 하지 않겠니?

그녀가 나를 용서할까? 그럴 리 없다. 그럴 수가 없다. 내가 회한의 눈물을 흘리면서 땅에 머리를 처박고 사죄의 비명을 질러댄들, 자신의 인생을 한순간에 망치고 사과도 없이 도망쳐버린 날 이해해줄 리 없다.

용서는 그녀에게 맡기고 내가 할 도리를 다한다? 그러니까 용서는 그녀에게 맡기고 말이다. 만약 그녀가 나더러 자기 인생을 책임지라고 하면? 천문학적인 돈을 요구하면? 그러니까 우리 집안을 파탄 낼 정도로 무리한 요구를 한다면 말이다. 우리 아버지에게 돈이 좀 있다는 것을 알면 엄청난 보상금을 요구할 가능성이 다분하다. 지역 스포츠 계통의 전문가가 되어 멋진 인생을 살아가고 있는 아버지에게 못할 짓이다. 더구나 몸이 불편한 여동생을 휠체어에 태우고 매일 학교를 오가는 엄마는 경제적 어려움과 나에 대한 실망(학교에 소문이 다 나서 전학도 불가능할 것이다)으로 또다시 극단적 선택을 할지도 모른다. 이건 거의 확실하다.

난 그 사건 이후, 철없는 말썽쟁이에서 가족을 포함해서(이 부분이 특히 중요하다) 모든 사람에게 인정받는 반듯한 모범생으로 거듭났다. 중1 때 반에서 40등 하던 애가 고1 때 전교 일등을 하는 것은 말처럼 쉬운 일이 아니다. 이건 그냥 열심히 사는 수준으로는 불가능하다. 영혼 수준의 변화가 있어야 한다. 난 내가 저지른 실수를 통해 내 삶을 고원하게 끌어올렸다. 그런데 그 정점에서… 신의 아름다운 설계? 신이 정말로 존재한다면 내게 이럴 수는 없다. 이렇게 악의적으로 사람을 괴롭힐 수는 없다.

난 우리 반 누구에게도 자전거를 타고 낚시를 다녔다는 말을 한 적이 없다. 아니 자전거를 탔다는 말조차도 꺼내지 않았다. 자전거와 낚시는 나한테 금기어니까. 내가 범천동에 살았다는 사실을 아는 사람도 지금 내 주변에 아무도 없다. 담임선생님까지 포함해서 말이다. 그러니까 내가 그놈이라는 증거는 **아직은** 없다는 말이다. 마음에 걸리는 사실이 하나 있다. 진석인 지금도 범천동에 살고 있을까? 난 고개를 흔들었다. 무슨 상관인가? 진석이 현장을 목격한 것도 아닌데 말이다. 어쨌건 그녀는 의심을 하고 있을 뿐, 내가 자기 왼쪽 눈을 대나무 낚싯대로 못 쓰게 만든 범인이라는 것을 확신할 그 무엇을 아직은 가지고 있지 못하다.

하얀 돌멩이 몇 개가 굴러 떨어졌다. 고개를 돌려 위쪽을 쳐다보았다. 한 사람이 요란스럽게 내려오고 있었다. 멀리서 보아도 벌건 얼굴에 한 잔 걸쳤는지 콧노래를 흥얼거리고 있었다. 난 옆으로 비켜 소나무에 몸을 기댔다. 자세히 보니 한 손에 담배를 들고 있었다. 환경 파괴범은 날 쳐다보더니 웃으며 담배를 끼운 손으로 거수경례 자세를 취했다. 어떻게 대응할까 고민하는 순간 그는 몸의 균형을 잃고 옆으로 넘어졌다. 난 잽싸게 몸을 날려 그의 왼쪽 팔을 두 손으로 붙잡았다. 순식간에 벌어진 일이었다. 우리 둘 다

흙바닥에 배를 댄 채, 마찰력으로 몸의 균형을 유지했다.

잠시 후 우리는 누가 먼저랄 것도 없이 천천히 일어났다. 환경파괴범은 놀랐는지 멍하니 앉아서 날 잠시 쳐다본 후, 몸을 돌려 하산했다. 고맙다는 말도 없이, 더 이상 흥얼거리지도 않고 말이다. 그대로 굴렀다면 아마 중상을 입었을 것이다. 난 한참을 자리에 앉아 그가 남긴 담배꽁초를 바라보았다. 지금의 내 상황이 흙바닥에 아무렇게나 버려진 저 꽁초보다 못하다는 생각이 들었다. 난 일어나서 담배꽁초를 밟아서 확실히 끈 후 발로 차버렸다. 그리고 조금 더 걸어 내려갔다. 아까 장의자에 앉아서 이야기하고 있던 녀석들이 그대로 있었다. 녀석들에겐 내가 보이지 않는 위치다. 난 아래쪽을 내려다보며 심호흡을 한 후 그대로 몸을 날렸다.

문이 열리더니 야구 모자를 쓴 석원의 얼굴이 빼꼼 나타났다. 내 얼굴을 본 녀석은 걱정과 미소가 반반 섞인 표정을 지었다.

"근사한데? 우진아. 나도 1인실 한번 쓰고 싶다."

녀석은 플라스틱 음료수 상자를 창가에 놓으며 말했다.

"뭐 생각만큼 어려운 것도 아냐. 산에 올라가서 내려오다가 다리가 꼬이면 돼. 단 너무 위쪽에서 떨어지면 많이 굴러야 하니까 적당한 높이에서 구르는 게 좋아."

난 천천히 몸을 일으켜 베개에 기댔다.

"하하. 자식 걱정했는데. 멀쩡하구나."

석원은 골절된 내 오른쪽 팔 깁스를 유심히 살피더니 준비해온 마커로 깁스에 필기체로 휘갈겨 썼다.

"다리는 어때? 괜찮아?"

난 애매한 미소를 지으며 고개를 끄덕였다. 다리에 타박상이 꽤 많지만 심각한 부상은 아니다. 아쉬운 부분이다. 애초에 의도한 건 다리뼈 골절인데 말이다. 세상 일이 뜻대로 되는 건 아니니까. 몸이 땅바닥에 닿는 순간, 본능적으로 웅크려 모드로 들어가 버린 것이다. 찰나의 순간이지만 순수한 사고와 의도된 설정의 결정적인 차이. 밑에 앉아 있던 아이들이 달려와 나를 일으켜 세울 때, 이 작전이 실패했음을 알았다. 하지만 어쩔 수 없었다. 주어진 상황에서 최선을 다하는 수밖에. 이름 모를 두 아이가 부축해서 병원까지 가는 몇 십 분은 그야말로 몸이 터지고 살이 찢기고 뼈가 갈리는 고통의 시간이었다.

"오른쪽 팔이라서 좀 지장이 있겠네."

그나마 다행이라고 생각한다. 이 정도라도 다쳐줘서 말이다.

"뭐 할 수 없지. 왼손으로 수저 잡는 거 연습 중인데 좀 더 노력하면 될 거 같아."

석원은 고개를 끄덕였다. 나는 깁스를 한 팔에 그림처럼 그려진 글씨를 바라보았다. Keine Kosten.

공짜는 없다. 모든 일에는 양면이 있으니 힘든 일이 닥치더라도 좋은 태도로 임하면 나쁜 일도 자산이 될 수 있다는 의미에서 독일어 선생님이 첫 시간에 해준 말이다. 제법인데?

석원은 웃으며 음료수 병을 집었다.

"너도 하나 멋진 거 개발해라. 내가 다치면 써주게. 크크."

난 사람이 다치는 거 좋아하지 않는다. 진심이다. 우리는 플라스틱 음료수 병을 여러 번 주고받으며 모두 비웠다.

한번 부러진 뼈는 다시 붙어도 그 기능이 예전과 같을 수는 없다고 한다. 더군다나 오른팔이다. 일상생활에 상당 부분 제약이 생기는 것이다. 평생 동안 말이다. 왼쪽 눈과 오른쪽 팔을 바꿀 순 없겠지만 나름대로 최선을 다했다. 난 자리에서 일어나 병원 복도를 한 바퀴 돌았다. 먹기 싫은 병원 밥도 오늘까지다.

병실에서 짐을 챙기는데 노크 소리가 들렸다. 더 올 사람은 없는데…. 난 "네" 하고 명랑하게 대답하며 고개를 돌렸다.

"들어가도… 되니?"

그녀는 꽃바구니를 들고 서 있었다.

"예… 뭐."

난 새파래진 얼굴을 숙인 채, 그녀를 안으로 안내했다. 그녀는 침대 근처까지 왔지만 앉지 않았다. 난 감히 꽃바구니를 받지 못한 채 엉거주춤 서 있었다. 그녀는 창밖으로 고개를 돌리더니 뭔가 생각하는 듯했다.

"미안해. 우진아."

"…."

"내가 좀 오해한 거 같아."

이게 무슨 소리지?

"널 내가 아는 아이로 잠깐 착각했어. 너하고 상당히 비슷하게 생겼거든."

양 손끝이 동시에 찌릿했다.

"그럼 지난번에 학교에 오신 것도 그것 때문에…."

그녀는 고개를 끄덕였다. 난 누구하고 혼동했는지, 또 그 아이가 누군지 굳이 묻지 않기로 했다. 이미 알고 있으니까. 그날 자전거를 못 탄다고 했던 내 말을 신뢰한 건지, 아니면 날 만난 후 확신이 사라진 건지 알 수 없지만 어쨌든 오늘의 만남은 나에게 복음이었다. 그야말로 이보다 더 확실할 수 없는 복음 말이다. 난 심장 밑바닥을 채우며 올라오는 피의 온도를 느끼며 차분하게 입을 열었다.

"굳이 여기까지 안 오셔도 되는데… 와주셔서 정말 감사해요."

난 처음으로 그녀의 검정색 선글라스를 따뜻한 눈길로 쳐다보았다. 그녀는 살짝 고개를 저은 후, 몸조리 잘하라며 일어섰다. 난 그녀를 병원 입구까지 배웅했다. 역시 노력하면 안 될 일은 없었다. 그날 저녁에 난 퇴원했다.

석원은 공부에 관심이 많았다. 정확히 말하면 성적일 것이다. 내가 봐도 머리가 나쁜 편은 아닌데 성적이 안 나온다. 이런 경우는 둘 중 하나다. 공부를 하지 않았거나, 방법이 잘못되었거나.

"그래서 말인데… 네가 나 공부 좀 가르쳐주면 안 되겠냐?"

녀석은 애절한 눈빛으로 두 손을 비비며 날 바라보았다. 공부를 가르쳐달라고?

"어떻게… 가르쳐달란 거냐?"

평일 오후 해변에는 사람이 많지 않았다. 난 석원과 버스를 타고 광안리 해변을 거닐다 과자와 음료수를 사서 해변 구석에 자리를 잡고 앉았다. 퇴원하고 딱 일주일이 지난 후였다. 그럭저럭 다닐 만했다.

"일단 수학이 문젠데… 뭐 기초부터 해야겠지?"

"그냥 열심히 하면 돼. 교과서하고 정석 놓고 하루에 한 시간씩 죽어라 두 달만 풀면 머릿속에서 길이 생겨. 그러니까 그냥 해봐.

공부는 머리가 아니라 엉덩이로 하는 거라니까."

내가 생각해도 수학 공부에 관한 최고의 조언이 아닐 수 없다. 그래 기분이다. 내친 김에 하나 더 가르쳐주자. 이건 나름의 비법이기도 하다.

"산만한 오전에는 영어 같은 암기 과목 위주로 하고, 조용하고 시간이 잘 안 가는 저녁에 수학 문제를 풀면 매일 규칙적으로 공부하는 데 도움이 될 거야."

조언을 마친 나는 조금 전에 가게에서 사온 에너지바를 한입 깨물었다. 석원은 말없이 날 쳐다보았다.

"그래. 그런 방법이 있었네."

"내 조언은 그냥 참고만 하고 석원이 네가…."

"그렇게만 하면 전교 일등 할 수 있냐?"

"너도 잘 알겠지만 몇 달 공부한다고 일등 할 수 있는 건 아니야. 일단 공부 습관부터 몸에 붙고 난 후에…."

"넌 어떻게 공부했기에 전교 일등을 했냐? 난 그게 궁금하단 말이야."

아이를 업고 지나가던 젊은 엄마가 우리 쪽을 쳐다보았다.

"석원아…."

"그만 일반론 말고 정석을 펴놓고 문제 푸는 법을 하나하나 실제로 해보란 말이야. 네가 어떻게 푸는지 난 궁금하거든. 뭐 시작은 나와 똑같을 거 아니냐."

석원은 마치 내가 자신의 **부탁**을 거절하지 못할 것을 안다는 듯, 여유로운 표정을 짓고 있었다. 난 자리에서 일어났다.

광안리 해변 동쪽 끝에는 방파제가 있다. 테트라포드가 디귿자 모양으로 쌓여 있는데 낚시꾼이 가끔 보일 뿐, 사람들이 많이 찾지 않는 장소다. 서쪽으로 5분만 걸어가면 해수욕장 해변이 있기 때문이다. 여름에 태풍이라도 불면 바닷물이 방파제를 넘어서 한참 안쪽에 있는 횟집까지 덮친다. 어항이 깨져서 길바닥이 물고기 밭이 되는 일도 가끔 있다. 비바람 속에서도 낚시를 하는 또라이들도 있고. 실제로 술에 취한 낚시꾼이 발을 헛디뎌 사망한 사건도 있었다. 내가 이 동네 살 때의 일이다. 보기에는 별거 아닌 것 같지만 방파제 위를 걷다가 테트라포드 아래쪽으로 빠지면 스스로의 힘으로 올라오기 힘들다. 떨어지면서 머리나 다리를 다친 경우에는 더욱 그렇다.

"그럼 매일 한 시간씩 수학과 영어를 교대로 방과 후에. 오케이?"

시원한 바닷바람이 온몸을 훑고 지나갔다. 테트라포드 아래쪽에는 물이 규칙적으로 들어왔다가 빠져나가고 있었다. 매일 한 시간씩 이 녀석 과외를 해주느니 집에서 텔레비전을 보는 게 나을 것이다. 난 웃으며 말했다.

"그래. 그럼 일주일만 한번 해보자. 그다음엔 석원이 너 스스로…."

"노노."

석원은 고개를 저었다.

"몇 번을 말해. 난 전교 일등이 목표라니까. 공부를 끝내주게 잘하는 거 말이야. 너도 알잖아. 그 기분. 뭘 해도 용서되고, 격려를 받고, 어디를 가도 부러운 눈빛으로 수군거리고. 누구 집엘 가도 환영받고. 뭐 그런 거 말이야. 전교 일등만 누리는 그 기분. 응? 나도 느껴보고 싶거든."

녀석은 고개를 옆으로 돌려 나를 쳐다보며 싱긋 웃더니 말을 이었다.

"그러니까 우리 둘이서 한번 만들어보는 거야. 너도 보람 있을 거 아니냐. 친구를 전교 일등으로 만들어준 모범생. 야. 어쩌면 신문에 날지도 모른다고."

석원은 영어 시험이 있는 직전 주 금요일에 항상 내 교과서를 빌려 갔고 수학의 정석 연습문제를 내게 자주 물었다. 그때마다 난 도움을 주었다. 친절하고 상세하게 말이다. 성적에 대한 욕심이 있다는 것을 알았지만 이건 아니다.

"석원아. 나도 내 공부를 해야 하고… 그렇게 매일 시간을 써가며 널 도와주기는 힘들어. 무리한 요구야. 그리고 무엇보다…."

"이건 어때?"

석원은 오른손으로 내 어깨를 툭 쳤다.

"우리 누나 말이야."

난 말을 하려다 말고 석원을 쳐다보았다.

"왼쪽 눈. 너도 봐서 알지? 고등학교 3학년 때, 그러니까 3년 전에 사고가 나서 그렇게 된 거야."

"…."

"엄마 심부름 가려고 집 대문을 열고 골목길을 도는데… 하. 한 10초만 빨리 가거나 늦게 가지 하필 그 순간에 자전거 탄 놈이 모퉁이를 돌고 있었지 뭐냐. 손에 대나무 막대기 같은 걸 들고 말이야."

석원은 웃었다. 발아래 쪽에서 파도가 리드미컬하게 왔다가 밀려가며 조금씩 소리가 커지고 있었다.

"누나 눈을 찌른 놈은 자전거를 타고 도망갔어. 나중에 경찰에 신고했지만 뭐 그대로 끝이었지. 근처에 사는 놈은 아니었던 거 같아."

"…."

"그런데 말이야. 누나가 최근에 그놈을 찾은 거 같더라고."

바닷바람이 내 볼을 스쳐 석원 쪽으로 날아갔다.

"우진아."

"응?"

옆으로 고개를 돌렸다. 석원은 내게 싱긋 윙크를 했다.

"우리 누나 눈 찌르고 도망간 놈… 너지?"

난 과장되게 웃었다.

"뭔 헛소리야. 농담하지 마라."

석원은 자리에서 일어나서 호주머니를 뒤졌다.

"그러고 보니 아침에 바지를 갈아입었네. 에이 참."

다시 방파제 둑에 앉은 석원은 손가락으로 담배를 집는 흉내를 내며 익살스러운 표정을 짓고는 어깨를 으쓱했다.

"뭐, 담배가 필요한 사람은 내가 아니니까."

"석원아. 지금 무슨 말 하는 거냐? 내가 누나를 뭐 어쨌다고?"

"범천동. 범곡사거리 12-1. 진주여관. 네가 3년 전에 살았던 주소 맞지? 아직 너네 할머니가 살고 계시던데? 종업원 한 명 두고."

난 입을 떡 벌리고 아무 말도 할 수 없었다.

"어떻게 알았냐고? 뭐 그렇게 어려운 일은 아니야. 이사를 가도 생활기록부 학적란에 예전 주소가 누적되어 나오거든. 담탱이들이 학급 아이들 생기부 출력해서 모아두기도 하잖아? 혹시나 해서 담탱이 퇴근한 후에 심부름하는 척하며 서랍을 뒤져봤는데 말이야. 후후. 뭐 아무도 신경 안 쓰더라."

"너… 도대체 왜…?"

"니네 집 주소를 확인할 생각을 했느냐고? 이유는 세 가지야."

"네가 우리 집에 온 날부터 누나가 좀 이상했어. 너에 대해서 이것저것 자세히 물었거든. 전에도 친구들이 집에 온 적이 있었지만 이런 적은 없었어. 누나는 내 친구들에게 아예 관심이 없었다고. 처음에는 공부 잘하는 아이에 대한 관심이라고 생각했는데 사는 집이 어딘지, 이사한 집인지 꼬치꼬치 묻는 게 좀 이상하더라고."

"고작 그 정도로…."

"이런 조사까지 한 거냐고? 물론 그건 아니지. 네가 우리 집에 왔다 가고 이틀 후, 그러니까 여름방학 하루 전에 나한테 전화가 왔어. 우진이 너네 엄마 전화였는데… 뭐 생각나는 거 없냐?"

전학이었다. 난 이 녀석의 누나와 마주친 바로 그날 엄마에게 전학을 가고 싶다고 말했다. 엄마는 내 앞에서는 쿨하게 흘려보낸 것처럼 행동했지만 다음 날 무슨 일인가 싶어 친한 친구라고 알려진 석원에게 전화를 한 것이다. 전화번호는 내 폰을 몰래 들여다봤거나 담임에게 물어봤을 것이다. 그러니까 내가 그 집에서 그 누나를 본 날 이후에 석원에게는 두 가지 정보가 동시에 모인 것이다. 애꾸눈 누나는 우진에 대한 정보를 얻으려고 하고, 우진은 학교를 떠나려고 한다.

"나도 처음엔 그 정도까지 상상하지는 못했어. 너처럼 전교 일등 하는 머리도 못 되잖니? 하하."

부모님이 분가해 나왔지만 할머니는 아직 그 집에서 여인숙을 운영하고 있다. 그리고 옛 친구들도 그 동네에 살고 있다. 3년 전 그날 나와 같이 낚시를 갔던 진석이도….

"전학은… 그냥 공부 스트레스 때문에 말한 거야. 그런 걸로…."

"내가 널 범인으로 확신하게 된 건 그다음에 벌어진 일 때문이야."

석원은 깍지를 낀 채 두 눈을 감았다. 그러고는 예술 작품을 음미하듯 천천히 말했다.

"네가 산에서 굴러서 다쳤을 때, 병원에 데려다준 고마운 친구들 있지? 그 두 명 중 한 녀석이 천석호라고 내 중학교 동창이거든. 우리 아랫동네 사는데 친하게 지낸 놈은 아니지만 지나가다 만나면 손 인사 정도는 나눈단 말이야. 네가 입원한 다음 날 낮에 길에서 우연히 만났어. 인사하고 지나치는데 이놈이 나한테 할 말이 있다는 거야. 내가 너하고 뒷동산에서 대화하는 걸 몇 번 본 모양이더라고. 그날 네가 다쳐서 병원에 데려다줬다고 하면서 이 녀석이 글쎄 뭐라고 한 줄 알아?"

석원은 내가 이미 자신이 무슨 말을 할지 알고 있다는 것을 아는 눈빛이었다. 그래. 그랬다니깐.

"잠깐 눈을 돌렸는데 위쪽에서 우진이 네가 아래쪽으로 스카이다이빙 하듯이 몸을 날리더라, 이 말이야."

방파제 아래쪽에서 물이 계속 테트라포드를 밀고 들어오고 있었다. 난 휴 하고 한숨을 쉰 뒤, 자리에서 일어났다.

"뭐라는 거야. 그러니까 내가 일부러 내 몸에 상처를 냈다는 거냐? 허 참. 기가 막혀서…."

석원은 고개를 끄덕였다.

"전학이 어려우니까 일부러 다치기라도 해서 학교에 대한 좋지 않은 이미지를 엄마에게 심어주려는 의도와 함께 약간의 죄의식을 상쇄하려는 의도가 아닐까 생각해. 나도 이 정도 다쳐줬으니까 됐지 하는."

"그러니까 그건 네 착한 친구의 착각이고 너의 상상이지. 증거가 있냐고. 내가 일부러 다쳤다는 증거 말이야."

"아하. 이렇게 나오시겠다?"

"석원아. 우리 이럴 게 아니라…."

"김진석."

해변 쪽으로 몸을 돌리던 나는 그 자리에 멈췄다. 누구라고? 석원은 오른손 바닥을 아래쪽 방향으로 공을 튕기듯 툭툭 쳤다. 다시 앉으라는 뜻이다.

"기왕 시작한 이야기 마무리하고 가야지."

난 주저앉듯이 다시 앉았다. 석원은 바다 쪽을 바라보며 입을 열었다. 내 몸속의 피가 조금씩 타서 증발하고 있었다.

"어디까지 했더라. 아 그래. 김진석. 네 어릴 적 동네 친구 말이야. 범천동에 그대로 살고 있더라."

"도대체 무슨 말을 하고 싶은 거냐?"

"들어봐. 여관 앞길 가에 옥이네라는 가게가 있어. 동네 아이들에게 아이스크림과 어묵 같은 간식 파는 가게. 기억나지?"

"…."

"그 가게 대머리 아저씨 있잖아. 그 아저씨가 우진이 널 기억하고 있더라. 덕분에 동네에 아직도 살고 있는 네 친구들을 만나볼 수 있었지. 황현식, 준식 형제와 박태진은 길 건너 달동네로 이사 갔고 윤상훈은 아직 그대로 살고 있더라고."

내가 병원에 입원해 있는 동안 석원이 자식은 내 뒷조사를 하며 3년 전 그날의 내 행적을 알 만한 증인 후보자들을 모조리 찾아다닌 것이다.

"그런데 아무도 모르더라. 3년 전 사고 말이야. 뭐 신문이나 텔레비전에 나오지도 않은 산동네의 조그만 사건이니까 충분히 이해가 가. 그래서 그냥 가려고 했지. 마지막으로 한 사람만 더 만나 보고 말이야."

"계속해봐."

석원은 어깨를 으쓱했다.

"와. 기대 이상이었어. 김진석, 이 친구야말로 모든 것을 다 기억하고 있더라고. 그날 너하고 둘이서 송도로 낚시 간 이야기. 자전거 타고 돌아온 이야기. 그런데 돌아올 때, 자전거를 바꿔 타고 왔다면서? 우린 기찻길 바로 앞에 있는 튀김집에서 두 시간도 넘게 이야기를 나눴어."

"석원아."

석원은 웃음을 머금은 얼굴로 날 쳐다봤다.

"네가 이렇게 철저히 조사한 건 친한 친구인 내가 누나를 그렇게 만든 범인이 아니길 바라는 마음을 아주 조금은 가지고 있어서라고 생각해. 뭐 그 점에선 고맙기도 하고 말이야."

"음. 그런데?"

"네 말대로. 아니 진석이 기억대로 내가 자전거를 타고 낚시를 갔다 온 게 사실이라고 하자. 그런데 그날이 누나가 다친 날과 같은 날이라는 확실한 증거가 있니? 무려 3년 전 기억이잖아. 날짜가 정확하다는…."

"말했잖아. 우린 두 시간 넘게 대화를 나눴다고."

석원은 고개를 살짝 흔들었다.

"우진이 너와 진석이가 송도에 낚시 간 날은 3년 전 여름이야. 진석인 그 날짜까지 정확히 기억했어. 8월 26일. 그날이 시계수리공인 진석이 아버지 생신이었기 때문이지. 바로 네 낚싯대에 우리 누나 왼쪽 눈이 끝장난 날이기도 하고 말이야."

찬 바닷바람이 이마를 스쳤다.

"글쎄. 진석이가 그날 그런 말 한 적은 없는데? 자기 아버지 생신이라는 거 말이야."

석원은 폭소를 터뜨렸다.

"거봐. 그러니까 둘이서 같이 자전거 타고 낚시를 한 건 인정하는 거구나? 하하."

아뿔싸. 당했다는 생각과 함께 분노가 발밑의 파도처럼 솟아올랐다.

"그래서 하고 싶은 말이 뭐냐? 진석이 말이 확실한 증거라도 돼? 아니면 그 친구가 석원이 네 말대로 내가 누구를 다치게 하는 걸 보기라도 했다는 말이냐고?"

석원은 날 한참 동안 쳐다보다가 천천히 고개를 끄덕였다. 날 이해한다는, 지극히 모욕적인 눈빛이 내 눈을 파고 들어왔다.

"네 입장에서는 그렇게 말할 수밖에 없겠지. 그런데 우진아. 3년 전, 그날 동일 시간대에 넌 한 손에 대나무 꼬챙이를 든 채, 자전거를 타고 우리 집이 있는 산복도로를 올라왔어. 더 중요한 건 네가 타고 온 자전거가 친구 진석이 거였다는 사실이야. 오렌지색 몸체에 바퀴 부분 테두리에 녹색이 들어가 있는 거 말이야. 그 자전거는 지금도 진석이가 타고 있어. 중요한 건 자전거 색깔이 우리 누나가 사고 후 경찰서에서 진술한 내용과 일치한다는 거지. 이 정도 정황을 바탕으로 경찰에서 수사를 시작하면 그날 널 본 증인이 더 나타날 수도 있어. 자전거를 압수해서 정밀 조사를 할 수도 있고 말이야. 어때?"

맞는 말이다. 진석의 증언은 경찰에서 날 용의자로 특정할 수 있을 만큼 결정적이다.

"진석이가… 네 이야기를 듣고… 뭐라고 했지?"

석원은 손사래를 쳤다.

"야. 설마 내가 우리 누나 이야기를 걔한테 했다고 생각하는 거야? 아서라 아서. 내가 누구냐. 우진아. 네 친구 아니냐. 진석인 아무것도 몰라. 이냥저냥 내가 물어서 알아낸 거야. 두 시간도 더 걸려서 말이지. 그리고 네가 우리 누나를 몰라서 그래. 이게 내가 너한테 하는 아주 큰 배려야. 인마."

배려라….

"그러니까 지난번에 내 병문안 왔을 때, 넌 이 모든 걸 알고 있었다는 거잖아."

"그래서 그렇게 써줬잖아."

써줬다니?

"Keine Kosten."

깁스한 팔의 석고에 녀석이 써준 글씨. 공짜는 없다! 씨팔.

석원은 싱글거렸다. 이놈이 이토록 집요하게 내 뒷조사를 한 이유는 오직 하나. 자신의 성적을 올리기 위해서였다. 커터 칼로 뱀의 머리를 잘라내 쓰레기통에 던져 넣던 석원의 모습이 떠올랐다. 그래. 그랬었구나. 진즉 이렇게 이야기하지. 붉은 노을과 수평선이 한 폭의 아름다운 그림을 만들어내고 있었다. 몇 십 미터 옆에서 낚시하던 아저씨도 보이지 않았다. 내가 자신의 부탁을 들어준다고 해서 이 녀석이 멈출까. 아니 그럴 리 없다. 이놈은 자신이 부러워할 만한 모든 것을 나에게서 뽑아낼 것이다. 평생 동안. 석원은 이미 일상의 얼굴로 돌아와 있었다. 난 자리를 털고 일어났다.

"그럼 오늘부터 바로 공부 시작할까."

"오케이. 일등 한번 해보자고."

석원이 손을 내밀었다. 앞으로 잘해보자는 화해? 비밀을 보장해줄 테니 자신을 믿으라는 회유? 우리는 한 몸이니 빠져나갈 수 없다는 협박? 뭐 아무래도 상관없다. 난 웃으며 석원의 손을 잡아 아래쪽 테트라포드로 밀어 던졌다. 물론 나도 함께 떨어졌다. 놈 위로 말이다.

담임선생님과 친구들이 한바탕 쓸고 간 후라 병실은 더 썰렁하게 느껴졌다. 난 자리에서 일어나 목발을 짚은 채로 창문 쪽으로 갔다. 지난번에는 팔이 문제였는데 이번에는 다리가 문제다. 그 딱딱한 시멘트 구조물 위로 떨어졌으니 어쩌면 당연한 결과다. 눈부신 햇살이 창문으로 들어오고 있었다. 이런 때 담배를 피우는 건가. 괜스레 눈물이 났다. 아 참 세상 살기 어렵네. 벽시계가 오전 11시를 가리키고 있었다. 엄마가 오려면 한 시간을 더 기다려야 한다. 복도 자판기에서 설탕 커피 한 모금 마시고 싶다는 생각이

들 때, 문이 열리는 소리가 났다. 고개를 돌렸다.

"좀… 어떠니?"

그녀는 단정한 투피스에 하얀색 핸드백 차림이었다. 짙은 선글라스와 잘 어울리는 조합이었다. 어차피 한번은 넘어야 할 산. 차라리 와줘서 고마울 지경이었다. 난 창가에 기댄 채 그녀를 향해 고개를 숙였다.

"죄송합니다. 제가…."

"아냐. 그런 말 하지 마. 석원이가 실수한 건데."

"그래도…."

난 목발을 내려놓고 잠시 생각했다. 혼란스러웠다. 테트라포드 틈에 머리가 끼어서 뇌사상태에 빠진 석원이 무슨 실수를 했다는 것인가. 그녀가 다가왔다.

"팔도 그렇고. 다리도 그렇고… 머리뼈에 금도 갔다며. 회복되려면 짧게 잡아도 6개월은 걸리겠는데? 여러 가지로 지장이 많겠구나."

전담 의사가 한 말과 정확히 같았다. 신기해하는 나를 보며 그녀가 말했다.

"석원이가 말 안 했나 보네. 내가 의대생이라는 거."

커튼이 살짝 펄럭였다.

"우진아."

학교 매점에서 날 바라보던 그 눈빛이었다.

"석원이는 더 이상 가망이 없다고 해."

친구를 배신하고 누나를 이용해 자기 이익을 챙기려 한 놈에게 마땅한 형벌이다.

"제가 조금만 조심했어도 그렇게 되지는 않는 건데…."

눈물이 살짝 나왔다. 내가 냉철한 편이기는 하지만 그렇게 무심한 사람은 아니다. 그녀는 내 눈물을 감상하듯 침묵을 지키고 있었다. 창문을 통해 시원한 바람이 실내에 들어오고 있었다. 그녀가 입을 열었다.

"나한테 혹시 할 말 없니?"

"할 말…이라뇨?"

그녀는 천천히 선글라스를 벗었다.

"나한테 말 안 한 거 있으면 지금 말해도 돼. 아무리 늦어도 말하는 순간, 용서받을 수 있단다."

"무슨… 말씀이세요. 누나. 용서라뇨? 제가 석원이를 구하지 못해 죄송하지만 이런 추궁은 너무 불편하네요."

난 분노를 절제하는 표정을 지으며 한 자 한 자 또박또박 말했다. 석원은 자기 누나에게 결코 3년 전 일을 말하지 않았다. 그랬다면 협박이 성립할 수 없기 때문이다. 당신의 덜떨어진 동생 일은 유감이야. 그건 나로서도 어쩔 수 없는 심리적 극한 상황에서 벌어진 불행한 사고였어. 지금의 난 당신의 작품이야. 당신에게 저지른 실수를 통해 모범생으로 거듭났잖아. 고맙게 생각하고 있어. 앞으로 당신 동생 몫까지 열심히 살게. 그러니까 이제 그만 나가줘.

그녀는 하얀색 핸드백을 열어 교과서 크기의 투명한 사진을 한 장 꺼냈다.

"석원이 가슴 엑스레이 사진이야."

"…."

그녀는 의사가 환자에게 설명하듯이 조그만 볼펜으로 사진의 특정 부분을 가리키며 설명하기 시작했다.

"여기 아래 부분에 조그맣게 쓸린 부분 두 군데 보이니?"

난 고개를 끄덕였다. 빨갛게 표시되어 있는데 안 보일 리가 있나.

"석원이는 테트라포드에 머리가 끼어서 두개골이 골절되었지만 그건 사망 원인이 아니야. 공식 사인은 익사야."

"익사라고요?"

난 최대한 놀란 표정을 지었다.

"머리가 낀 석원이가 빠져나오지 못하게 위에서 계속 누른 거지. 두 손으로 말이야. 그 바람에 계속 밀려들어오는 바닷물이 기도에 찬 거고."

"…."

"가슴팍에 쓸린 두 자국은 누가 강력한 힘으로 아래쪽으로 밀고 있었다는 증거야."

말을 마친 그녀는 사진을 가방 속에 다시 넣었다. 그 상황에서 그럴 수 있는 사람은 너밖에 없다는 말을 대신한 우아한 몸짓. 경찰도 이 사실을 알고 있을까?

"설마 제가 일부러 그랬다고 생각하시는 건 아니죠? 제가 기절한 채로 석원이 몸 위에 포개져서 시간이 흐르는 바람에 쓸린 자국이 생길 수도 있지 않았을까요?"

그녀는 고개를 끄덕였다.

"전교 일등이라더니 역시 똑똑하구나. 그런데 우진아. 그건 아냐. 기절한 상태, 그러니까 몸에 힘이 빠진 상태에서 중력으로 누른 것과 의지를 가지고 누른 건 차이가 크단다."

"누나 말대로라면 경찰이 절 잡아갔겠죠. 석원이가 그렇게 된 데 제 책임이 크다는 걸 잘 알아요. 하지만…."

"경찰에서도 의견이 분분하단다. 무엇보다도 우진이가 석원이의 친한 친구라 해칠 **동기**가 전혀 없다는 사실 때문에 고민 중이겠지."

그렇다니까. 난 어깨를 으쓱했다. 통증으로 비명이 흘러나왔다. 그녀는 다시 가방에서 은백색 케이스를 꺼냈다. 스마트폰이었다. 그녀는 그 조그만 물건을 탁자에 놓고 화면을 몇 번 터치했다.

난 훅하고 숨을 들이켰다. 석원과 진석의 대화가 하나도 빠지지 않고 녹음되어 있었다. 내가 부인할 경우, 또는 진석이 나중에 말을 바꿀 경우를 대비해서 몰래 녹음해둔 것인가.

"너에게는 세 번의 기회가 있었어."

내 머릿속 자동차가 간선도로를 달렸다. 그녀는 내가 석원의 입을 막으려고 살해했다는 사실을 알고 있다. 그놈이 내게 협박한 사실은 모른 채. 하지만 그걸 이야기하는 게 지금 내게 도움이 될까?

"학교 매점에서 한 번의 기회가 주어졌지. 네 입장에서는 가장 좋은 기회였어. 넌 내게 자전거를 못 탄다고 거짓말을 했지. 두 번째 기회는 정말 안타까워. 석원이가 무슨 말을 했는지는 모르겠지만 넌 그 아이 입을 막는 방법을 택했어."

난 하마터면 그날 석원이 협박한 일을 털어놓을 뻔했다. 하지만 지금 이게 함정이라면? 그날 석원이 녀석이 그랬던 것처럼 나로 하여금 자백하게 만들기 위한 정교한 함정이라면? 침묵이 최선의

수비다. 최악의 경우, 녹음이 공개되더라도 석원의 죽음에 대한 직접적인 증거는 없다.

"그리고 조금 전에 난 네게 마지막 기회를 줬어."

"기회라는 둥 거짓말이라는 둥, 도저히 무슨 말인지 모르겠네요."

그녀가 손가방에서 뭔가를 꺼냈다. 곧 엄마가 온다.

"그 스마트폰, 경찰에 제출하실 건가요?"

"굳이 그럴 필요가 없을 거 같구나."

그녀가 천천히 다가왔다. 석원이가 방파제 위에서 했던 말이 떠올랐다. 네가 우리 누나를 몰라서 그래. 이게 내가 너한테 하는 아주 큰 배려야, 인마. 밖에서 문 두드리는 소리가 들렸다. 뭐 상관없다. 그녀가 들어오면서 잠가놨을 테니. 난 침대를 건너뛰어 창틀에 몸을 걸쳤다. 그녀는 손끝에 반짝이는 뭔가를 감아든 채, 희미한 미소를 지었다. 여기가 4층이던가? 눈 하나, 목숨 하나. 어깨가 뻐근해진다. 선택의 시간이다.

작가노트

어렸을 때 자전거를 타고 가다가 실수로 사람을 치고 도망친 적이 있다. 골목길 가장자리에서 한쪽 무릎을 꿇고 앉아 시계태엽을 돌리고 있던 중학생 형이었다. 내 자전거가 그 형을 덮쳤을 때, 펑 하는 믿기지 않는 소리가 났다. 난 바닥에 미끄러졌고 그 형은 아마도 머리가 깨졌을 것이다. 아니면 팔목이 부러졌을 수도 있다. 여러모로 그 일은 이름 모를 한 중학생의 인생에 좋지 않은 영향을 줬음이 분명하다. 나는 죄를 저지르고 도망친 가해자였다.

최근에 겪은 어떤 사건을 계기로 수십 년 동안 봉인했던 기억이 되살아났다. 그래. 그런 일이 있었지. 되돌릴 수 없는 잘못. 평생 지고 가야 하는 기억. 마음속 깊은 곳에서 목소리가 올라왔다. 과거의 그 골목으로 되돌아간다면 난 도망가지 않을까? 지금의 나는 그때 그 꼬마와 얼마나 달라져 있을까? 자신이 없었다. 인간은 합리적인 존재가 아니라 합리화하는 존재라는 말이 있다. 그건 다른 사람의 이야기가 아니었다. 나이가 들면서 경험과 지식이 쌓이고 판단력이 생겼지만 스스로 저지른 잘못 앞에 얼마나 정직해질 수 있을지 확언할 수 없었다. 삶은 능력과 노력의 문제가 아니라 태도와 방법의 문제라는 어떤 철학자의 말이 가슴 깊이 저며들었다.

하얀 사기그릇에 깨끗한 물 한 잔을 떠놓고 이름 모를 형에게 편지를 썼다. 그리고 과거의 나를 주인공으로 하는 이 소설을 구상했다. 〈공짜는 없다〉를 통해 자신의 과거를 직면하지 못하고 거짓된 자아를 끊임없이 만들어가다가 끝내는 삶을 망치고 마는 인간의 어리석은 모습을 담고자 했다.

소설에 나오는 지역과 일부 고유명사는 모두 내가 과거에 살던 곳과 실제로 관련된 것이다. 자전거 타기와 낚시는 그 시절의 내 취미 생활이었고 등장인물들도 (이름은 바꾸었지만) 모두 실존하는 존재들이다. 한 사람만 제외하고 말이다. 집필하며 추억에 젖기도 했다. 글을 통해 치유를 한 시간이었다고 말할 수 있을지도 모르겠다. 소설을 쓰면서 나는 긴 시간 등에 지고 있던 십자가를 품으로 옮겨 안을 수 있었다.

심사평

2021 제15회 한국추리문학상 황금펜상

지난 1년간 발표된 단편 추리소설들을 대상으로 수상작을 선발하여 한국 추리문학의 현주소를 날카롭게 제시하는 황금펜상이 15회를 맞이했다. 2021년 황금펜상 최종 수상작의 선정 과정은 예심을 거쳐서 본심에 오른 여덟 편의 소설에 대한 심사위원들의 검토와 의논을 통해서 이루어졌다. 올해 본심에 오른 여덟 편은 미스터리의 하위 장르를 다양한 작가 스타일과 주제 및 소재를 활용해 일정 수준에 이르렀다고 판단된 작품들이다. 따라서 각각의 작품을 동일한 기준에 두고 우열을 논하기는 어려우며, 우선은 저마다의 개성을 인정해야 할 것이다. 미스터리라는 장르가 가지는 다양한 면모를 확인할 수 있었다는 점에서 앞으로도 이러한 다양성에 대한 추구는 추리문학의 활기로 이어질 것이라 생각한다.

하지만 포괄적인 미스터리 장르의 규범에 입각해서 말한다면,

본심에 오른 작품들에서 장르문학 단편소설들이 으레 드러내기 쉬운 단점이나 아쉬운 점이 아예 없었던 것은 아니다. 예를 들어 미스터리의 모든 진실을 결말에 이르러서 매우 손쉽게 인물의 대사로 처리해버리거나, 복잡한 트릭의 전개에도 불구하고 단서가 맥 빠지게 발견되는 등의 문제들이 그러했다. 단편소설이 갖는 짧은 분량의 한계일 수도 있겠으나 범행 수단과 그 진실의 폭로만큼이나, 인물들의 심리와 동기에 대한 이해가 독자들에게 손쉬운 이야기 수단 이상의 의미를 가져야 한다는 사실은 분명하다.

본 심사평에서 본심에 오른 모든 작품들을 자세히 언급할 수 있다면 좋겠지만, 지면 관계상 몇 편의 작품들은 간략하게만 언급하고, 심사위원들이 주목했던 세 편의 작품에 대해 좀 더 자세히 언급할 수밖에 없을 듯하다.

홍정기 소설가의 〈코난을 찾아라〉는 언뜻 소년탐정단의 아기자기한 미스터리처럼 보일 수 있었던 작품을, 사건의 전개에 반전을 주어 색다른 결말의 효과를 주는 소설이다. 물론 반전의 단서가 없었던 것은 아니지만, 그런 반전에 충분한 설득력과 의미가 있는지에 대해서는 이견이 있었다. 홍성호 소설가의 〈약육강식〉은 형사인 주인공이 딸의 친구이자 같은 이름을 가진 10대 소녀의 죽음을 파헤치는 과정을 그린다. 지적장애를 가진 자기 딸이 놓인 사회적 약자의 위치만큼이나 비슷한 처지에 있는 아이들의 죽음에 대하여 아버지의 시선으로 사건에 몰입하는 과정이 장점이지만, 미스터리의 밀도는 상대적으로 덜한 점이 아쉬움으로 꼽혔다. 류성희 소설가의 〈튤립과 꽃삽, 접힌 우산〉은 범행의 용의자로 지목된 주인공의 총체적인 여담(餘談)으로 이루어져 있다. 범행 여부가 아니라 어린 시절의 트라우마적 기억을 중심으로 피해자의 딸과 자신을 겹쳐보는 과정의 서술은, 인물의 심리적 이해로 모든 미스터리를 환원한다는 점에서 장단점이 극명하다고 하겠다. 장우석 소설가의 〈공짜는 없다〉는 제목에 걸맞은 소설로, 자신이 의도치 않게 저지른 과거의 죄를 없었던 일로 취급하려는 주인공이 대가를 지불해야 하는 과정을 흥미롭게 그려내고 있다. 주인공이 죄를 덮기 위해 더 큰 죄를 저지르는 과정은 설득력이 있는 반면에, 나머지 인물들의 심리에 대한 묘사는 다소 충분하지 않았던 것 같다.

황세연 소설가의 〈고난도 살인〉은 2035년이라는 미래 사회에 대한 배경만큼이나 메타버스나 유전자 감식 프로그램 등의 발전을 범죄와 연결하는 논리가 흥미로웠다. '고난도 살인'이라는 제목에 걸맞게 고도로 발달한 과학수사의 사회에서 완전범죄를 꿈꾸는 범죄자가 처한 복잡하기 짝이 없는 살인 과정을 꽤 구체적으로 그려냈다. 다만 부정적으로 본다면 지나치게 설정이 앞서고, 범죄 자체를 가상현실과 연결하는 과정은 치밀하고 설득력이 있었던 반면에, 범행의 진실이 밝혀지는 과정은 너무 손쉽게 이뤄지는 결말의 낙차에 대해서는 이견이 있을 법하다. 범죄자의 계획이 아무리 치밀하다고 해도 결코 통제할 수 없는 사소한 예외 사항들을 통해 공들여 쌓아올린 탑이 무너져 내리는 이야기 자체는 익숙하며, 또한 '고난도 살인'이라고 해서 완전범죄는 아니라는 제목의 아이러니를 드러내기에 충분했지만 그러한 아이러니가 독자 입장에서도 충분한 효과를 거두었는지는 의문이 남는다.

한새마 소설가의 〈어떤 자살〉은 흔한 자살 사건이라는 소재를 흥미로운 접근법으로 그려냈다. 여러 사람들의 증언과 회상, 기록으로 이루어지는 전체 서술의 흐름에서 사건을 추적하는 기자를 초점자(foculizer)로 활용해서 독자들은 소설을 읽어나가게 된다. 따라서 간병 자살 사건에 대한 르포를 쓰고자 하는 무진일보 소속 기자 석수진이라는 인물의 시선과 생각에 독자의 독해는 오염될 수밖에 없다. 자기 스스로 말하기보다 다른 사람들의 증언과 서술을 조합하는 방법으로 구성된 일종의 서술 트릭 소설이 주는 반전은 분명 통쾌하기까지 하다. 그러나 그만큼 소설의 구성이 결말의 반전을 향하다 보니, 마지막 석수진의 메일 한 통을 통해서 모든 정보가 손쉽게 해석되어 전달되는 것은 다소 지나치게 압축적이고 돌발적인 해석처럼 느껴진다. 최종적으로 범인을 지시하기 위한 모든 사건적 명백함을 독자들에게 충분히 효과적으로 전달했는지에 대해 심사위원들 사이에도 이견이 있었다.

한이 소설가의 〈긴 하루〉는 가족이라는 이름으로 죄를 공유하며 서로를 구속하는 모자 관계에 대해 다루고 있다. 소설은 여러 시간의 에피소드를 오가며 전개되고 있기에 한눈에 모든 관계와 사건의 진실을 파악하기는 어렵지만, 주인공 자신의 폭력적인 가정사를 거쳐 현재 치매를 앓고 있는 어머니를 바라보는 복잡한 심리에 이르기까지의 과정을 흥미롭게 제시하고 있다. 이 소설은 인물의 심리에 대한 이해를 파편적인 정보들 사이의 유기적인 연결을 통해 짜 맞추어 나가게 한다는 점에서 독자를 자연스럽게 미스터리의 참여자로 초대한다. 그 과정에서 아버지의 죽음 이후 치매에 걸린 어머니를 보호하고 있지만 은밀하게 그녀가 죽기를 바라는 나의 심리와, 아버지를 죽인 어머니의 심리 사이에 기묘한 공명(共鳴) 효과가 발생한다. 소설을 압축하는 문장인 "어머니와 나, 두 사람 모두 같은 감방에 갇힌 수형자들이었다."라는 표현처럼 이들의 죄에 대한 연결과 속죄의 불가능성은 주인공의 썩어가는 이빨의 통증만큼이나 독자의 심리를 아프게 찔러댄다. 소설의 주제만큼이나 그 형식적 구성, 치밀하게 이어진 이야기 전개가 빼어난 흡인력을 보여주었다.

최종적으로 심사위원들은 한이 소설가의 〈긴 하루〉를 수상작으로 선정하는 데 어렵지 않게 합의할 수 있었다. 한이 소설가는 또 다른 논의 대상이었던 〈에덴의 아이들〉에서도 정통 하드보일드 장르를 미래 사회를 배경으로 클래식하게 재현했으며, 두 소설의 수준이 고를 뿐 아니라 장르 단편소설로서의 형식적인 완성도나 장르적 즐거움의 전달이라는 목표를 잘 달성하여 심사위원들의 믿음을 더하기에도 충분했다. 이 심사평을 통해 15회 황금펜 문학상을 수상한 한이 작가에게 큰 축하와 응원을 보낸다. 물론 수상작과 수상 작가 이외에도 이번 황금펜상 본심에 오른 모든 작품들은 현재 한국 미스터리 문학의 현주소를 대변하기에 적절한 작품들이며, 계속해서 앞으로의 작품 활동을 주목해야 할 것이다. 한국 미스터리 리부트라는 공통 과제가 제기되고 있는 지금, 이 길고 어려운 과제를 함께 풀어나가야 하는 미스터리 장르의 기성 작가들과 신인 작가들 모두의 문운을 빈다.

한국추리문학상 황금펜상 본선 심사위원

정석화, 박광규, 박인성

수록작 발표 지면

〈긴 하루〉, 《계간 미스터리》 2021년 봄호
〈에덴의 아이들〉, 《2035 SF 미스터리》
〈코난을 찾아라〉, 《계간 미스터리》 2021년 봄호
〈약육강식〉, 《계간 미스터리》 2020년 가을겨울호
〈어떤 자살〉, 《계간 미스터리》 2020년 가을겨울호
〈고난도 살인〉, 《2035 SF 미스터리》
〈튤립과 꽃삽, 접힌 우산〉, 《여름의 시간》
〈공짜는 없다〉, 《계간 미스터리》 2021년 가을호

한국추리문학상 황금펜상 수상작품집 2021 제15회

초판 1쇄 펴냄 2021년 12월 24일

지은이 한이 홍정기 홍성호 한새마 황세연 류성희 장우석
펴낸이 이영은
편집인 김현경
편집장 한이
교정 오효순
홍보마케팅 김소망
디자인 여상우
제작 제이오

펴낸곳 나비클럽
출판등록 2017. 7. 4. 제25100-2017-0000054호
주소 서울특별시 마포구 동교로22길 49 2층
전화 070-7722-3751 팩스 02-6008-3745
메일 nabiclub17@gmail.com
홈페이지 www.nabiclub.net
페이스북 @NabiClub
인스타그램 @nabiclub

ISBN 979-11-91029-43-7 03810